JN115877

コールリッジの文学と思想

(APPENDIX：Mill on Coleridge)

高 瀬 彰 典 著

ふくろう出版

COLERIDGE

From a portrait in Christ's Hospital

目　次

はしがき

　ロマン主義にはさまざまな要素が存在する。永遠なものを求める心，超自然的なものや時間空間を超えたものに対する思慕，過去への郷愁，素朴な自然に対する愛着，美を求める情熱や革命の精神などはロマン主義の特色である。神秘主義の中で独自の幻想と宗教を詩に表現したブレイク，幸福と美を求め続けた薄命の詩人キーツ，理想を高く掲げて人間の魂の解放を図ろうとしたシェリー，情熱的な革命児バイロン，ひたすら詩の革新に努めたワーズワス，独創的な詩的天才を発揮し詩の本質を考察したコールリッジ，これらの詩人達は高度に個性的な主張を詩中に響かせており，その正当な評価には作品ごとの分析が必要である。これらの詩人達は，はかない現実世界と永遠の理想世界との間の深淵を痛切に感じとり，人間は想像力によってのみ，このはかない世界に意味を注ぎ込むことができると信じた。現実を無視することなく，同時に現実の背後に潜む理念の存在を常に意識することがロマン派の詩に一種独特の特質を与えた。それは現実とヴィジョンとの間の根本的な緊張関係である。この様にイギリス・ロマン派詩人達の作品には，真剣に人間存在の問題を考えさせるものがある。

　偉大な詩作の短い全盛期の後に，溶解してしまうコールリッジの詩心の姿は，実に不自然なものである。しかし，プロティノス，シェリング，カント等を幅広く研究した形而上的な思索の燃焼の中で，コールリッジは当時の合理主義的機械論を超克し，詩的直観の世界を普遍的な論理の下で解明しようとする。ワーズワスの詩的想像力と詩の言語の問題を考察しながら，プロティノスの『エンネアーデス』に示された存在の根元としてのヌース，つまり一者を熟視直観する魂としての理性という認識に立って，コールリッジは言語の伝達性を精神機能の作用と発生から説きおこそうとする。物から思考への意識の展開における言語の重要性に着目し，さらに，詩における感情と言葉の関係にも考察を加えようとしたコールリッジは，自然の様相すべてが神の言葉であるとする聖ヨハネの「初めに言葉があった」という発想に新たな認識を見出す。あらゆる国のどの言葉にも，時代を通じて全ての階層の人間に普遍的な言葉とは，神の似像としての人間の共通の意識から生まれるもの

で，コールリッジはカントから得た理性と悟性の弁別を機として，独自の理性論を構築していく。彼にとって，理性こそ不死なる魂の啓示であり，「形成的形式」の論拠となるべきものであった。不死なる魂としての理性の生成力を見つめながら，神の似像としての人間の言葉の言語の伝達性を考える彼の意識は，少年時代から抱いていた無限への畏敬の念とプロティノスの理論やキリスト教との接点を見出していくことになる。知的存在者たる人間の思考が，楽園喪失による神からの疎外という意識の中で，常に偉大なる無限の絶対者へと志向することを認め，彼は堕落した人間の原罪を贖う機能を神から派生した言葉としての言語観の中から導き出して，「言語とは人類の神殿に燃える聖火である」と断言したのであった。コールリッジの詩と哲学は，心情と頭脳の相克と和解の歴史を形成しており，究極的には宗教的信仰を基盤として，あらゆる相反物の融合を果たすことができる高次の認識論を構築することになる。それが彼の想像力説であった。豊かな思索による創造的過程を教示する彼の思想には，狭義の文学研究を超越し，あらゆる学問分野に対する示唆的言明が各所に見られるのである。したがって，APPENDIX としてミルの「コールリッジ論」を付け加えて，単なる詩人以上に大きな彼の思想家としての存在を知る手がかりとして読者の便宜を図ることにした。

　フランス革命の幻滅的進行と産業革命の急激な進展による社会的動乱の中で，コールリッジは独自の有機体的社会観を考察していた。ミルはコールリッジの社会思想をベンサムの合理主義的急進主義の対極として高く評価している。それは新たな保守主義に基づく政治的ロマン主義であり，民族愛の理念による歴史哲学の立場から，各時代の過去の制度の意味を問い，国民の権利と義務を国家と教会の相互関係から捉えた憲法論によって特徴づけられる。キリスト教を中心とした中世社会の原理の復活によって，神の摂理と信仰による神聖な国家体制を構想したコールリッジは，知的エリート集団主導の国民的教会を文明社会にとって不可欠なものと強調した。そして，個人と社会との調整の重要な働きを果たすものとしての理性の存在を論じ，均衡ある相互依存による有機的国家体制を探究したのである。このように，19世紀イギリス思想界にドイツ哲学を導入した最初の思想家としてもコールリッジは大きな影響と功績を残したのである。

INTRODUCTION
──コールリッジの理性と想像力──

コールリッジ生得のロマン主義の精神に不可欠な要素は，個を全体に綜合しようとする傾向であり，しかも個の存在を滅却せずに雑多から統一へと向かうことの必要性であった。このような有機的統一の本質をめぐる彼の思索は，その生涯を通じての一貫した主要関心事となり，彼の重要な思想基盤を形成するに至っている。『コールリッジ─その業績と関連─』の著者W.ウォルシュもこの点に触れて，コールリッジの人と思想との密接な関連について次のように適切な指摘をしている。

> 統一，すなわち，その必要性とその本質とがコールリッジの終始一貫した関心事のひとつであった。また，彼は冷徹な分析によって到達し，あからさまな言語で表現された知的確信のみに重要性を与えることもなかった。彼は常にそれを熱情的で情緒的な方法で話した。「私の心は自由な精神を感情と言葉や観念との親和に向けて集中させようと熱望している……」そして彼の個人的生活が瓦解すればする程，彼の人間関係が混乱すればする程，ますます彼の計画は熱狂的なものになり，さらに熱情的に彼は統一の必要性を力説したのである。それに対する彼の没頭ぶりには明らかに感情的で補償的な動機があった。(48頁)

サウジーとの計画であった理想的平等社会建設の不本意な挫折，直接的な世俗的義務処理能力の欠如による彼の個人的生活の破綻，これらはH・ハウスも名著『コールリッジ』(37頁)の中で述べているように，彼の性格上の欠陥から生れたものであった。また，彼は人生の早い時期から情緒的世界と理知的世界との不調和による内面的な自己分裂を意識し，理性と想像力を対立概念として鋭く捉えていた。1791年3月31日附けの兄ジョージへの書簡の中には，クライスツ・ホスピタル校在学中すでに，広大なる全体の相の中で物を眺めようとする彼生来の態度が，激しい知的訓練とさまざまな内的葛藤の中で理性と想像力の調和と融合を待望するに至った彼の思索の一つの原点が述べられている。

　　理性が饗宴に列するのに，想像力は飢餓状態です。理性が立派な楽園で悦楽する
　のに，想像力は荒涼たる荒野を憔悴して旅するのです。(グリッグズ，『書簡集』第
　1巻7頁)

　　形而上的意識を燃焼させていた相反する価値観の相克と和解を，単に哲学
上の知識的問題としてだけ捉えることに満足しなかったのはコールリッジ思
想の顕著な特徴である。彼の思索の源流には，父親から伝授された聖書を中
心とするヘブライ的思惟と，プラトンやプロティノスを中心としたヘレニズ
ムの伝統が存在している。また，文学的には彼はシェイクスピアとミルトン
を詩の理想の双璧と考えていた。このように彼は知的領域においても，情緒
的深度においても生来極めて豊かな天分に恵まれていた。これらが彼の思索
の内省的特質を決定づけ，深い情緒的沈潜の中から調和と統一の世界を模索
しようとする彼独自の思考様式形成の基本的動因となった。このように，彼
の性格上の問題が彼の形而上的思索に大きな影響を与えた結果，彼は個人的
な家庭生活の不和，自己分裂の危機的意識，対立し相反する諸概念などの解
決と統合の必要性を痛感して，情緒的側面からプラトンやプロティノスの思
想に心酔したのである。コールリッジは生来の性格に密着した先験的思惟や
情緒的心情から調和と統一への新プラトン主義的志向性を定着させていたが，
当時のイギリス経験論哲学の時代思潮にも無関心ではいられなかった。この
時，幅広い知的領域と鋭敏な感覚の持ち主であったコールリッジは，内なる
先験的本性の世界と外なる現象世界との矛盾的対立を今まで以上に意識せざ
るを得なかった。当時の経験主義的思潮が現象世界への知的関心に拍車をか
けた結果，人生の早い時期から彼の心に内在していた理性と想像力の対立概
念の相克や自己矛盾が鮮明に顕現化することになり，彼は深刻な思想的危機
に直面することになる。頭脳と心情の葛藤や観念と現象との相克の和解を
D・ハートレイの観念連合哲学に求めたコールリッジであったが，ハートレ
イの観念連合説では人間は外なる現象界からの感覚的印象を自主性のない機
械的連想の原理によって知的観念を得るのにすぎず，一時その名前を自分の
子供に命名するほどまでに熱中したにもかかわらず，人間の知性の生命的な
能動性や有機的統一を主張する彼にとって，終局的には十分な説明を与える
ものではなかった。ハートレイの哲学は人間の精神作用を単なる観念の機械
的で受動的な共存や集合として捉えており，想像力も認識機能や思惟作用の

ための単なる媒介者にとどまるものであった。したがって，それは感覚的現象のみを重視する唯物主義的な心理学に基づく思想であり，究極的にはコールリッジ生来の先験的心情が切望する有機的統一への志向性と大きく矛盾するものであった。1797 年の秋，10 月 16 日附けのセルウォールへの書簡の中で，コールリッジは全一にして分ち難い何物かを切実に求める詩的心情を吐露しており，ハートレイ哲学との絶縁が必然的結果であったことを窺わせる。

　　──宇宙それ自体──小さな物の巨大な集積にすぎないではないか？──私は部分以外何も考えることができない。しかも部分とはすべて小さなものだ──！　──私の心は何か偉大なもの──ひとつの分ちがたい何かを見知りたいと痛むかの様に感じている。──そして岩や滝や山並みや洞窟が私に崇高とか壮厳の感覚を与えるのはこの様な信念においてのみである。──しかしこの信念においては，あらゆるものが無限の姿を装う。──「喜びの深遠な静寂に心打たれて」私は立ちつくすのだ。(同書，349 頁)

　宇宙を特殊な部分的個体の単なる結合や集積とするハートレイ哲学は，人間の自意識の作用や統一への志向性に見られる精神の全体的認識能力を説明し得ず，コールリッジにとって放棄されるべきものであった。その後，彼はバークレイの主観主義的観念論やスピノザの汎神論に知的関心を示し丹念な読書による研究を続けた。しかし，客観的存在を犠牲にしたバークレイの主観主義は，あまりに知的独断に過ぎた観念論であったし，スピノザの汎神論が説く実体一元論に強く心ひかれながらも，その非人格的神や機械論的自然観を受け入れることが出来なかった。当時の彼の知的関心が科学的哲学者の神を追究する反面，情緒的心情はかえってますます伝統的キリスト教の形而上学に強く心ひかれたのである。また，彼は本来詩人としての深い瞑想や自然観照の中で，受動的な感覚作用から離れた人間の心の能動的で自律的な働きを体験していたのであり，このような人間の心の本質的機能を神の創造性の証しとして論証すべき独自の考察をすすめねばならなかった。この時期を回顧して彼自身『文学的自叙伝』の中で次のように述懐している。

　　本当に非常に長い間，私は個我と無限とを和解させることが出来なかった。だから，私の頭脳がスピノザと共にあっても私の全心情はパウロとヨハネにとどまっていた。しかしながら，私が『純粋理性批判』に出会う以前でさえ，ある指針となる

8

　べき光が私に現れ始めていた。（ショークロス，第1巻134頁）

　このように相反する矛盾的対立を鋭く意識して，その調和と統合を求めたコールリッジにとって最も必要なことは，感覚的現象世界と先験的観念の世界の二律背反を止揚し和解する新たな認識論の確立であった。キリスト教の正統主義の正当性を確認すると同時に，有限の中に無限を直観する詩魂の主観的内容の世界に客観的論証を与える第三の立場の樹立が待望されたのである。それは理性と想像力が宗教的情念の中で，最も無理のない形で調和する有機的統合を果たすべき「生命哲学」（プリンストン大学版『全集』第6巻89頁）の樹立を意味していた。したがって，彼がカント哲学に出会う以前に，すでに彼の形而上学の方向づけが独自の必然性によって決定づけられていたのであり，彼自らが正に発表せんとしていた事をドイツ観念論哲学の中に深い親近感を持って再確認したのである。

　カントによる人間知性の批判や理性と悟性の弁別を受容し，悟性の限界を確認するに及んでもはや雑多な現象世界に心まどわされることなく，さらに彼はカントの理性を超えて独自の理性論を構築する。カントを知ることによって彼は経験論の主知主義を超克するに十分な論理的根拠を得たのであり，1803年1月14日附けのトマス・ウェジウッドへの書簡の中で「感情は知性の型の中へ流れ込み観念となることによって死滅する。」（前掲書，第2巻916頁）と述べて，当時の理知万能の知性や機械的観念論による時代思潮の展開に対する強い拒否反応を見せている。しかし，彼にとってカントも結局，人間性を考察する形而上学者ではなく，思弁的知性のみを分析する論理学者であった。カントが先験的世界の存在を認めながらも人間の認識や経験を超えたものと説明するのに対して，彼は詩人として情緒的心情からも，あくまでも先験的世界の認識が可能と考えた。1806年10月13日のトマス・クラークソンへの書簡の中で（同書，第2巻1198頁）理性と悟性の区別に触れて，経験の単なる認識対象としての現象を理解し記憶する精神機能を彼は悟性と呼び，すべての経験の条件として普遍性と必然性を持った実体である認識対象を彼は理性と呼んでいる。さらに，理性は人間の心の中の不死の魂の最も顕著な啓示として捉えられ，独自の構想的法則としての「形成的形式」を持つと考えられた。彼にとって芸術家の精神活動こそ明確な理性の具現であり，

彼は次のようにも論じている。

　　もし芸術家が単なる自然，すなわち「所産的自然」だけを模倣するならば，何という無駄な競争心であることか！　もし彼が与えられた形態だけから進み，それが美の概念に答えるものだと考えられているならば，その作品にはシプリアーニの絵画のように何という空虚が，何という非真実が常に存在していることか！　全く本当なのです。諸君は本質的なもの，つまり「能産的自然」を把握しなければならない。そして，それは高度な意味での自然と人間の魂との間の絆を前提としている。（ショークロス，第 2 巻 257 頁）

　人間の精神の低次の段階における悟性的な自然把握を彼は「所産的自然」と見做し，理性による高次の自然把握の段階では，精神の創造性や自律性が能動的に機能することによって，非生命的な「所産的自然」に有機的生命を与えて「能産的自然」を知覚すると彼は考える。コールリッジの理性は悟性の規則と原理を土台とする高次の精神作用を意味するが，理性の本質を先験的に存在する人間の統一形成能力とするカントの見地をほぼ踏襲しながらも，彼生来の新プラトン主義的傾向や宗教性を強める。彼は『政治家提要』の中で独自の思索を披露して，理性の本質を「改心させられた人間の完全なる精神」として，また同時に「神の力の息吹きであり全能者の栄光からの感化」（『全集』第 6 巻 69 頁）と述べ，さらに理性の普遍性や不滅性を強調して「厳密に言えば，いかなる人間の精神の一能力と呼ばれ得ず，個人的な一特性とはなおさら言えるものでない」（同書，70 頁）と断言している。彼にとって理性は人間の心にありながら個人を超えた超絶性を持ち，神の似像としての人間の不死の魂であり，不滅の神の光の存在を証明するものであった。悟性を現象の科学と規定するのに対して，彼は理性を総体である一者の理念を持つ普遍者の科学と規定する（同書，59 頁）。そして，理性は眼に見えない現実としての精神的対象を知る力を生み出す内面感覚の器官であると同時に，その独自の対象と同一の器官であるとも考えられた。彼は外面感覚器官としての悟性と内面感覚器官としての理性との有機的関連について『友』の中で次のように定義する。

　　このように，神，魂，永遠の真理などは理性の対象である。しかし，それら自身が理性でもある。我々は神を最高理性と呼ぶ。また，ミルトンも「そこから魂は理

性を受け取り，理性がその実体となる」と言っている。あらゆる意識的な自己認識は理性である。この意味において，それは超越的感覚者の器官と定義されても差しつかえないだろう。まさに，丁度，悟性がもうひとつの心の眼として，理性を所有したり使用しない場合，感覚者の概念，すなわち，我々が知覚対象を概括し整理する能力，つまり，諸規則を内包し外的経験の可能性を構成する機能としての能力と定義される。(『全集』第4巻(1) 156頁)

　悟性とは感覚的な概念であり，知覚現象を調整し一般化して外的経験の可能性を構成すると同時に，経験の規則をも含む能力としての人間の精神機能を意味する。他方，神，霊，永遠の真理などは理性の対象であると同時に，それら自身が理性であり，中でも神は最高理性と呼ばれる。ミルトンが生命と感覚や空想と悟性から霊は理性を受け，理性こそが霊の実在となる(『楽園喪失』第5編485—7行)と述べているように，コールリッジにとって，すべての意識的な自己認識は理性である。この意味において，理性は超感覚的な器官と定義される。理性の法則によって照らし出されず霊的存在様式に不適合な単なる悟性は，物質的の現象世界の識別のみに適合し，他に何の対象も持たない。しかしながら，悟性がそれ自体で低次の精神作用を見せるに対して，理性が自らを顕現化し得るには「合理化された悟性」(同書，157頁)によってのみ可能である。この理性は内面感覚に携わる第一義的な高次の超感覚的な精神器官ではなく，第一義的な理性によって照らし出された悟性によって顕現する精神能力としての第二義的な理性である。コールリッジはこの理性を顕現化する役割を果たす悟性を同時に「理性の談話」とか「推理的能力」(同書，156頁)とも呼んでおり，事物の本質的法則を捉えて事物の存在の可能性や特性を認識させる科学的能力と考えた。したがって，コールリッジの悟性は実際には，現象世界に対する外面感覚器官としての本来の機能と第二義的な狭義の理性としての「心の眼」(同書，157頁)との二つの異なった働きを持つ。このように，彼は独自の思索の中で，カントによって示された制限を超えた理性論を展開し，さらに悟性に二重の働きを認めることによって，理性と悟性の関係に統一を与えて人間の能動的な有機的知性を論証する。この時はじめて，「心の清い人々は幸いである。彼らは神を見るであろう」(マタイ福音書，第5章8節)という神の啓示の約束と「神を見た者はまだひとりもいない」(ヨハネ福音書，第1章18節)という宣告との調和と和解を人間は見つけ出すことが出来るとコールリッジは説明する。最高理性である神

は，一者であると同時に普遍者であって，その理性の光であらゆる人間を等しく照らす。「無限なる我有りて在る者」（出エジプト記，第3章14節）としての創造神の本質を最高理性と呼び，さらに万物の中に「生産的ロゴス」（ショークロス，第1巻92頁）として発現する神の似像である人間の心の本質を「純粋理性」（『全集』第4巻(2)104頁）と呼んで，彼はその無限的創造性と絶対的自律性を確認しようとした。しかし，この理性の光を受けて適用する悟性の科学的能力は，千差万別に異なっているので人間各自の実際の精神作用は個別的にならざるを得ない。第一義的と第二義的な理性，そして悟性の二重の働きに見られた一者に統一されるべき総体と個別との関係は，コールリッジの第一義的と第二義的とに区分された想像力説に極めて重要な役割を果たした。この時，彼は理性と想像力が限りなく密接な関係にあることを確認したのである。

　神の似像としての人間の創造性を証明するロゴスは，「ロゴス，すなわち伝達せんとし，しかも伝達し得る知性」（グリッグズ，第4巻687頁）として把握され，また「ロゴス，すなわち自然と人間における伝達的知性」（同書，第2巻230頁）とも看破されて，神と人間と自然の間の意志伝達作用を可能にする唯一の手段と考えられた。そして，すべての人間を照らす光として宗教的信仰の世界へと伸展した理性は，コールリッジ的特質を鮮明に帯びるに至り，生命を持った言葉に内在する光ともなり，彼は「言葉，すなわちロゴスとは生命であり，また生命を伝達する。つまり，光であって同時に光を伝達するものである。したがって，この光が抽象的に思考されたものが理性に他ならない。」（『全集』，第6巻68頁）と説明する。このような理性の働きによって発動する想像力が生み出す生命的観念や創造活動について彼は次のように論じる。

　　純粋理性によって発動された想像力が生み出すもの，そしてそれに対しては感覚世界に何ら適切な対応物が存在せず，し得ないもの——すなわち，これがそして，これこそが観念というものに他ならない。諸観念がアリストテレスやカントに従って単に規制的なものであるか，またはプラトンやプロティノスに従って構成的なものとして自然の力と生命に合一するものであるかは，哲学上最高の問題であり，単なる名称だけにとどまらない。（同書，113—4頁）

12

　コールリッジにとって，純粋理性が発動する想像力によって生み出されたものが，生命的な構成力を持った真正なる観念であった。アリストテレスやカントのように観念を単に規制的なものとせず，プラトンやプロティノスのように観念の本質を生命的で構成的なものとし，自然の生命力と合致すると考えながら，彼はこれを哲学最高の問題として捉えていた。したがって，生命的な観念を生み出すものとして，「想像力の法則はそれ自体，成長と生産の力そのものである」（ショークロス，第2巻65頁）と彼は定義づける。「人間と神の生産的ロゴス」（同書，第1巻92頁）という言葉が示すように，想像力は神の生産的ロゴスに対する人間の生産的ロゴスとして，神の無限の創造性を有限なる人間の精神が繰り返し顕現するものである。そこで，彼は「理性と想像力がいかに密接に結びつき，この両者の結合が宗教となる姿は驚くべきことである」（『全集』第4巻203頁）とも述べて，これらの不可分性が彼の有機的統合にとって不可欠であると強調する。このように，万物の創造神の生産的ロゴスの本質を最高理性とし，神の似像としての人間の生産的ロゴスの本質を純粋理性と捉え，自律的な「形成的形式」を持つと考えた時，コールリッジは人間の自己形成的本質の発現を第一義的想像力として「無限の我有りて在る者における永遠の創造行為を有限な心の中で繰り返し反復するもの」（ショークロス，第1巻202頁）と定義したのである。理性と非常に近い関係にあることによって発動される第一義的想像力が，真正なる観念と生命力を持った言葉を生み出す根源的活力となる。両者共に想像力の特質を分け持つ点で同時発生的であり，この両者の融合した至上の表現形態が象徴である。彼にとって，聖書は至上の真理を伝達する象徴によって生れた生命の書である。

　　聖書の中の事柄は，想像力の生きた抽出物である。すなわち，この想像力は和解させる仲裁的力であり，理性を感覚の形象に合体させて，いわば感覚の流れを理性の不変性と自転的活力によって組織化するものであり，さらによく調和した一連の象徴を生み出し，それらが伝導する真理と同質のものである。（『全集』第6巻29頁）

　ここでは，想像力は感覚的形象と理性を合体させる仲介者的働きをすると考えられ，流動的な感覚的形象を理性の不変的自律性によって組織して象徴を構成すると考えられている。すなわち，形象と観念の合一としての象徴を

生み出す想像力の働きとは，真正なる観念の具象化であり同時に現象の内面化でもあり，明白な感覚的形象に深遠な観念的奥行を与えるものである。そして，真正なる観念を伝達すべき生命的言語形態が象徴に他ならない。また，想像力によって感覚的形象に対する単なる悟性的理解は，包括的な直観的生命を与えられる。

　　明白さに奥行を，つまり感覚の充満に悟性の包括性を結合させ完全化する力が想像力である。そして，想像力を吹き込まれた悟性自体は，直観的になり生命的な力となる。(同書，69頁)

理性によって発動される想像力は，悟性的理解に直観的生命を与える。本能的に存在する悟性に対して，理性は悟性なしでは顕現する手段を持たないように，想像力も悟性的理解なしでは現出する手段を持たない。したがって，コールリッジにおいては，感覚作用自体が経験論者の主張する知性の原因ではなく，人間の知性そのものの自己形成力の初期的表出と考えられ，彼は「感覚的知覚自体が生れ出ようとするビジョンに他ならず，知性の原因ではなく，自己形成の過程で初期の力として現われた知性そのものである」(ショークロス，第1巻187-8頁) と説明する。そして，仲介者的に働き，形象と観念の有機的統合としての生命的言語である象徴を創造する現実的で具体的な力の顕現を彼は第二義的想像力と定義する。

　　私は第二義的想像力を第一義的想像力の反響として，意識的な意志力と共存しながらも，なおその作用の種類において第一義的想像力と同一であり，単にその程度と活動様式においてのみ異なるものと考える。それは再創造するために，溶解し，拡散し，消散する。あるいは，この作用が不可能とされる場合でも，それでも，なお常に観念化し統合しようと努力する。(同書，202頁)

コールリッジの第二義的想像力は，芸術的創造の世界が単に主観的感性に基づくと一般に受けとめられていることを強く意識した結果，誰もが納得する論理的客観性を与えて，芸術創造の過程に普遍的価値と意義を確立すべき独自の形而上学探究の所産であった。また，彼は水すましの動きを例にして，「これは思考する行為での心の自己経験の適切な表象である。明らかに二つの力が働き合っており，しかもお互いに能動と受動の相対関係にある。した

がって，この事は能動的であると同時に受動的でもある中間的能力がなけれ
ば不可能である」（同書，86頁）とも述べて，相反するものの中間で和解者
的に作用して有機的統一を生み出す第二義的想像力の働きを説明する。理性
は神の創造物としての自然を捉え，宗教的認識を深めさせて第一義的想像力
を発動させる。同時に，第二義的想像力は先験的で能動的な理性的認識と後
天的で受動的な悟性的認識の間に統一の原理として介入する。真の芸術とは，
このような想像力の具現である。芸術そのものが物と思考との中間的特質を
帯び，人間と自然との和解的合一である。コールリッジは理性の先験性や宗
教性を確認することによって，はじめて直観的認識を生み出す想像力の理論
的根拠を見出した。そして，彼の想像力は哲学的考察と芸術的情緒との宗教
的和解の所産であり，その調和融合の究極的原理でもあった。

　なお，本稿はイギリス・ロマン派学会第11回大会（同志社女子大学，昭和
60年10月）において発表したものに加筆訂正したものである。

第一章　「クブラ・カーン」とコールリッジ

　「クブラ・カーン」は英国ロマン主義文学を代表する名作であるが，コールリッジはこの詩に A Vision in A Dream. A Fragment と副題をつけ，完成詩でないことを公言している。断片とした作者の意図は，序文に述べられているように特殊な制作過程を反映しているものである。ケンブリッジの学生時代にわずらったリュウマチのために，コールリッジは鎮痛剤としてアヘンを常用していた。当時はアヘンの副作用に対する認識はなく，広く一般に医療に使用されていた。生来，病弱であった彼は，終生リューマチに苦しみ続けていたのである。1797 年のある日 Devonshire の寂しい農村で転地静養していた詩人は，いつもの痛み止めのアヘンを服用しながら，『パーチャス巡国記』を読んでいる途中で眠ってしまった事情が述べられている。その時，夢の中で詩にして二，三百行にも及ぶ幻想を体験したが，目醒めてすぐ詩にしているうち，来客の妨害にあって五十四行までしか書けず未完成な断片となったという。にもかかわらず，「クブラ・カーン」は壮大なスケールにおいて比類ないもので，あらゆる点で詩人コールリッジの特質を如実に表現している。作者自身による副題や序文がなければ，この詩を特に不完全な断片としなければならない理由はなく，むしろ，完成された詩としての不思議な調和を保っている。そこで，Bowra の様な批評家はコールリッジ自身この詩の意義の重大さを十分認識していなかったのではないかとし，次の様な意見を述べている。

Coleridge may not have been fully conscious of what he was doing
when he wrote it, but the experience which he portrays is of the
creative mood in its purest moments, when boundless possibilities
seem to open before it. [1]

作者がその作品について述べている事柄は，必ずしも常に作品に対する真正な理解に導くものとは限らず，時として不必要な誤解を生むことすらある。元来，夢や幻想と創作心理に関するコールリッジの考察は，Bowra が考え

たよりもはるかに深く，意図的なものであった。この点について，William Walsh は，"Sleep and dreams were the gates of the unconscious which he often tried to nudge open." [2] と言っており，夢や幻想とコールリッジの創造的感情とが密接な関係にあることを指摘している。A. E. Housman が詩作において，頭の鎮静剤としてビールを多用していた事を考えれば，創造過程の中で詩的霊感というものは，ある種の無気力状態や放心状態を前提とするものなのである。Keats はこれを「消極的能力」と呼んでいたし，Wordsworth は「賢明なる受動性」と呼んでいた。Poe や李白が創作において酒の陶酔を求めたことも有名な話である。詩的霊感の意味が何であれ，動機が何であれ，意識的にあるいは無意識的に不断の努力を繰り返している者にのみ，霊感は予期しない瞬間に突然訪れるものである。コールリッジの序文によれば，この様な詩的霊感が無意識の幻想の中で，様々な心象風景を伴いながら，意識的努力不在のまま眼前に鮮明な事物として出現したのである。

......if that indeed can be called composition in which all the images rose up before him as *things*, with a parallel production of the correspondent expressions, without any sensation or consciousness of effort. [3]

強烈な幻想の映像のため，詩人の創作行為は，その映像を詩に移す作業をすればよかったかのようである。しかしながら，旅行記を読んで触発された想像力は，夢の中でも消滅することなく，幻想の中に見られる統制力として活動を続け，詩的ビジョンを形成するに至っている。コールリッジにとって，夢や幻想における意識の薄明状態は，おぼろげな意識の中の創造的感情，つまり想像力を生む土壌となるもので，人間意識の無限の深淵を暗示すると共に，豊かな情緒的効果を伴った真理認識を生み出す可能性を秘めるものであった。もうろうとした意識と詩的な啓示との関わりは，人間の心の内奥の存在様式を示すもので，コールリッジは早い時期から哲学的考察の中で知的課題として捉えていた。Arthur Clayborough は，「クブラ・カーン」がコールリッジの想像力説を中心とする理論的要求に見事に答え得るものであるとし，"In 'Kubla Khan', Coleridge has produced, for one short flight, a

kind of poetry which answers to almost all his theoretical require-
ments." [4] と指摘した。 この様に，無意識の状態における詩の創造過程を
説明する作品として，「クブラ・カーン」はこの上もない題材となっている
のである。

　意識の薄明状態や心の内奥の存在様式に対するコールリッジの考察は，『文
学的自叙伝』だけでなく，書簡やノートブックの中にも散見することができ
る。 1801年3月23日附の書簡で彼は，深い思考が深い感情を持つ人にのみ
可能であり，全ての真理は一種の啓示として現われることを明確に語ってい
る。[5] また，ノートブック♯921では，深い感情が我々の観念をおぼろげな
ものにする時，主客合一の内奥の存在様式と共に，真の生命，真の自我が自
覚されるとも述べている。[6] このような深い感情やおぼろげな観念によって
示される意識の薄明状態こそ，コールリッジの詩の原理，つまり想像力説の
本質に他ならない。1797年10月14日附のセルウォール宛の書簡では，コー
ルリッジの心が常に分割され得ない偉大なる何物かを追い求めていたことが
わかる。[7] 彼の想像力説とは，意識の薄明状態の中で主体と客体との合一を
果たした心の内奥の存在様式が，無限なる神の象徴を理解することを究極的
な信念としていたのである。 コールリッジは『文学的自叙伝』第22章で，
ワーズワスの「幼年時代を追想して不死を知る頌」に触れて，心の内奥にお
ける創造的生命の流れや渦を洞察する者だけが真に詩を理解し得ると次の様
に論述している。

The ode was intended for such readers only as had been accustomed
to watch the flux and reflux of their inmost nature, to venture at
times into the twilight realms of consciousness,......[8]

コールリッジがワーズワスの詩の批評に用いた言葉は，実はコールリッジ自
身の想像力の理想像を端的に表現するものであった。詩人の想像力はこの様
な意識の薄明の世界の中で芽生え，主体と客体の合一によって全てを一つの
生命として直観的に把握するという宗教的な至福の瞬間を迎えた時，最高の
創造的魂の状態にまで昇華するに至る。 そこで，「クブラ・カーン」に登場
する聖なる河アルフこそ，詩人の意識の薄明状態における創造的生命の流れ
を意味するものに他ならないことがわかる。アルフの源になっている泉の大

噴水は，創造的生命のエネルギーを暗示している。アルフの終焉するところ
は，幾つもの洞窟を通り抜けた底知れぬ地下の海である。そして，アルフは
クビライ汗の楽園を5マイルにわたって迷路の様にうねりながら流れる。深
い岩狭間から噴き出るアルフの泉が，強大な自然の力を示すのに対して，ク
ビライ汗の楽園は人間の有限の試みを代表するものである。この様な地上の
楽園と自然の無限の力が，幻想の中で同時に，また同所に存在するありさま
を見た詩人は，詩的ビジョンとしての不滅の歓楽宮を構築するのである。し
たがって詩的ビジョンとしての歓楽宮は，クビライ汗の歓楽宮とは性質を異
にするものである。詩の前半に描写されたクビライ汗の地上の楽園と歓楽宮
は，詩人によって客体として幻想された事物であり，後半においては幻想す
る主体たる詩人のビジョンとしての理想的歓楽宮が述べられている。

> The shadow of the dome of pleasure
> Floated midway on the waves;
> Where was heard the mingled measure
> From the fountain and the caves.
> It was a miracle of rare device,
> A sunny pleasure-dome with caves of ice![9]
>
> (ll. 31-6)

幻想の中で客体として出現したクビライ汗の地上の楽園に触発された詩人は，
幻想する主体として詩的ビジョンの姿を形成するのである。聖なる河アルフ
に写った歓楽宮の影は，クビライ汗の歓楽宮以上のものを詩人に示唆するの
であり，幻想の中でもさらにおぼろげな影の如き半実在性は，詩人の創造的
感情を刺激し，さらに深い感情とおぼろげな観念を生み出すものとなってい
る。コールリッジは1802年7月19日附の書簡の中で，この様な影の如き半
実在性，つまり想像力の薄明の世界が，まさに生れ出ずる生命の状態とな
り，そこで観念はさらに深くて長い痕跡を残すことが可能となることを記述
している。[10] クビライ汗が底知れぬ洞に沈む聖なる河アルフの騒音に，戦争
を予言する先祖の声を聞くのに反して，詩人はアルフの泉と洞窟の両方から
調和と合一の調べを聞く。氷の洞を伴って太陽の下に輝く歓楽宮の姿は，詩
人の天分にのみ許された奇蹟である。この様に，聖なる河アルフの源と終焉

となっている泉と洞窟から荘厳な調べを聞く詩人は，聖なる河アルフの流れの中間に映った歓楽宮の影から奇蹟としての詩的ビジョンを得ている。それは氷と太陽の熱を共存させた不思議な意匠を取って現われている。

　幻想の中の客体たるクビライ汗の楽園は，幻想する主体たる詩人によって，高次な詩的ビジョンとしての奇蹟の歓楽宮の中で不滅となる。この事は歓楽宮の影とアルフの流れとの調和と融合を示すものでもあり，詩人は幻想の中で主体と客体の不思議な合一を体験するのである。真の自我による真の認識の達成を主体と客体の合一に求めたコールリッジにとって，哲学の究極は宗教であり，宗教は思索の起点であった。彼の思索哲学とは絶対者なる神の自然を考察することであり，詩的直観に想像力説を中心とした論証を与えることであった。この様な主客合一によって，自然界に宗教の意味を見出そうとする態度は，コールリッジの想像力の認識の根底となるものであった。人間存在を科学する哲学は，単なる思索でも実践でもなく，両者の一体として考えられている。この合一に関して，コールリッジは『文学的自叙伝』第12章で次の様に言及している。

> The science of BEING altogether, its primary ground can be neither merely speculative or merely practical, but both in one. All knowledge rests on the coincidence of an object with a subject. [11]

コールリッジは客体的存在たる自然と意識する主体たる自我，又は知性との相互関係を考察しながら，意識的存在と無意識的存在との共同作用の可能性に目を向けていくのである。哲学的な想像力の神聖な働きは，それが現実的存在と同じく，自己の内面に潜在することを自己直観として捉えることによって生じる。つまり，創造的魂が人間精神の内奥の存在様式を直観するのである。この事をコールリッジは "i. e. of that which lies on the other side of our natural consciousness" [12] と表現している。心の純化作用を必然的に伴うこの様な内的感性に不可欠な構成要素として，主体と客体の合一が考えられている。根源的原理としての主客合一は，コールリッジの哲学の中で人間の存在論としての姿をとり，人間の深淵な本性を模索する思考を生む。コールリッジは想像力と芸術の創造性に関する考察の第3の命題とし

て次の様に提示している。

We are to seek therefore for some absolute truth capable of com-
municating to other positions a certainty, which it has not itself
borrowed; a truth self-grounded, unconditional and known by its
own light. In short, we have to find a somewhat which *is*, simply
because it *is*. (13)

　主客合一の中で見出されたこの様な唯一の原理の下で，絶対的真理は無意識
をも含めた全的存在たる詩人の精神に実現される。この真理の確実性によっ
て，詩人の一体的生命への直観が基礎づけられるのであり，肉体から解放さ
れた真の生命と自我を自覚した詩人の精神は，あらゆる対象を見つめながら
必然的に心奥における創造的魂の活動を洞察し得るのである。したがって，
この様な合一や統合とは，単なる存在の集合体を意味するのでなく，また，
動の世界にのみ存在するものでもなく，静の世界に定着するものでもない。
それは自律的であり，全てを超越するもので，独自の存在として自己充足的
なものである。コールリッジはこの内発的な創造様式をプロティノス的な美
学論の中でも捉えており，彼独自の有機的統合の理論へと発展させたのであ
った。自己充足した存在が，永遠の生成の繰りかえしの中で，新たな存在を
生み出すという創造的な内面形式こそ，コールリッジが 'Forma Formans'
「形成的形式」(14) と名付けた自己決定様式の本質なのである。
　「クブラ・カーン」前半は，クビライ汗の楽園と歓楽宮の描写で占められ
ているが，詩的ビジョンとしての奇蹟の歓楽宮を見た詩人は，後半において
理想的詩人像を示している。詩的調和の象徴であるアボラの山を歌うアビシ
ニアの乙女は，コールリッジの詩的理想世界にとって不可欠なものである。
かつて詩的霊感を与えたアビシニアの乙女の至上の音楽を思う時，詩人の熱
情は頂点に達し，詩全体にまとまった統一的構造をもたらしている。コール
リッジは『文学的自叙伝』第15章でシェイクスピアの詩人としての独創的
天分を論じて，詩的天才を示す第一の条件として美しい韻律の音楽性をあげ，
魂に音楽を持たない人は真の詩人でないと断言している。雑多なものを単一
の効果，統合にまで高める想像力の賜物は，詩の音楽性であるとコールリッ
ジは考えている。

But the sense of musical delight, with the power of producing it, is a gift of imagination; and this together with the power of reducing multitude into unity of effect, and modifying a series of thoughts by some one predominant thought or feeling, may be cultivated and improved, but can never be learned.[15]

生まれるものであって，作られるものではない詩人の独創的天分の第一の条件として，コールリッジが韻律の音楽性を指摘していることを考えれば，「クブラ・カーン」におけるアビシニアの乙女の象徴的意味も十分に理解できるのである。コールリッジは批評家としても優れていたが，自作の詩に序文や自注を付け加えることはあっても，何故か自分の作品を真剣に批評することがなかった。しかし，詩的天分の評価基準として彼が論述した内容は，そのまま彼自身の作品を考える上で示唆するところが多い。次にコールリッジは，詩的天分を判断する第二の条件として，主題が作者の個人的経験や事情から離れたものに求められ，しかも作者自身は作中人物から超然とした位置を占めることをあげている。[16] 蒙古帝国第五代目のクビライ汗も 1200 年代の人物であり，作者の個人的生活から遠く離れた題材と言える。幻想によって触発されて書かれた「クブラ・カーン」の特異な題材は，コールリッジの詩的能力の天分を示すものである。すなわち，我々は物語を聞かされるのではなく，全てを眼前に見聞きする様に，あざやかな感覚を伴った言葉の絵や言葉の音楽の前におかれているのである。第三の条件として，詩の各構成要素は詩人の熱情によって相互に関連し，調和と統一の効果を見せなければならないのである。

They become proofs of original genius only as far as they are modified by a predominant passion ; or by associated thoughts or images awakened by that passion ; or when they have the effect of reducing multitude to unity, or succession to an instant ; or lastly, when a human and intellectual life is transferred to them from the poet's own spirit,......[17]

単に自然を精確に模倣し，美しい言葉を駆使しても，独創的詩人たる証拠と

はならない。「クブラ・カーン」に見られる詩的生命は，様々な視覚的要素や聴覚的要素や感覚的要素が，詩人の強い熱情の下に結び合い，変化しながら統一を果している点にある。この様に，視覚的で感覚的な奇蹟の歓楽宮は，聴覚的なアビシニアの乙女を喚起させるのである。シェイクスピアが題材に詩的威厳と熱情を与えた様に，コールリッジの題材に対する深い洞察は，詩的精神を一つの生命感として我々に伝達することを可能にしている。最後に第四の条件として，詩人の思索力の深さがあげられている。詩人に思想の深さがなければ，単なる熱情の吐露は一時的な閃光に過ぎないものになる。熱情的な感性と冷静な知性の融合が，理想的詩人像に求められるべきであると考えるコールリッジは，偉大なる詩人は同時に深遠な哲学者であるべきだと言う。

No man was ever yet a great poet, without being at the same time a profound philosopher. For poetry is the blossom and the fragrancy of all human knowledge, human thoughts, human passions, emotions, language. [18]

「クブラ・カーン」においても，詩人の創造性が感性と知性の融合の中に見られることがわかる。詩人の題材に対する力強い思索の緊迫感が詩を生気づける一因ともなっている。夢の中の幻想を鮮やかな詩に表現するためには，知性や内省の広範囲にわたる活動が，言葉を適確に掌握していることが必要である。詩的天分が単に夢の中の幻想を伝達する受動的な道具にとどまってはならない。コールリッジの次の一節は，彼の思想の特徴を示すものである。

......first studied patiently, meditated deeply, understood minutely, till knowledge, become habitual and intuitive, wedded itself to his habitual feelings, and at length gave birth to that stupendous power, by which he stands alone, with no equal or second in his own class;......[19]

この様に，'habitual' となり 'intuitive' になるまでに至った知識は，詩人の感性と深く結びつき，詩的想像力を生む基盤となる。「クブラ・カーン」

に描写された理想的詩人像は，コールリッジが詩的天分に対して不断なく続けてきた深い考察と精細な研究の必然的結果なのである。詩の終末において，彼のこの様な理想的詩人像が，詩全体の統一へ向う強烈な熱情へと昇華されている。

And close your eyes with holy dread,
For he on honey-dew hath fed,
And drunk the milk of Paradise.

(11. 52-4)

畏怖すべき巨大な力を持つ詩人像は，究極的な姿として詩の霊峰の頂上を形成するものである。コールリッジはシェイクスピアと並ぶ唯一の理想的詩人としてミルトンをあげる。長年にわたる丹念な研究を続けた後，彼はこの二人の詩人を" the two glory-smitten summits of the poetic mountain "[20]と述べる程に傾倒するようになった。シェイクスピアは自由に，あらゆる人間性の形相とするプローテウスであり，ミルトンは全ての形相を自己に集約して自分自身の理想的統一へ向かう。あらゆる存在がミルトンによって新たなものとなる。理想的詩人は，それぞれの精神機能を相対的に相互に関連させながら人間の全精神，すなわち全存在を活動させる。主客合一の詩人の存在様式は，穏やかで目だたないが決して消滅することのない想像力を生む。「クブラ・カーン」における奇蹟の歓楽宮の熱と氷の共存状態は，あらゆる相反物の調和と融合として現われる想像力の具現に他ならない。聖なる河アルフの流れに映じた歓楽宮の影から，詩人の精神は事物の精随を捉えて，詩魂そのものの本性にまで昇華する。アルフの奔流の渾沌やクビライ汗の楽園に脅威であった大噴水の破壊力は，究極的にこの奇蹟の殿堂の中に和解と融合を見せる。正しく，この奇蹟の殿堂こそ，コールリッジがクビライ汗とアルフの渾沌から抽出した一つの詩魂の形であった。

注

(1)　Maurice Bowra, *The Romantic Imagination* (Oxford, 1973) p. 11.

24

(2) William Walsh, *Coleridge The Work and The Relevance* (Chatto & Windus, 1973) p. 144.

(3) Hartley Coleridge (ed.) *Coleridge Poetical Works* (Oxford, 1974) p. 296.

(4) Arthur Clayborough, *The Grotesque in English Literature* (Oxford, 1965) p. 193.

(5) Earl Leslie Griggs (ed.) *Collected Letters of Samuel Taylor Coleridge* (Oxford, 1956—71) 6 vols. pp. 708-9.

(6) Kathleen Coburn (ed.) *The Notebooks of Samuel Taylor Coleridge*, (Princeton. 1957) ♯921.

(7) Griggs, 前掲書, p. 349.

(8) John Shawcross (ed.) *Biographia Literaria* (Oxford, 1907) 2 vols. II., p. 120.

(9) H. Coleridge, 前掲書, p. 298.

(10) Griggs, 前掲書, p. 814.

(11) Shawcross, 前掲書, I., p. 174.

(12) *Ibid.*, p. 168.

(13) *Ibid.*, p. 181.

(14) Griggs, 前掲書, vol. 2., p. 1198.

(15) Shawcross, 前掲書, II., p. 14.

(16) *Ibid.*, pp. 14-5.

(17) *Ibid.*, p. 16.

(18) *Ibid.*, p. 19.

(19) *Ibid.*, pp. 19-20.

(20) *Ibid.*, p. 20.

第二章　老水夫の実像

(1)

　ロマン派詩人達には個性尊重の考え方が流布しており，特に一般社会から遊離した特異な存在に注目する傾向が著しい。中でもコールリッジは終生，不思議な魂の驚異の領域を探求する姿勢を保ち続けた詩人である。平均的な人間よりも苦悩し思考する個人の存在や，社会から離反した人間の孤独な世界に注目して，皮相的外面世界から根源的内面世界へと移行するコールリッジの特性は，彼生涯の傑作「老水夫の歌」において最も顕著に示されている。

　老水夫は熱狂的な神秘家であり，独自の幻想体験を持つ孤独な旅人である。幻想世界の中で老水夫は深くいきいきとした美しいイメージと共に消しがたい神秘の瞬間を垣間見る。闇の中で鮮かに見えた幻想が，過去現在の時間と心象風景を集約しながら，眼前の光景を修飾する時，幻想は実在の事物と混りあい，独自の実体と外在性を持つに至る。この様な神秘家の誕生はクライスツ・ホスピタル校在学以来コールリッジの愛読した神秘主義思想家ヤコブ・ベーメの思想を念頭においたものと考えられる。

　博学な想像力を持たなかったため，垣間見た幻想世界の描写は群衆によって狂気と見なされたベーメもまた，群衆から離脱して闇夜をさまよう孤独な旅人であった。ベーメの様に学識も身分も持たなかった人にとって，霊感による感性の独創性を言葉にするためには，どれ程の苦悩に深い感情が必要であったかとコールリッジは考える。そして，社会的な教育を十分に受けずに独自の感性による至上の精神的飛翔の中で，特異な真理認識の形態を体得する天才の苦悩について次の様に述べている。

O! it requires deeper feeling, and a stronger imagination, than belong to most of those, to whom reasoning and fluent expression have been as a trade learnt in boyhood, to conceive with what *might*, with what inward *strivings* and *commotion*, the perception of a new and vital TRUTH takes possession of an uneducated man of genius. [1]

　ベーメ型の想像力は，独学による限られたものであり，群衆から疎外され
たものであるため，その限界の中で一層強烈なものとならざるを得ない。し
かしながら，コールリッジはベーメ型神秘家の利点を鋭く指摘している。知
識としての形式や美文に精通しなかったベーメは，純粋な魂で真に霊感を受
けた独創的な人間として，自分の言葉を感性の表現としたのである。無学で
あったがために，逆説的に，ベーメは万物に内在する生存の根源的問題を学
問的区分を逸脱することを恐れず，真に深く核心に迫ろうとしたとコールリ
ッジは考える。老水夫の姿も無学無名の人物として描かれており，ベーメの
疎外性は老水夫の疎外性でもあることがわかる。この様な独自の幻想体験と
真理認識を持ったために，群衆から疎外される人間の存在様式は，ロマン派
詩人コールリッジの詩魂に深く共鳴させるものがあり，詩人としての基盤を
支える重層的な主題となっている。ベーメ型の想像力を持つ幻想家老水夫の
存在様式が，最終的に「クブラ・カーン」後半で述べられた理想的詩人像と
深く結びつくのである。それは何人の追随も許さない巨大な力を持つ究極的
な姿であり，詩の霊峰の頂点を形成している。この世にありながら，地上に
奇跡の楽園を築こうとする詩人は，やはり群衆から畏怖され疎外されている
のである。したがって，この様な理想的詩人への過程の中に位置づけられる
老水夫の実像は，その幻想体験とコールリッジ思想との関連性に検討を加え
ることによって解明されるものと考える。

(2)

　ベーメ型の想像力が真理認識に際して多大な苦悩を要求した様に，老水夫
の幻想世界も信天翁射殺による苦悩を伴うものである。この事は幻想世界が
ベーメ的な想像力の性格を色濃く帯びたものであることを示している。そこ
で，信天翁射殺の持つ意味を考えてみる必要がある。周囲の物質世界と船上
の人間社会との間に介在するものとして信天翁が詩中に登場するが，仲間の
水夫達は単にこの鳥を迷信の対象としてのみ把握するだけであった。その中
で，老水夫のみが鳥との親交と信頼関係を持ったのである。したがって，信
天翁射殺はこの鳥が老水夫によって真実厚遇され裏切られたことを示してい
る。射殺の行為が引き起す結果は，老水夫の内面世界に恐るべき罪意識を形
成することになる。婚礼の客の一人をとらえて，信天翁射殺にまつわる罪と
贖罪の幻想世界を語る老水夫の容貌は苦悩に満ちたものであり，悪魔的でさ

えある。信天翁射殺はベーメ的な想像力の有限性を示すものであると同時に，人間の悪の象徴としての原罪をも暗示しているのである。詩中における信天翁射殺の動機は神秘的であり，創世紀においてアダムとイブの罪が説明される程度でしか語られていない。人間は禁断の樹の実を食べたのであり，そのため楽園を追放される。人間は子孫末裔に至るまで，追放による流浪の生活を続けることになる。コールリッジも信天翁射殺の罪を同様に扱っており，多くを語ることを控えているのである。

　コールリッジが無学であったベーメの想像力を高く評価していた様に，彼は人間の無限の可能性を素朴に信じていたわけではなかった。むしろ，人間の有限性と内面への暗黒の模索の恐怖を痛感していた人物であった。ベーメの想像力の有限性と苦悩は，この意味でコールリッジにとって特別な共鳴を持つものであった。信天翁射殺による老水夫の苦悩と恐怖には，人間の原罪を考察することによって，人間本来の在り方を模索しようとする姿勢が示されているのである。兄ジョージへの彼の書簡の中に原罪について触れた部分がある。

But I believe most steadfastly in original Sin.——that from our mother's wombs our understandings are darkened;(2)

コールリッジの鋭敏な自意識に生涯つきまとっていたものは，本質的に，この様な認識であった。人間は母親の体内にいる時，すでに原罪の宿命を背負っていると考える彼の意識構造は，「老水夫の歌」が未完の作品「カインの放浪」とほぼ同時期に製作された事を見ると，詩人コールリッジの特質であることがわかる。コールリッジは『黎明』を通じて，ベーメ思想の真髄である神秘的汎神論や罪悪感に熟知していた。そして，コールリッジの意識の中では，ベーメの罪悪感や老水夫の苦悩がカインの放浪と重なり合っているのである。旧約のアベルとカインの物語の中の，兄弟殺しの罪の烙印を押されて神から放浪を強いられたカインの運命が，人間の原罪という点において，苦悩する幻想家老水夫の信天翁射殺の行為に象徴されている。老水夫が苦悩しながら，'I had done a hellish thing' (1.91) と語った時，他の水夫達の中で彼のみが射殺の行為の意味する真に 'hellish' なことを自覚したのである。この様な強烈な罪意識は，老水夫の幻想世界に悲劇的受難を作り出す。

28

それはコールリッジの佳作「眠りの痛み」に表現されている 'The unfathomable hell within' (1.46) と同じく，内的闇と孤独地獄を形成するものである。

　信天翁殺害によって老水夫の幻想世界が急激な変化を見せる事は，詩中において太陽の運行を逆に描写するという簡潔な表現で示され，詩の超自然的傾向が強調されている。吉兆と見るべき敬虔な鳥を殺害したために，水夫達の身の上に不可思議な現象が続発するのである。人間を罰するかのように照りつける太陽ときびしい渇きの中で船は完全に停止する。周囲一面に広がるのは沈黙の海である。老水夫に狂気の様な渇きが襲う。際限のない単調な時間，完全に停止した船と無限の海，この様に全てが停止した沈黙の海から幽霊船は音もなく異様な動きを伴って水夫達の眼前に登場するのである。この幽霊船出現を救いの兆しと見た老水夫は，腕の血を吸って声をしぼり出すが，絶望の淵につき落されることになる。幽霊船上の二つの霊は，仲間の水夫達全員に死を，そして老水夫には「死中の生」'The Nightmare Life-In-Death' (1.193) を与える。冷徹な罰の結果，老水夫の周囲には夥しい死体が横たわり，目はすべて事件の発端となった老水夫に向けられている。老水夫は呪いの目に取り囲まれ，周囲一面の沈黙の海は異様に腐敗した恐怖の海となる。

　　The very deep did rot: O Christ!
　　That ever this should be!
　　Yea, slimy things did crawl with legs
　　Upon the slimy sea. (ll. 123-6)

無数の粘液質のものが存在する恐怖の海の中で，船は幽閉された孤独の場となる。信天翁殺害の罰として老水夫に与えられた「死中の生」が，幻想世界の中で極限的な領域を形成するものであることがわかる。この様な中にあって，老水夫は月下の海蛇を無意識のうちに祝福する。

　　And I blessed them unaware:
　　Sure my kind saint took pity on me
　　　　　　　　　　(ll. 285-6)

信天翁に対する無意識的な悪の行為は，海蛇に対する無意識的感覚が恩寵と
して現われることによって贖われている。

　詩中に見られる罪と罰と救済の過程は，明らかに宗教的な意図を感じさせ
るが，老水夫の海蛇に対する祝福の行為は，伝統的宗教観念によって単純に
説明しつくせないものを含んでいる。幽霊船，恐怖の海に存在する無数の粘
液質の生物，そして老水夫の海蛇への祝福，これらは全て意識の深淵との関
わりを持つ未知の領域を構成している。海蛇への祝福は日常的悟性を越えた
洞察であり，純粋な感覚的恩寵による直観的な把握によるものである。コー
ルリッジは『文学的自叙伝』第12章の中で，この様な未知に対する未知の
感覚を得る直観的認識の正当性について，'realizing　intuition　which
exists　by　and　in　the　act　that　affirms　its　existence'[3]と述べて，直観と
しての知覚能力は，それが機能する精神状態に応じて様々な姿をとって現わ
れることを明確にしている。コールリッジによれば，この様な直観能力は正
に存在するがゆえに認識され，認識されるがゆえに存在するものである。し
たがって，直観のための内的器官としての知覚能力を持たない人々には自ず
と存在し得ないのである。既存の宗教的規律や日常的悟性に縛られずに，老
水夫が独自の認識を求めて模索し苦悩する時，予測することも分析すること
も困難な理由によって，海蛇の美を無意識のうちに認識したのである。コー
ルリッジにおける内的知覚能力としての直観的認識は，主体が客体の中に，
また客体が主体の中に融合した状態で作用するものである。この意味におい
て，海蛇に対する老水夫の直観的認識は，老水夫の精神の中に海蛇が入り込
み，海蛇の中に老水夫の精神が入り込むという主客合一の状態によって果さ
れていると言える。このことは老水夫の自己意識が，自然の中に遍在する神
の意識へと融合することを物語っている。ベーメ的な神秘性を湛える直観と
しての感覚的恩寵によって，コールリッジは人間の原罪と堕落を前提としな
がらも，極限的状況における人間の高次な認識形態を示し出そうとしたので
ある。コールリッジの有限的存在としての人間意識は，自意識の限界に縛ら
れた日常性の幻滅と永遠性との対極の中で，人間を捉える認識を生み，老水
夫やカインの宿命と同様に人生を「死中の生」と考えるに至っている。自我
の限界を鋭く自覚することによって，又は日常的自我を無に帰することによ
って，神としての無限の宇宙の静寂との出会いの瞬間が生れ得るのである。
老水夫の幻想世界は非日常性に満ち，人間の自我の存在を追撃するもので，

この様な日常的限界を越えた忘我的な融合への苦闘は，詩人コールリッジの
実体に他ならない。原罪と失われた楽園の意識の中で，彼は第二の無垢へ至
る極限的な道を探求し続けたのである。

　老水夫の姿に投影されたベーメの神秘性やカインの放浪，そして信天翁射
殺に示された人間の原罪，海蛇への祝福における感覚的恩寵，これらは全て
詩の高度な象徴性を示すものである。最も高度な観念の伝達は，コールリッ
ジによれば，象徴としての言葉によってのみ可能である。老水夫の幻想世界
は，この様な象徴的手法を駆使しながら，情緒的な直観的真理に表現を与え
たものと考えられる。直観的真理を象徴によって表現するコールリッジにと
って，象徴は詩の真実性を支えるもので，個別的なものに普遍性を見抜き，
一時的なものに永遠性を透視する特性を持つ。したがって，コールリッジの
直観的認識を代弁する象徴は，言葉の血肉とも言うべき実体を伴った有機的
生命を持つものである。

Words are no passive Tools, but organized Instrument, re-acting on
the Power which inspirits them. [4]

この様な言葉に対する真剣な考察は，コールリッジの形而上的考察と呼応し
ながら，多くの関連を集中させ，統一した象徴を構成するものである。詩の
素材は象徴の下で再構成されて，コールリッジ独自の神秘的幻想世界を形成
するものとなるのである。

(3)

　「老水夫の歌」に付け加えられた注釈と題詩は，1798年から1817年の間の
コールリッジの思索を表わすもので，詩の解釈に対して大いに示唆的なもの
である。本来，客観的な物語形式であった詩に，さらに注釈と題詞が加わっ
たことによって，詩人自身が生の情緒から脱却し，客観視し得る情緒の把握
と効果的な感動を構築しようとする過程とが強調されることになった。コー
ルリッジがこの詩に自らの注釈や題詞を加え，おりにふれて手直しをしてい
た事は，当初の無意識的な幻想詩に哲学的思索を加味させるものとなり，詩
の神秘性は深遠な形而上的探求との関連を深めることになった。注釈や題詞
は詩に対する新たな視点を与えるもので，詩に対して客観的な緊張感を示す

ことになり，詩全体の構成に深い眺望をもたらしている。この意味において，老水夫の航海が遭遇する超自然世界や，船が不思議な過程で進んでいく赤道を中心とした地球上の区分は，精神的図式を暗示させるもので，コールリッジの形而上的宇宙世界の縮図と考えることができる。したがって，信天翁射殺や海蛇への祝福に見られた激しい知的緊張感は，罪，罰，救済という宗教的過程の背後にコールリッジの哲学的意識が存在することを示すものである。罰に耐える老水夫の姿は，内面に新たな認識を深めていく精神的冒険者としての姿でもある。Tillyard もこの詩の形而上的要素に注目して，次の様に説明している。

> The Ancient Mariner and his ship represent the small but persisting class of mental adventurers who are not content with the appearances surrounding them but who attempt to get behind. [5]

虚構の風景の様な幻想世界は，実は日常的限界を越えて人間存在の限界状況の中で超越的な存在と関わりを持とうとする努力の具現に他ならない。虚空の中から未知の新しい感情を構築しようとするこの様な極限的作業は，コールリッジにとって，何にもまして知的統制を必要とするもので，彼はこの事を詩と哲学の融合としても捉えている。シェイクスピアの詩作を論じた中で，コールリッジは偉大な詩人とは同時に偉大な哲学者でもあるべきだと考え，'No man was ever yet a great poet, without being at the same time a profound philosopher'[6] と述べている。「老水夫の歌」において，コールリッジの志向が知的仮構へと傾斜すると共に，彼の詩魂や論理，そして認識欲の充足といったものが，老水夫の精神的冒険に成果を与えるに至ったのである。したがって，日常的社会意識の外側へと志向する老水夫の物語は，永遠の存在に対する思慕を示すもので，人間が日常的限界の中で永遠の世界と対置し，可能な限りの極限的創造をしなければならないことを教えているのである。

　『文学的自叙伝』の中に老水夫の航海に関連した興味深い記述がある。コールリッジは，古代ローマ人がアルプスのこちら側と向こう側とに領土を区分していた様に，人間の認識の対象も意識のこちら側とあちら側とに分けることができると述べている。そして，人間の知的能力の限界と未知に対する

精神的探求についての論考を試みている。

The first range of hills, that encircles the scanty vale of human life, is the horizon for the majority of its inhabitants....By the many, even this range, the natural limit and bulwark of the vale, is but imperfectly known. Its higher ascents are too often hidden by mists and clouds from uncultivated swamps, which few have courage or curiosity to penetrate.[7]

通常，霧や雲によって包まれている 'the first range of hills' は，人間の狭い日常意識を取り囲むもので，多くの人々は恐怖を抱き，これを乗り越える勇気を持たない。詩中における極地の寒さ，雪，氷，霧といったイメージは，瞑想と思索の海の彼方の朦朧とした神秘や不可知を暗示しており，老水夫の精神的探求の 'the first range of hills' を意味するものであることがわかる。日常性の谷間に住む人々にとって，霧や雲が恐怖の対象として映った様に，老水夫の形而上的な幻想体験において，朧ろに知覚した超越的実体は，日常的意識が理解できないものを含み，恐怖と苦悩の原因となるのである。この様な意味において，老水夫の航海は日常性と未知との戦いの中で，自然界の未知の部分を堀り出すために，己の未知の能力を自覚する一種の自己発見の過程なのである。さらに，コールリッジは人間の意識の背後に存在する哲学的意識について述べている。

There is a *philosophic* (and inasmuch as it is actualized by an effort of freedom, an *artificial*) *conciousness*, which lies beneath or (as it were) *behind* the spontaneous consciousness natural to all reflecting beings.[8]

人間の認識の対象が意識のこちら側とあちら側とに分けられた様に，コールリッジは究極的には，意識の問題を日常的意識と通常の意識を越えた哲学的意識とに大別していたのである。そして，この様な哲学的意識が詩を支える精神となっているのである。詩中に見られる様な日常的意識に対する攪乱は，老水夫を日常的人生からの自発的な放浪者とし，カインを彷彿とさせるので

ある。信天翁射殺や海蛇への祝福が提起していた原罪と感覚的恩寵の背後に
は，コールリッジの哲学的意識の要求する精神的探求が暗示されている。こ
の様な行為の不可思議さが，彼の哲学的意識の深淵に知的課題を提出してい
た事は，彼の思想の前衛性を物語るものである。コールリッジは通常意識の
捉えることのできない深淵な未知の領域を哲学的意識として考えるのである。

The lowest depth that the light of our Consciousness can visit even
with a doubtful glimmering, is still at an unknown distance from
the ground.[9]

コールリッジにとって，哲学的意識とは無意識の精神作用をも含んだ客体的
なものの総体を意味し，真の認識活動においては主体としての日常的意識と
の両者の相互作用が不可欠であった。この様な両者の合一は通常の意識状態
を越えた意識下において認識されるのである。それ故，自己意識が真の認識
を果たす時，その内面に客体としての無意識を含むことになる。海蛇への祝
福における主客合一の絶対的認識は，海蛇によって示された自然の無意識が
老水夫の主観的精神の中で完全に同一化したことを意味している。客体とし
ての無意識との合一による真の認識は，さらに自己意識の進化を可能とする
ものである。この様な意味において，老水夫の航海は意識のあちら側へと志
向し，信天翁射殺によって精神的冒険の究極的な領域へ足を踏み入れる。老
水夫が沈黙の海に船を乗り入れ恐怖の時を迎えた時，未知の海に対して無知
の航海を続けて来た者が，自らの未知の能力を自覚する究極的領域に到達し
たのである。信天翁射殺の行為が過激な罪の意識を伴ったにもかかわらず，
コールリッジが老水夫の航海に企てた精神的探求の収穫は，見事に果される
ことになる。

(4)

　海蛇への祝福の後，聖母マリアは老水夫に安らかな眠りを与え，天より雨
を降らせる。そして，コールリッジの注釈が説明する様に，天使の精と南極
精が老水夫を故郷の港へ運ぶことになる。信天翁殺害の後，船を南極から赤
道まで運んで来た南極精は，老水夫の行為に対して復讐的であったが，再び
天使の精と共に船を竜骨から押し進める力となる。赤道下に停止した船は，

この様な精霊達の不思議な共同作業によって再び始動するのである。船の帆を操作するものは，守護聖者の祈願によって水夫達の死体に入った天使の精である。この場面において，夜明け時に水夫達の死体の口から発せられる音色が，この世の全ての小鳥の妙音を集めたかの如く空一面に広がっている光景は，老水夫の海蛇に対する祝福の場面と呼応するもので，詩中において重要な位置を占めるものである。

For when it dawned——they dropped their arms,
And clustered round the mast;
Sweet sounds rose slowly through their mouths,
And from their bodies passed.

(ll. 350-3)

老水夫は甥の死骸と共に一つの網を引き，仲間の水夫達の死体は帆柱に集まり口から妙音を発する。この 'sweet sounds' は，太陽へ向って昇り光の反響となって帰って来る。光と妙音との相互作用は，ベーメ的な神の力の使者や超越的実体の様々な表出としての意味を持っている。無風の海を静かに進んできた帆船は，一瞬帆柱の真上に太陽をおいて停止する。この時，航海に関係した全てのもの，二群の精霊達，老水夫と仲間の水夫達，船と海が太陽の暗示する単一な宇宙的調和の下に融合を果すのである。静寂の中で心の聴覚によって聞きとられた妙音は，老水夫の幻想世界における至福の場面を形成している。太陽の光，妙音，幻想する老水夫の意識と歓喜とが同時に交錯しながら，あらゆるものが美音と共に躍動する幻想的な至福の世界は，コールリッジの「エオリアの琴」を想起させる。この様な美音や妙音に満ちた至福の風景は，無音の恐怖の海における地獄の風景や南極海での恐怖音と好対照をなすものである。躍動する至福の宇宙的調和の下で，水夫達の死体が美音と共に帆柱の周囲に群がり，全てが一点に集中する光景は強力な均衡を背後に含蓄するものであり，コールリッジ独自の有機的統合の理論の詩的表現として考えることができる。Cornwell はコールリッジの言葉を捉えながら，直観的認識と有機的統合について次の様に論述している。

The sense of beauty derives from the intuitive perception of the

organic unity of an object (its "Multëity in Unity," its recon-
ciliation of opposites); and the "absolute complacency," from the
intuitive perception of that organic unity as a *symbol* of the
"Supreme Reality," the unifying spirit (in and behind Nature)
which is God. (10)

コールリッジにとって，自然界に内在する統合する精神こそ至上の真理とし
ての神に他ならなかった。多様の統一や相反物の融合における有機的特性を
直観的に認識するコールリッジは，審美意識と共にこの様な統合性を神の象
徴として把握していた。したがって，老水夫の幻想世界を構成する全てのも
のが，神を暗示する太陽を中心として調和と融合を見せる場面は，詩中にお
いて重要な意味を持っているのである。一点を中心とした調和と融合は，同
時に全てに眺望を与える焦点となり，コールリッジの哲学的考察の対象なの
である。

All these we shall find united in one perspective central point,
which shows regularity and a coincidence of all the parts in the
very object, which from every other point of view must appear
confused and distorted. (11)

一点に集中する調和と融合の点は，コールリッジの哲学では，'one perspec-
tive central point' と表現されている。多くの哲学の中で，一見不調和に散
在している真理の諸相も，様々な皮相的誤謬を超越して究極的な眺望を与え
る焦点に到達した時，全てを一つの全体として捉える高度な認識と視野を持
って理解することが可能となる。この様な見地に立って見れば，ピタゴラス
やプラトンの学説を始めとして，ヘブライ神秘主義者達やアリストテレス，
スコラ哲学等の哲学も一致した真理を示すものだとコールリッジは考えてい
る。哲学の諸学説の誤謬と根源的真理との関係を論じた彼の考察は，詩の解
釈にも示唆的なものを多く含んでいるのである。南極海から赤道に至る航海
の混乱や地獄が解消され，多が単一なものに集合する場面が，詩の流れの中
で貴重な眺望を与えていることがわかる。不可知な客観的存在としての超越
的実体と，無知な主観的意識の背後に存在する哲学的意識の要求する精神的

探求によって，罪，罰，救済という一連の宗教的過程の中で主体と客体との深遠な融合を体得した老水夫は，幻想世界における最も究極的な領域に達したのである。異教的な南極精と正統的な天使の精の共同作業によって，老水夫は形而上的真理を暗示する 'one perspective central point' に至る道を体得したのであった。この様な意味において，帆柱の真上に位置する太陽は，形而上的にはプラトン的単一，宗教的にはキリスト教的神性の両者の融合による根源的真理を象徴するものと言える。太陽を中心として全てが静止の瞬間を迎えた時，主体と客体，空間と時間，認識と存在の融合は完成される。この究極的な光景が老水夫の魂の昇華と浄化を促すものとなったのである。また赤道が老水夫の航海の中心に位置し，精神的探求の場となっている事は，無風の中で狂気の様な渇きが襲った沈黙の海も無数の粘液質のものが存在した異様な恐怖の海も究極的な眺望を与える焦点を示した静止の海も，全て同じ赤道に占められていることによって明らかである。赤道は船の出航と帰還との中間であると同時に南極と北極の両極性の中間をも意味するものである。老水夫の船はこの様な形而上的宇宙の力を暗示させる赤道下において，様々な形態を表出させる海上で不思議な現象に遭遇したのである。調和と融合を見せた静止の海の後，船が超自然的速度で疾走を始める事は，赤道に内在する強力な相反する力の均衡状態を強調するものである。相反する力の融合によって果たされる有機的統一は，単なる中和を意味するのでなく，内側に動を含蓄させた静止の均衡としての一種の緊張状態なのである。コールリッジはこの世の全てのものが相反物の均衡によって成立し維持されていると考える。

In all subjects of deep and lasting interest, you will detect a struggle between two opposites, two polar forces, both of which are alike necessary to our human well-being, and necessary each to the continued existence of the other. [12]

自然界の万物の中に相反する力の両極性を見つめるコールリッジは，相反物の理想的調和と融合を真理の啓示として捉え，この様な啓示に対する詩人の直観的認識を思想と感情の合一として表現したのであった。したがって，万物に示された自然の精神を真に認識するためには，自らの精神の中に主客の

合一が求められねばならない。老水夫の物語はこの様な真の認識作用に至る
精神的旅路であった。老水夫は様々な局面を迎えながら自己意識の段階的高
揚を果たし，深い内省作用と共に精神的に最も高度な哲学的意識によって究
極的な真理の領域を体得したのであった。空霊な精神的探究の力動の中で，
自分自身が飛翔する精神世界の象徴ともなった老水夫は，躍動する人間の生
命の原型を示しながら，全ての相反物が集中し融合する静止と眺望の瞬間を
体得し，遍在する神との一体感を垣間見ることができたのであった。

注

論文中，原作品からの引用はHartley Coleridge (ed.) *Coleridge Poetical
Works* (Oxford, 1974) 版による。

(1)　J. Shawcross(ed.) *Biographia Literaria*, 2 vols. (Oxford, 1973)
　　vol. 1., p. 97.

(2)　E. L. Griggs(ed.) *Collected Letters of Samuel Taylor Coleridge*,
　　4 vols. (Oxford, 1966) vol. 1., p. 396.

(3)　Shawcross, 前掲書, vol. 1., p. 173.

(4)　Kathleen Coburn(ed.) *Inquiring Spirit* (Routledge, 1951) pp. 101-2.

(5)　E. M. W. Tillyard, *Poetry and its Background* (Chatto &
　　Windus, 1972) p. 71.

(6)　Shawcross, 前掲書, vol. 2., p. 19.

(7)　*Ibid.*, vol. 1., pp. 164-5.

(8)　*Ibid.*, p. 164.

(9)　H. J. Spencer(ed.) *Imagination in Coleridge* (Macmillan, 1978)
　　p. 191.

(10)　Ethel Cornwell, *The Still Point* (Rutgers University Press, 1962)
　　p. 69.

(11)　Shawcross, 前掲書, vol. 1., p. 170.

(12)　S.T. Coleridge, *The Table Talk and Omniana of Samuel Taylor
　　Coleridge* (Oxford, 1917) pp. 416-7.

第三章　コールリッジとワーズワス
──詩　と　批　評──

　ワーズワスが『抒情民謡集』に付した1800年版の序文は，(1802年版に加えられた章節を含めて)詩の言語に対する彼の実験を正当化するために書かれたロマン主義理論の一宣言であった。ワーズワスの序文の中の詩論の背景には，18世紀末から19世紀始めのイギリス社会の変動，すなわちフランス革命や産業革命の影響を受けた当時の社会的意識が存在していた。当時のイギリス社会の変動を経験したワーズワスは，新たな社会的意識を持って，単に美しい自然の姿をうたう詩人としてではなく，自らの田園生活の体験を土台として，自然の中に生きる農民の素朴な生態，その喜びや悲しみに注目した詩人であった。フランス革命を現地で体験し，当時のイギリス社会の変動を経験したワーズワスにとって，グレイ，クーパー，バーンズの様な過去の自然詩人達の田園詩とは異った見方で農民の姿を表現することが何よりも必要な事であった。この様な新たな社会情勢の経験と観察を，どの様に言葉が適確に表現すべきかを考察したものが，詩の主題と用語に関するワーズワスの詩論であった。

　1790年以後のワーズワスは，湖畔地方での幼少年時代以来，精神形成において最も重大な時期を迎えた。グラスミアやウィンダミアでの幼少年期の単純な喜びや本能的な恐怖の描写に知的要素や社会的意識が欠落していたのは事実であり，フランス革命がワーズワスの知的生活に与えた影響力は，ケンブリッジよりもはるかに大きなものであった。フランス革命による政治的興奮を情緒的感性で受けとめていたワーズワスは，当時の革命的な精神活動の基盤を抽象的理性におこうと望んでいた。この時期のワーズワスに指導的役割を果たしたのが，ウィリアム・ゴドウィンであった。ゴドウィンの何物にも妥協しない理性的確信と明解な論理は，情緒的にゆれ動くワーズワスに確固たる足場を与えたかに見えたが，革命が恒久的理想となり得ないのは当然の結果であった。ワーズワスが革命に期待したものは，すべて失望と恐怖に終ったのである。フランス革命の苦い経験は，ワーズワスの精神的成長に重大な衝撃を与え，深刻な道徳的情緒的危機となった。この様に革命の衝撃と

幻滅に苦悩していたワーズワスに新たな希望と光を投げかけたのがコールリッジであった。コールリッジの知性と広範な学識は，ゴドウィン以上にワーズワスの精神に豊かで変化に富んだ知識を与えたのである。コールリッジの芸術哲学は詩的暗示性に豊み，深い思弁的特質を持っていた。ワーズワスの序文に見られる真の人間性に対する創作活動への精神的な革命は，ワーズワスの自然観照がコールリッジの理想主義的知性と深い連携を持つことによって，詩人ワーズワスの独自の哲学的志向が確立された事を示すものである。

『抒情民謡集』序文におけるワーズワスの目的は，詩を特定の人間の特別な趣味から解放し，人類の中で普遍性を持った詩人像を確立することであった。このために，詩人は誰よりも人間性に関する広範囲の知識と力強い感性に恵まれていることが要求された。ワーズワスにとって，詩は特殊な技巧や用語によって，少数の知識人の知的自己満足のために存在するものではなかった。したがって，つつましい田舎の生活の中から素朴な主題を選び，日常的な会話に人間の真実の言葉を求めたワーズワスの態度は，詩の主題と用語に対して意図した平凡さと簡潔さの正当性を力説する意識的挑戦なのであった。ワーズワスが田舎の生活に注目したのは，特定の階層の人間や地域性に目をむけたわけでなく，素朴な主題があらゆる人間に共通の熱情を最も自然な形で伝達し得る表現形態を意識的に模索した結果であった。人間性の真実や永遠の相が，田舎の素朴な人々や羊の群れの中に見出されるならば，それは同時にワーズワスにとって，人間の真実の言葉を考察する場でもある。この様な真の人間の言葉が，ワーズワスの詩の言語となるべきものであった。田園生活を営む現実の人間の言葉の忠実な再現が，詩中において人間の真実の言葉として表現される時，読者を一層深く感動させることになり，詩人は描こうとする庶民の感情にできる限り近づくべきだとワーズワスは考えるのである。コールリッジの様に直観的認識を論理的に説明する哲学的手法を持たないワーズワスは，最も平凡な生活から一般論を導き出し，自分の基本的な詩作方針を次の様に記述している。

Humble and rustic life was generally chosen, because, in that
condition, the essential passions of the heart find a better soil in
which they can attain their maturity, are less under restraint,

and speak a plainer and more emphatic language. [1]

　ワーズワスが田舎の人間の素朴な言葉を詩の用語として選択した事は，田園生活の中で生きる人間の姿に最も自然な真の人間性を見出していたからであった。詩的直観によって経験した詩人の感動は，最も自然で無理のない形で読者に伝達されるべき事をワーズワスは詩的信条としていた。田舎の人間の素朴な言葉に深い意味を認め，田園生活の様式を詩の主題と用語にすることによって，ワーズワスが表現しようとしたものの本質は，自然の永遠の美と人間の熱情との融合であった。ワーズワスにとって永遠なものの探求とは，自然を熟視し，自然の意味を問い，自然に従うことであり，人間との最も基本的にして不変の均衡を追求し，"the primary laws of our nature" [2]を把握することであった。創造性と普遍的魂を持つ詩人が，他の人間に不可視なものの美を認識し，歓喜と共に詩作するのは，自然の中に生きる人間存在の "the primary laws of our nature" を深い神秘性を湛えた鋭い直観的認識によって突然把握するためである。素朴な日常生活の中に見られるこの様な "the primary laws of our nature" こそ，田舎のつつましい農民の生活を詩の主題として設定することによって，ワーズワスが描き出そうとしたものであった。

　ワーズワスは序文の中で，田園生活に密着した詩の主題と用語が低俗であるとか，詩作の常識に反するという当時の批判や非難に対して，自ら弁護し反論を試みている。18世紀の思想的背景となった機械論的唯物主義や無味乾燥な科学的抽象に対して，ワーズワスは自己の具体的経験の普遍性によって独自の精神主義を宣言したのである。当時の精神的覚醒の先駆者として，自然と人間の相互作用を誰よりも深く見つめていたワーズワスにとって，詩は前時代に見られる技巧的イメジャリーや不自然な装飾のための単なる娯楽や特定の知識人のための趣味ではなく，力強い感情の自発的な流出でなければならない。

I have said that poetry is the spontaneous overflow of powerful feelings: it takes its origin from emotion recollected in tranquillity: [3]

自発的に流出する力強い感情をどの様に言葉が適切に具象化するかという問題は，特殊な語彙語法や伝統的詩語を排斥するワーズワスにとって重大な関心事であった。" emotion recollected in tranquillity "とは，詩人が溢れ出る感情と適切な表現を求めて深く長い間考え続け，いく度も推敲をくり返さねばならないことを示すものである。詩人によって深く長い間考察された感情と言葉は，詩中において感情が言葉を生かし，言葉が感情によって独自の詩の魅力を発揮する魔術的な力を生み出すのである。詩における感情と言葉の理想的結合の可能性を模索したワーズワスは，18世紀的な詩の作法に満足せず，むしろ農村の日常的な言葉の中から新たな詩の用語をひろいあげようとしたのである。このために，静寂の中の瞑想活動が平静さを伴った深い感動を呼び起こすことが，ワーズワスの詩心に不可欠であった。5年前に訪れたワイ河の回想を述べた「ティンターン寺院賦」に見られる様に，以前に自然から受けた生の感動は，時間の経過によって平静さを伴った深い感動となり，ワーズワスの沈思黙考はかつての詩的ビジョンの体験に集中し，自然と人間精神との相互作用に目を向けていくのである。

　　　　　----that serene and blessed mood,
　In which the affections gently lead us on,----
　Until, the breath of this corporeal frame
　And even the motion of our human blood
　Almost suspended, we are laid asleep
　In body, and become a living soul:
　While with an eye made quiet by the power
　Of harmony, and the deep power of joy,
　We see into the life of things.
　　　　　　　　　　(ll. 41-49)

ワーズワスの自然の積極的意義は，感覚的に身も心も自然と完全に融合することによって，詩人の生きた魂に実現されるのである。自然によって瞑想活動へ導びかれて，ワーズワスは静寂なる宇宙の美を一種の恍惚状態の中で感じとり，事物の中心に存在する聖なる静けさを感知する至高の瞬間を神の示現として受けとめていた。自然の美しい風景が与えた印象の道徳的意味を考

え，倫理性を湛えた場面の数々を回想する時，精神に落ち着いた静寂と同時に高揚した感覚的喜悦を与える崇高な神の存在をワーズワスは独自の汎神論的認識によって自覚するのである。

　詩の用語として現実の農夫の話し言葉の諸相を再現しようとするワーズワスの主張は，日常使用されない言葉をすべて詩から排除することを意味するものではなく，18世紀の古典主義的詩語法に対する詩の革新を意識しながら，農夫の生活に見られる素朴さの中に真の人間性の基本を求めることによって，異常な事件を渇望する様な時流文学の弊害を改め，平凡な事件の中に不滅性を見出すことによって，本来あるべき健全なる文学の姿を提示しようとしたものであった。ワーズワスが当時としては革新的なこの様な詩作方針に強い信念を持つに至ったのは，幼少年時代に過した田園生活の体験のためである。ワーズワスが幼少年時代を過したウェストモーランドのグラスミアの湖や村は，その後も常に純粋な愛情の対象であり続けた。とりわけ，湖水地方の中心部の荘厳な静寂は，彼の魂に不滅の魅力を与え，郷土に対する熱狂的な愛着は終生変わることがなかったのである。幼少年時代の印象や体験は，ワーズワスの人生における豊かな知識の源泉というべきもので，『序曲』の様な偉大な思想詩を生み出す基盤となり，晩年の思想の最も深遠で重要な中心的観念を形成するものとなったのである。『序曲』には，自然と人間との絶ちがたい連帯が示されており，ワーズワスは人間の精神形成に対する自然の道徳的倫理的意義を幼少年時代の直接的体験の思い出の中で述べている。日暮れどきに，他人の小舟に無断で乗り込み，湖の岸辺から勢いよく漕ぎ出した時の不思議な出来事が次の様に述懐されている。

　　　　　　　　　the huge Cliff
Rose up between me and the stars, and still,
With measur'd motion, like a living thing,
Strode after me. With trembling hands I turn'd,
And through the silent water stole my way
Back to the Cavern of the Willow tree.
There, in her mooring-place, I left my Bark,
And, through the meadows homeward went, with grave
And serious thoughts; and after I had seen

That spectacle, for many days, my brain
Work'd with a dim and undetermin'd sense
Of unknown modes of being;

(BOOK I, ll. 409-420)

　ワーズワスは独自の原始的自然観の中で，畏怖の念と共に無意識的な倫理感覚を身につけていたのである。この様な少年時代の恐怖の体験が回想によって再び内感の中で捉えられる時，詩人の先鋭化した意識は，自然の中に“unknown modes of being”「存在の見知らぬ様式」を認識し，自然と人間精神の深い合一を再現しようとするのである。そこに描かれた自然は，もはや18世紀の巨大な機械ではなく，人間の魂に必然的なかかわりを持つ存在である。自然の道徳的影響力を見つめるワーズワスは，自然の観照によって神の意識へと導びかれていく。平凡な出来事にすぎないけれども，最も思いがけない時と場所において，ある巨大な不可視的存在との出会いによって得た神秘的な直観的認識は，ワーズワスの一連の作品の根源となった原体験であった。幼少年期の強烈な印象や連想は，自然の道徳的影響力を受けながら，深くて正しい永続的な形象を人格形成に残すことになる。直接的な感覚的印象がいたずらに空想的なものに走らず，自然の道徳的影響下で精神が受動的に受けとめたものが，人間性の根本的原則を深く把握することを，ワーズワスは「諫言と答え」の中で「賢明なる受動性」という言葉でも表現しているのである。ワーズワスの日常生活の言葉に関する理論は，この様な直接の感覚的経験に対する強い信頼を前提として，詩は対象となるべき素朴さを大胆に取り扱うべきだという信念を述べたものであった。いかなる知的要因よりも直接的経験への信頼を詩の源泉としたことは，ワーズワスの詩心の大きな特徴である。しかしながら，コールリッジも指摘している様に，ワーズワスの意図が十分に詩に発揮されなかった場合には，ワーズワスの詩の長所はそのまま短所となって，素朴な田園生活の描写は単純な虚構にすぎないものになってしまうのである。また，ワーズワスが精神の皮相的局面から作品を書い場合，内容の空虚さが目立ち，陳腐な教訓と致命的な平板さに陥っているのである。コールリッジはこ の典型的な例として「白痴の子供」や「茨」をあげている。要するに，人間性の全的反応を求めながら，自然の諸相の中に道徳的教訓を見出そうとするワーズワス的な信仰は，その意図があ

まりに露骨になつた時には，無駄な饒舌と単純な虚構性の印象を読者に与えかねないのである。コールリッジは『文学的自叙伝』において，ワーズワスの記憶や回想が単に機械的な感覚的印象だけに終始している場合や，その受動性が単なる空想だけに終っている場合には，きびしい批判を下しており，序文に示された詩論にも綿密な考察を加えているのである。ジョージ・ワトソンも序文に対するコールリッジの強い関心に触れて次の様に述べている。

Coleridge's *Biographia Literaria* (1817), hastily written in the summer of 1815, is a summary attempt to marshal objections against the preface that had been growing up in his mind over the past fifteen years, and to provide criticism with a systematic basis of its own. [4]

ワーズワスの序文が提出した問題によって，コールリッジは詩の創造的精神の構成と活動について独自の考察を進めていたのである。『文学的自叙伝』におけるワーズワス批評は，コールリッジの14年間にも及ぶ思索の所産であった。1800年に序文が出されてからわずか2年後の1802年7月29日附のロバート・サウジー宛の書簡で，コールリッジはワーズワスの序文が半ば彼自身の頭脳から生じたものであるにもかかわらず，詩論に関する根本的な点で両者に大きな見解の相違が見られると述べているのである。コールリッジは『文学的自叙伝』第4章の中で，ワーズワスの序文が不必要な誤解を生み出した結果，『抒情民謡集』が反対攻撃の的になったと述べ，第17章において論議の曖昧な点や論理の矛盾を指摘し，不十分な説明を訂正しているのである。コールリッジは詩作における最も普遍的な諸原則を導き出すために，ワーズワスの詩論を分析し，提起された諸問題に対して哲学的な考察を加えたのであった。コールリッジの論調はワーズワスよりも論理的で分析的なものである。コールリッジは田舎の農夫の言葉が他のいかなる言葉とも異なるものではなく，ワーズワスの主張する無技巧と素朴さの長所は，実際には最もすぐれた詩句の中には決して見られないものだと断言している。ワーズワスは当時の時流文学の動向を批判し，前時代の古典的な詩の作法から脱却するために，当時としては大胆な詩論をとなえたが，実践において必ずしも理論通りでなく，18世紀的な婉曲的表現や難解な言葉を使用していることも多

いのである。コールリッジはこの点を指摘してワーズワスの詩論の行きすぎ
を批判し，序文で述べられた詩の様式をあらゆる種類の詩にひろげようと主
張している様に思われる箇所に反対を唱えたのであった。コールリッジは詩
の創作が自発的な感情の力強い流出によってなされるのではなく，熟考と内
省を伴った技術であるという立場を取り，"The best part of human
language, properly so called, is derived from reflection on the acts
of the mind itself." (5) という見解を強調している。また，コールリッジ
はワーズワスが意図した詩の素材が，韻文で書かれるのに十分な正当性を持
ち得るかどうかについても，つつましい田舎の生活がそのまま真に詩的衝動
を与え得る偉大さを持つものか，それとも非現実的な空論にすぎないもの
か，実際の詩作品と詩論との矛盾を指摘しながら詳細な検討を加えている。
田舎の農夫の日常生活から言葉の最良の部分が形成されるというワーズワス
の主張に対しては，教養と知性による内部活動によって導びかれる内在的法
則，すなわち想像の過程にこそ人間性の共通の威厳が示されるのだと反論し
ている。事実，「サイモン・リー」や「グーディ・ブレイク」の様なワーズ
ワスの作品のいくつかには，詩論の行きすぎによって生じたと思える退屈な
表現や無駄な饒舌が用いられ，構成自体も単なるエピソードに終始している
ものがある。グレアム・ハウもワーズワスの序文における明白な意識的挑戦
に付随する議論の弱点を指摘して次の様に述べている。

It is completely without the conscious literary artifice that we
associate with pastoral poetry, and free from the trick of using
rural simplicities to light up some sophisticated situation. (6)

牧歌的光景を意識的な文学的手段として，田園的な単純さを詩の構成要素と
した時，本来あるべき無意識的な存在様式は虚構に陥りがちになるのである。
最も単純で本源的な人間の絆や情愛，道徳的義務を自然との位相の中で表現
してみせた「マイケル」や「兄弟たち」の様なワーズワスの田園詩の最良の
ものには，この様な問題は発生しないのである。これらの作品では，意識的
な主体たる詩人が，田園の無意識的生活に対して，素朴な感情的興奮と想像
力の共感を示しており，ワーズワス独特の隠やかな手法によって，簡素で深
い感情を伝達し，人間生活に与える自然の偉大な影響力が表現されている。

ワーズワスの詩的精神の最良のものは，瞑想や回想が単なる経験の再創造に
終るのでなく，神秘的喜悦の瞬間が具体的な直接的体験として精力的な創造
へ成長発展したものである。ロマン派詩人の中でも，ワーズワスは賞讃すべ
き自己信頼と自己抑制から生じる落ち着いた詩風を堅持し続けた人物であっ
た。ワーズワスが他の詩人達よりも，はるかに地に足をつけて自然に対する
純粋で真摯な感情を，突然訪れる崇高な啓示の瞬間に昇華させて，作品全体
に広がりわたるひとつの落ち着いた親しみ深い普遍的感情として描写した時，
作者自身にとっても説明不可能な巨大な不可視的存在が暗示され，日常的な
出来事をいたずらに取り扱うことに終始する態度は自ずと放棄されているの
である。

　本来，ワーズワスと同様にコールリッジも抒情詩人であった。両者共に神
秘的なビジョンの瞬間を経験として持っていたが，ワーズワスがどれ程神秘
的な経験であれ日常的人生の中で捉え，自然物の影響力と結びつけようとし
たのに対して，コールリッジは神秘的体験に伴う超越的知覚や異様な無限の
感覚を強調して，彼独自の詩的神話世界を構築しようとしたのである。コー
ルリッジは『文学的自叙伝』第14章の中で，『抒情民謡集』における両者の
詩風の相違に触れて，自らの努力は詩的信仰を形成する様な超自然詩に向け
られ，他方ワーズワスは日常的事物に新奇な美を見出す様な詩を自分の目標
としていたと述べている。この様な両者の詩的心象の相違は，情緒的な志向
性や知的志向性の相違によるものである。ワーズワスの詩の形象は，それを
しのぐ情緒や精神的興奮状態のために用いられており，コールリッジの詩の
形象は形而上的心理的経験を現実的なものとするために用いられて，創造的
な神話の世界を具象化させる象徴によって詩の統一がはかられている。ワー
ズワスは自然物によって，霊的真実に対する神秘的直観を表現するのが最善
と感じているが，コールリッジは「局面一変」における " Let Nature be
your Teacher " (l. 16) というワーズワスの主張を斥けている。「失意の賦」
に表現された詩人コールリッジの苦悩は，彼の詩的想像力の特質を示すもの
に他ならない。

I may not hope from outward forms to win
The passion and the life, whose fountains are within.

(Stanza III, ll. 45-6)

幼少年期に身につけた受容性を持ち続けていたワーズワスは，ビジョンの瞬間を自然物の影響力による感化作用と考え，自然の霊的恩沢である神秘的経験や高揚した精神が，彼の情緒的均衡を乱すことはなかった。要するに，ワーズワスにとっては，感性的な主観的印象のみが第一義的に存在するのであり，観念的思想は本来第二義的な存在であった。これに対して，知性と感性との相克に苦悩したコールリッジは，神秘的経験とは精神の内奥に根源を持つものだと考えていた。自然物を第一義的に先験的な内的原理の象徴と見なしたコールリッジの態度は，あらゆる知識や感性の基礎的行為として，事物の認識の中心的な位置を占めているのである。

In looking at objects of Nature while I am thinking, as at yonder moon dim-glimmering through the dewy window pane, I seem rather to be seeking, as it were asking for, a symbolic language for something within me that always and for ever exists, than observing anything new. Even when that latter is the case, yet still I have always an obscure feeling as if that new phenomenon were the dim awaking of a forgotten or hidden truth of my inner nature. [7]

コールリッジにとって，内なる自然のみが詩の対象となるのであり，自然物自体は本質的に何ら積極的な意味を持たぬ死物であったと言える。外的自然は詩人の精神に集約されて内在的存在となるが，自然物を直接の詩の心象としないコールリッジの詩は，自然物そのものを究極的現実として描写することがなかった。この事が生来の哲学的探究心と共に，彼の詩作を困難なものにしていたのである。コールリッジ自身は詩人としての大成を望んでいたが，感性や想像力によって詩作することと，理性的思弁を積み重ねて理論的な思索に入る形而上学とは本来合入れないものであった。詩人としてのコールリッジの絶頂は，ワーズワスと最も親しく交際を続けた時期に突然訪れ，その後急速に詩心を喪失することになる。しかし，詩作において妨げとなった形而上学的思弁は，文芸批評の面ではコールリッジに確固たる思想的基盤を与えることになったのである。M. H. エイブラムズは『鏡とランプ』の中で，

コールリッジ生来の思考様式の特質が哲学的思索に深く結びついていること
に触れて次の様に言及している。

> In criticism as in science, to his way of thinking, empirical
> investigation without a prior 'idea' is helpless, and discoveries can
> only be made by the prepared spirit. (8)

この様なコールリッジ生来の思考様式が、彼の形而上学の前提となり、独自
の哲学体系を模索しながら、批評の実践においては、まず根源的な批評原理
の確立へと向い、詩の構造と創作過程における人間精神の機能に関する独自
の洞察を記録したのであった。コールリッジにとって、詩も科学と同様にそ
れ自身の厳密な論理を持っており、詩の論理はより一層微妙で複雑なもので
あった。コールリッジの哲学的考察はドイツ観念論と出会うことによって、
長年考察を続けて来た事柄やまさに発表しようとしていた事柄をドイツの思
想家達の中に見出し、さらに深まりと確信の度合を増して、詩と批評に関す
る新たな思想を模索しつつあった。
　コールリッジがワーズワスの詩によって、詩の本質や詩的想像力を考察し
ていたことは、『文学的自叙伝』の大半がワーズワス批評で占められている
ことに明らかである。コールリッジの様な知的俊敏さに欠けていたワーズワ
スは、コールリッジの思想によって自らの詩の独自性を自覚し、穏やかな日
常性の中で深い道徳的経験の意味を追究することを自己の使命と考えていた
ことは、『序曲』がコールリッジを意識して書かれたものであることに如実
に示されているのである。詩人ワーズワスの力強い感情の自発性と思想家コ
ールリッジの精神の有機的内発性は、両者の意識の対象が異っていただけで
あり、ワーズワスの認識の本質がコールリッジの主義主張と実質的には等質
のものであったことを示している。ワーズワスの詩心が常に自然物の具体的
外在性による刺激を前提としながら、また直接的体験による原感情の重要性
を主張しながら、創作上の根本的源泉を回想する精神の内発的な哲学性にお
いた事は、詩人としての大きな特質となっている。詩は静謐のうちに回想さ
れた深くて力強い感情から生れるというワーズワスの主張は、回想する精神
の思索が深い哲学性を生み出し、この様な回想的傾向が偉大な思想詩『序
曲』の重要な中心的思想に発展したことを考えれば、直接的体験に基づく感

情の自発性が，回想する心的態度によって，有機的な感受性を伴った精神の内発性を生み出さねばならないことを示しているのである。ワーズワスは静謐の中で回想の操作によって，直接的体験時の原感情を引き出そうとするが，回想された感情をいくら吟味しても原感情は永遠に失われ，原感情に類似した感情が残るだけである。この様に原体験から永遠の疎外にいることを強烈に意識する時，ワーズワスの詩の哲学性が生まれる。つまり，その時ワーズワスの心に定着する感情とは，回想された感情でも原感情でもない，深い哲学的意識を伴った新たな別の感情である。原感情を基盤としながら，そのためにかえって喪失と消失の感じを抱きつつ，新たな感情の生成の過程に想像力を行使するのがワーズワスの詩の性格である。子供の無垢の状態は，作者の経験や郷愁に色どられて，作者の想像力を仲介として作り出される。この様な幼少年期に垣間見た理想的な，少なくとも現実世界よりも無垢な世界への憧れと喪失感は，人間の本性に深く内在するものである。人間も生活は絶えず複雑さを増して進行していく。その中で，幼少年期の人間の姿に次いで，田園の農夫の生活は人間生活の最も基本的な形式を示している。現実の農夫が田園詩を書くことはしない様に，楽園の喪失感を少しでも意識しない人が郷愁を感じることはない。ワーズワスは純朴な人々の間にあって，ただひとりの複雑な洗練された人物であり，自然への回帰，感情と思考の原始的な形態への回帰を求めながら，新たな単純さを背景として自分の問題を眺めることになり，さらにこの問題を鋭く意識するのである。自然に囲まれた田園生活の単純さを背景に置いて，複雑な人間精神を扱うワーズワスの文学では，幼少年期の無垢の姿や田園に生きる純朴な人々の姿や過去のある時期の自分の姿が，年老いて純朴さを失い，苦難に満ちた現実に押しひしがれていく現在にくらべて，牧歌的黄金時代が象徴する完全な状態の諸相として表現される。ワーズワスの深い感情と哲学的な内発性を伴った想像力によって理想化されると，現実の農夫は質朴な出来事の威厳の中で巨大な姿を帯びる。ワーズワスのすぐれた詩では，この様な農夫の姿が個人的な型としてでなく，普遍化された喜びや悲しみを抱く人類全体の象徴として描写されている。厭わしい現実世界から逃れて，神聖な過去や堕罪以前の楽園における人間の栄光を求める態度は，人類に普遍的な本能であると言える。成人した人間の複雑さから幼少年期の夢への移行は，詩人にとって単なる逃避を意味するものではない。成人した時期の問題を幼年期の無垢や田園生活の素朴さに移すのは，

50

これらの問題を綿密に検討するために，新たな単純さを背景として眺めることができる様な時と場所に移すことを意味するのである。この様な問題を鋭く意識した精神の深い哲学性や内発性が強力な自発的感情を導き出す時，ワーズワスの詩の独創性が発揮される。したがって，回想する行為そのものがワーズワスにとって想像力を意味していたと言える。ワーズワスは回想のうちに自発的に生じた感情や思想を適切な言葉で表現する詩人の力を想像力と考えていた。詩人が啓示として受けた経験は，通常の経験よりも複雑なものであるが故に，それが想像力によって秩序と統一を伴った簡潔な詩的表現を得た時，読者に深遠な詩的感動を伝達することが可能となるのである。コールリッジは『文学的自叙伝』第4章において，ワーズワスの詩のすぐれた特質から受けた印象を次の様に述べて，その独創性を適確に指摘している。

It was the union of deep feeling with profound thought; the fine balance of truth in observing, with the imaginative faculty in modifying the objects observed; and above all the original gift of spreading the tone, the *atmosphere*, and with it the depth and height of the ideal world around forms, incidents, and situations, of which, for the common view, custom had bedimmed all the lustre, had dried up the sparkle and the dew drops. [9]

ワーズワスの詩の回想性が，直接的体験による原感情を精神の哲学的な内発性の下で，新たな統一体に再構成するのを見たコールリッジは，詩中において機能している独創的な才能の存在に気づき，これを想像力の働きと断定したのである。ワーズワスの想像力の受容はコールリッジの思想に負うところが多く，想像力説を哲学的根底から理論づけたのは，少なくとも英国文学史上においてコールリッジが初めてであった。そして，詩的想像力を持った理想的詩人像の特性について，コールリッジは "The poet, described in *ideal* perfection, brings the whole soul of man into activity, with the subordination of its faculties to each other, according to their relative worth and dignity." [10] と説明するのである。ワーズワスの「蛭とる人」（決意と独立）や「ティンターン寺院賦」を単なる回想的描写以上のものにしているのは，この様な独創的な想像力の機能のためであった。ワー

ズワスの詩の独創的特質がコールリッジの批評的精神に強烈な印象を与えた結果，コールリッジは詩的天才を構成する想像力について独自の考察を深めていったのであった。感情と思想の結合によって，理想的な詩作がなされるのはどの様な機構のためか，詩人の心理状態や詩作の根源とはいかなるものか，この様な問題に対してコールリッジは誰もが納得する論理的な解明と説明を与えたいと望んでいた。感動すると共に，直ちにそれが何であるか理解しようとして，ワーズワスの詩から受けた深い感動を基に詩的天才や詩作の根源的機構を分析解明しようとしたコールリッジの批評主義の精神は，" To admire on principle, is the only way to imitate without loss of originality. " (11) という言葉に明確に示されている。普遍的興味を有する真理を日常性という無関心から救い出すこと，古いものと新しいものとの矛盾ない合一，万物すべてを天地創造の時の如く清新な感情で観照すること，童児の様な感情を持ち続けて宇宙の謎をさぐり出すこと，これらがワーズワスの詩の優れた特質としてコールリッジが認めた詩的天才の主宰的特徴であった。ワーズワスの詩中に現われた統一する力としての支配的な特質を，コールリッジは詩的想像力の機能として考えたのである。想像力の機能が見せる包括性，統合性を詩的優秀性の基準とした事は，コールリッジ批評理論の主要な原理であった。従って，コールリッジの理論では，想像力による包括的性質が宇宙の創造性と共鳴するのであり，この様な審美意識がワーズワスの直接的自然の位置を占め，詩的価値基準を内発的な有機的統一性に置くことにもなったのである。想像力の統合機能は植物の発育作用にもたとえられて，成長する生産的な力と考えられ，内発的な自己の形態を自律的に生み出し形成する本質的生命を持つものと考えられた。コールリッジの想像力は第一義的なものと第二義的なものとに分けられ，第一義的な想像力はあらゆる知識と感性の基礎的行為として，事物の認識において中心的位置を占め，人間にとって最も根本的な創造性を意味するものである。有限なる人間が神の無限の創造性を繰り返すことであり，認識するものとされるものとの完全なる結合を求める有限なる人間の無限なる我有りの自発的な行為として述べられている。第二義的な想像力は具体的な詩的想像力の機能を意味するものである。単なる対象の再生を生み出すのでなく，詩そのものの存在に新たな統一を生み出すために，詩人の心と観照の対象とを相互に結びつけようとする力であると述べられている。それは人為的技巧と自発的な自然の言語と熱情との結

合を生み出す。詩人は詩作の実践において，この様な行為の過程を本能的習性によって直覚的に果たさねばならない。コールリッジの理論では，詩的想像力を持つ理想的詩人は特別の洞察力を持ち，事物の本質を見抜く予言者となり，深い内発性を伴った詩人の自発的な力は，人間のあらゆる能力の中で最も積極的な意味を持つもので，神の似像としての人間の創造力を意味するものに他ならなかった。コールリッジの想像力の理論は，詩人の想像力の地位を確立し，「詩人は世界の未公認の立法者」というシェリーの有名な言明に哲学的背景を与えることにもなり，ロマン派詩人の観念的な基盤となったのである。

　全体の相において物を見つめるコールリッジは，想像力説の前提となるべき認識論，存在論，言語論に思索を集中させている。コールリッジの哲学の存在論的探求は，ソクラテスの思想やプラトンの人生哲学を原点とするもので，哲学が個人的思想にとどまることなく，人類に精神的指導原理を与える様な普遍的な学問として，偉大な詩と必然的なかかわりを持つ広義の哲学を求めたことを示すものである。「老水夫の歌」，「クラブ・カーン」，「クリスタベル」といった偉大な詩作の短い全盛期の後に，溶解してしまうコールリッジの詩心の姿は，実に不自然なものであるが，『文学的自叙伝』第5, 6, 7の各章で述べられたハートレイの哲学への傾倒から，さらにこれを論破するために，プラトン，プロティノス，スピノザ，ブルーノ，ベーメ，デカルト，シェリング，カント等をきわめて幅広く研究を続けた厖大な知識欲には，ひたすら当時の合理主義的機械論を超克し，詩的直観の世界を普遍的な論理の下で解明しようとした詩人コールリッジの姿が死滅することなく存在しているのである。ワーズワスが提起した詩の言語の問題をコールリッジは形而上的な思索の燃焼の中でどの様に捉えていたであろうか。コールリッジは『文学的自叙伝』第12章の中で，プロティノスの『エンネアーデス』の第5巻第5章を引用して，存在の根元としての不可視的な超感覚的ヌース，すなわち一者を熟視直観する魂としての理性とワーズワスの詩的想像力の本性としての "The vision and the faculty divine"（『逍遙』, I, l. 79）とが同質のものであることを指摘している。この様な認識に立ちながら，コールリッジは言語の伝達性を精神機能の作用と発生から説きおこそうとするのである。物から思考への意識の展開における言語の重要性に着目し，さらに詩における感情と言葉の関係にも考察を加えようとしたコールリッジは，自然の様相

すべてが神の言葉であるとする聖ヨハネの「初めに言葉があった」という発想に神の表象としての言葉という新たな認識を見出していく。自然の中に見られる形象は，神である最高の存在者の知恵の言葉であり，瞬間にのみ生きる人間が自らを把握し得る全能なる神との連帯を意識することは，高度な意識の展開による精神活動をしている人間の知性に具現される神の永遠の言葉によってのみ可能となるのである。この様な人間の知性と言葉の必然的な連繋は，深い内省意識を伴うものである。あらゆる国のどの言語にも，時代を通じて全ての階層の人間に普遍的な言葉とは，神の似像としての人間の共通の意識から生まれるもので，コールリッジはカントから得た理性と悟性の弁別を機として独自の理性論を構築していくのである。

Reason is therefore most eminently the Revelation of an immortal soul, and it's best Synonime——it is the forma formans, which contains in itself the law of it's own conceptions. [12]

コールリッジにとって，この様な理性の存在こそ不死なる魂の啓示であり，'forma formans'「形成的形成」の論拠となるべきものであった。コールリッジは万物を創造する神の生産的ロゴスの本質を最高理性と定め，神の似像としての人間の知性の本質を純粋理性と呼び，神の生産的ロゴスと同様に能産的機能を持つものだと考えたのである。そして，この理性が神の生産的ロゴスにならって，人間の知性に発動する時に生じる精神機能をコールリッジは想像力と規定したのであった。コールリッジの第一義的な想像力とは，この様な根源的な人間の精神機能を意味するものであった。第一義的な想像力によって生命を与えられた観念は，激しい自己省察の過程と第二義的な想像力の過程の中で定着する言語としての " a language of spirits (sermo interior) " [13]によって，思想の肉体化へと発展展開することになるのである。不死なる魂としての理性の生成力を見つめながら，神の似像としての人間の言語の伝達性を考えるコールリッジの意識は，少年時代から抱いていた偉大なる無限への畏敬の念とプロティノスの理論やキリスト教との接点を見出したのである。知的存在者たる人間の思考が，楽園喪失による神からの疎外という意識の中で，常に偉大なる無限の絶対者へと志向することを認め，コールリッジは堕落した人間の原罪を贖う機能を神から派生した言葉としての言語

観の中から導き出して，"Language is the sacred Fire in the Temple of Humanity."[14] と結論づけたのであった。人間の存在そのものと不可分な知性は，表象としての神の観念を象徴的言語の中で捉えるのであり，しかも，その観念の真実性は言葉そのものよりも，真実性を伝達しようとする内発的な意志の作用の中にあるとコールリッジは主張して，"This becomes intelligible to no man by the ministry of mere words from without."[15] と述べて，単なる概念的な生命力のない言葉の理解と厳しく区別するのである。人間の自由な意識作用の中で，真理の正しい伝達がなされるためには，人間の自意識があらゆるものの接点となり，総ての知識の源泉としての知性との統合体として，人間の高度な存在様式を志向する創造的過程を見せなければならないのである。自然界と人間の相互作用を見つめるべき芸術家の精神機能は，生産的な知性に焦点を持たねばならず，深い内省意識を伴った人間の自意識が，神の似像としての人間の創造力を発揮するものだと考えたコールリッジは，"Man's mind is the very focus of all the rays of intellect which are scattered throughout the images of nature."[16] と明言するのである。そして，至上の存在たる神の意識の存在を志向し把握しようとする人間の理性が，自意識と知性の相互作用を可能にする。したがって，コールリッジにとって，理性は信仰そのものと不可分であり，理性に対する信頼が彼の詩的信仰を不動のものとしたのであった。この様に，神の存在と人間の存在との交わりや連鎖性の下で，神の意識を表象する象徴としての言葉の伝達性を思索するコールリッジの態度は，創造的で生産的な人間の知性や自意識の活動の過程に注目しながら，言葉に対する独自の哲学的考察を生み出したのであった。

注

論文中，原作品からの引用は Hartley Coleridge (ed.) *Coleridge Poetical Works*(Oxford, 1974)版，Thomas Hutchinson(ed.) *Wordsworth Poetical Works* (Oxford, 1973) 版，Ernest de Selincourt(ed.) *Wordsworth The Prelude* (Oxford, 1975)版による。
(1) Edmund D. Jones (ed.) *English Critical Essays Nineteenth*

Century(Oxford, 1971), p. 3.

(2)　*Ibid.*

(3)　*Ibid.*, p. 22.

(4)　George Watson: *The Literary Critics*(Penguin, 1963), p. 117.

(5)　John Shawcross (ed.) *Biographia Literaria* (Oxford, 1907), vol. 2, pp. 39-40.

(6)　Graham Hough: *The Romantic Poets*(Hutchinson, 1978), p. 44.

(7)　E. H. Coleridge (ed.) *Anima Poetae* (London, 1895), p. 136.

(8)　M. H. Abrams: *The Mirror and the Lamp* (Oxford, 1976), p. 115.

(9)　Shawcross, 前掲書, vol. 1., p. 59.

(10)　*Ibid.*, vol. 2., p. 12.

(11)　*Ibid.*, vol. 1., p. 62.

(12)　E. L. Griggs(ed.) *Collected Letters of Samuel Taylor Coleridge* (Oxford, 1966), vol. 2., p. 1198.

(13)　Shawcross, 前掲書, vol. 1., p. 191.

(14)　Griggs, 前掲書, vol. 3., p. 522.

(15)　Shawcross, 前掲書, vol. 1., p. 168.

(16)　*Ibid.*, vol. 2., pp. 257-8

第四章　コールリッジの詩論

コールリッジが 1802 年に *Dejection: An Ode* の中で，詩作にとって必要な形成的精神の消失をなげいた時，彼はまだ 30 歳程の若さであった，1800年 9 月の書簡の中で，彼はすでに詩作をやめ，今後批評家として活動すると述べている。[1] しかし，彼は代表作「老水夫の歌」，「クブラ・カーン」，「クリスタベル」の三作によって，英国文学史上に名を残し，ワーズワスと並ぶ偉大な詩人である。ロマン派の詩人達には，それぞれ独自の主義，主張があった。ワーズワスには「賢明なる受動性」があり，キーツには「消極的能力」があった。ワーズワスが順調に詩作を続けたのに対して，コールリッジの詩作は途絶えてしまう。この事は両者の詩風の相違に原因するものと考えられる。コールリッジにも「詩的信仰」という主義，主張があった。彼は『文学的自叙伝』第 14 章の中で，『抒情民謡集』の制作方針に触れて，両者の詩風の相違について述べている。

In this idea originated the plan of the " Lyrical Ballads "; in which it was agreed, that my endeavours should be directed to persons and characters supernatural, or at least romantic; yet so as to transfer from our inward nature a human interest and a semblance of truth sufficient to procure for these shadows of imagination that willing suspension of disbelief for the moment, which constitutes poetic faith. [2]

この様に自己の詩作を説明し，他方，ワーズワスの詩は，我々を取り巻く自然の美しさや日常性の中の平凡な事物に新たな美を再発見し，読者を習慣という無気力な状態から覚醒させる事を目的としていると述べている。現実と自然を詩の対象としたワーズワスに対して，コールリッジは幻想的な夢と観念に基づく超自然世界を詩作の対象としていたのである。彼の「詩的信仰」が内面的な観念世界にある詩魂の特質を示す様に，彼の詩作は内的感性によって決定づけられ，現実の自然を直接の題材とすることが出来なかった。こ

こで説明されている様に，コールリッジにとって超自然や，想像力，幻影，内的本性といった言葉は，彼の「詩的信仰」を支持する上で重要な位置を占めている。あまりにも高い次元の幻想性や瞑想性を帯びた詩風を維持しようとした彼に，さらに詩作を困難なものにさせたのは，彼生来の哲学的探求心であった。彼の観念世界は多分に哲学的要素の強いものであり，内的感性は大いにロマン的情緒によって色濃く染められている。この様にコールリッジの詩的特質には，鋭い内的感性と形而上的な哲学思考が同居しており，彼独自の詩魂が見事に詩形の中に具現される時は，彼の心の中の両対極が無理なく調和し，融合した時に他ならなかった。彼が詩作を断念し，批評家として出発した時，彼の詩魂，すなわち「詩的信仰」が自らの考察の対象となったことは当然のことと言える。

　コールリッジにとって，ある感情に身を委ねることは，同時に知的な事柄であった。彼は詩作において，単純に感情を吐露しようとはせず，常にロマン的情緒と哲学的観念の融合を理想的に伝えることのできる題材や詩的表現を求め続けたのである。現実の自然を詩の題材としなかった彼は，内面的原理の象徴としての自然を捉え，超自然の中にその究極的表現を見出したのである。したがって，批評家としてのコールリッジが，言葉に対して考察を加える時，それは彼の心の内奥への考察と呼応し，彼の象徴に対する論考となる。彼が『文学的自叙伝』第9章の中で，" An IDEA, in the *highest* sense of that word, can not be conveyed but by a *symbol.* " [3] と述べた時，彼の詩の幻想性が象徴によって強く支えられねばならないことを示したのである。彼の詩における象徴の役割は，彼のロマン的情緒と哲学的観念という両対極の合一した表現として，詩作品の焦点をなし，詩全体を背景として多くの含蓄を暗示することであった。彼は *The Statesman's Manual* の中で，象徴について次の様に考察している。

It always partakes of the reality which it renders intelligible; and while it enunciates the whole, abides itself as a living part in that unity of which it is the representative. [4]

彼の理想とする象徴は，この様に包括的特性を有し，詩が表現するリアリティを暗示すると同時に，そのリアリティにとって不可欠な構成要素でなけれ

ばならない。生きた言葉としての象徴を考えるコールリッジは，言語哲学的な考察の中で “The focal word has acquired a *feeling* of *reality*—it heats and burns, makes itself be felt. ” (5) と述べ，多くの関連を集中させ，精製され，純化された言葉としての象徴を模索したことを示している。詩の素材は，この様な象徴の下で再認識され，彼の超自然世界にリアリティを与え，精神世界の永遠なものに対して知的な関わりを持たせるに至るのである。*The Symbolic Imagination* において，Robert Barth は次の様に述べ，コールリッジにおける象徴としての言葉の働きの重要性を指摘している。

Symbolic utterance, whether in words or gestures or images, can “ find ” us, as Coleridge would say, and evoke a response of our whole being, leading us to even deeper perception of the reality opened up to us, both within and without.(6)

彼の象徴のこの様な特性こそ，哲学的な想像力としての彼の想像力説を生む認識の根底となったものに他ならない。コールリッジの内的特質は現象が単に感覚の対象にとどまるのではなく，むしろ彼自身の内面にすでに存在している観念世界を暗示することを求めるのである。肉体の眼と心の眼といった二重の視覚の中で，物と心という根源的対立を鋭く見つめる彼の意識構造は，常に緊張関係の中にあり，深い自己省察を生む。この強い心の内向性と直観的感性の支配する彼の幻想的な詩の世界においては，現実としての自然は，輪郭を失って彼独自の精神世界にとって特別の意味を持った象徴となるに至る。現実的自然が彼の想像と理性にうったえる対象となった時，それは瞑想的自然となり，詩中において一種独特の幻想性を帯びる。この様に想像や理性にうったえる対象が，現実的対象よりも豊かな生彩と現実感をもつという彼の思想は，論考においても超経験的な思考傾向をとって現われている。コールリッジは『文学的自叙伝』第12章において，人間の認識のあらゆる対象が自然発生的意識のこちら側とあちら側とに分けられると述べ，次の様に解説している。

The first range of hills, that encircles the scanty vale of human life, is the horizon for the majority of its inhabitants. On *its* ridges the common sun is born and departs. From *them* the stars rise, and touching *them* they vanish. By the many, even this range, the natural limit and bulwark of the vale, is but imperfectly known. Its higher ascents are too often hidden by mists and clouds from uncultivated swamps, which few have courage or curiosity to penetrate. [7]

　自然発生的意識のあちら側とは，彼にとって純粋哲学の領域であった。しかし，この領域は彼の詩の領域でもあったのである。この領域に対する思索の飛躍は，先験的であり超越的である。それは自然発生的意識のこちら側である人間生活の貧弱な谷間に住む者にとって，未知の領域である。人間の狭い日常的意識を取り囲み，精神を凌駕する 'the first range of hills' は，通常霧や雲によって包まれており，多くの人々はこれを乗り越える勇気を持たない。しかし，未知に対する衝動は人間存在の背後に，さらに真正な実在を求めるものとして内在するものなのである。この様な人間本来の在り方を模索する態度は，彼の詩と哲学に共通した主題であった。有限的存在としての人間の意識は，日常性と永遠性との対極の中で人間を捉える認識を生み出している。そして，この様な認識が彼の詩を支える精神であり，彼の超自然世界は非日常性に満ち，人間の狭い自我の存在を追撃し，無力化する効果を持ち，そこに日常的自我放棄の志向が果されているのである。この謎めいた意識の深淵を扱うコールリッジの詩の幻想性は，実はこの様に考察された文学観に基づく論理的要求に満足し得る形態の具現なのである。詩人の哲学的思考が詩的感性を効果的に表現する形態を作り上げるとする彼の立場は，Arthur Clayborough が "Coleridge tells us that without 'depth, and energy of thought', poetic genius 'would give promises only of transitory flashes and a meteoric power.' " [8] と指摘していることからも明らかである。そして，この様な表現形態の中で，最も純化された至上の究極的概念の表出として捉えられているものが彼の象徴の機能なのであった。

　コールリッジが『文学的自叙伝』第12章で述べた自然発生的意識の丘や地平線は，そのまま既知と未知の境界線となるものである。人間の日常生活を取り囲む 'the first range of hills' を越えた者は，当然社会からの自発的な離脱者，放浪者となる。この様に社会から遊離した個人の特異な存在に注

目し，その不思議な魂の領域を探求したものに彼の代表作「老水夫の歌」が
ある。この詩に登場する婚礼の客と老水夫の対置は，コールリッジの自然発
生的意識のこちら側とあちら側を意味し，既知と未知を代表する象徴的存在
である。この象徴的対置が詩を一層劇的なものにしている。水夫が航海した
恐怖の海と婚礼の客の陸地の世界もこの境界線によって対置するものである。
象徴としての重大な意味を持つアルバトロス射殺によって，老水夫は極限的
な超自然世界を体験する。婚礼の示すはなやかな光の世界が現象的な自我を
意味し，老水夫の伝える超自然世界の幻想的闇は未開拓の意識の深淵として，
より本質的な純粋自我の世界を意味している。広漠たる暗い超自然世界を幻
想体験した老水夫の孤独に対して，婚礼の祝宴には若さと家庭的幸福を求め
ようとする新たな門出がある。この詩は，象徴的手法を用いながら，この二
つの異った現実と経験に対する可能性を表わしており，対立と融合という過
程によって劇的緊張感を盛り上げている。この様に，詩の効果は老水夫の超
自然世界と婚礼の客の日常世界との対立と融合にあり，同時に，幻想の真実
性が婚礼の客に強力な影響を与える点にある。地上的な生存を維持していな
がら，老水夫は地上に放浪を続けるのみで，これを支えているものは彼の不
動の幻想体験である。婚礼の客が象徴する皮相な日常的内面とは隔絶の規模
を持つ老水夫にとって，最も内面の存在と永遠の関係を持つ自然とは，超越
的な自然であり，特別の美感と宗教性さえ伴うものである。アルバトロス射
殺が人間の原罪を暗示していることは，その後の老水夫の悔俊の苦悩と無限
の闇と孤独の中にあって祈りさえ許されないという極限状況から明らかにさ
れている。

O Wedding-Guest! this soul hath been
Alone on a wide wide sea:
So lonely 'twas, that God himself
Scarce seeméd there to be. [9]   (ll. 567-900)

悔俊の苦悩は老水夫に不思議な言葉の魔力を与え，夜の中を土地から土地へ
と巡り，彼の心の詩を語るべき人物に伝えることによってなぐさめられる。
未知の領域に飛翔し，力動する空霊な精神活動の中で，この様な幻想に身を
ゆだねて息づく生命は神秘的である。老水夫が語るべき人物を見出した時，

彼の幻想体験が突如として心にあざやかな姿を取り戦き震える。神秘的な力で他に卓越しているのを見ることは不思議な感動を呼び起す。老水夫は結末において，婚礼の客に対して陰惨な程真摯な権威者になったのである。老水夫をかり立てる情熱には，何か最少限度でしか社会とのつながりを持たない意識がありながら，それにもかかわらず，結果として最高のレベルで社会とのつながりを求めようとするものが感じられるのである。老水夫の異様な体験に携わらない婚礼の客の心にも，当然の威圧感と共に一種の精神的覚醒を与えずにはおかないのである。

　限定された日常的意識の中で安住してしまう者にとって，自然の持つ本来の全体性は狭い人間的色彩で染められ，人間にとって必要な部分のみが強調された道具的存在に堕落してしまう。しかし，コールリッジはこの様な事実を既存のものと認めながらも日常的世界の底を流れるさらに深い本質的存在へと志向する。

May there not be a yet higher or deeper Presence, the source of Ideas, to which even the Reason must convert itself?(10)

幻想的で，どこか不安定な超自然世界はコールリッジのこの様な冥想的意識と鋭い自己省察を基盤として作り出されたものである。そして。コールリッジにとって最も高次の意識は敬虔な宗教性を帯びるもので，この事は老水夫の超自然世界への展開がアルバトロス射殺という動機を必要としたことからも明白である。象徴としてのアルバトロスの宗教性はそのまま彼の思索の終局的な宗教性に結びつくもので，Barth もこの点に注目して，"Symbol-making——and indeed symbol-perceiving——is for Coleridge essentially a religious act." (11) と言っている。したがって，この様な宗教性はコールリッジの全一に形成する力としての想像力説の特質に他ならない。彼の想像力説は人間と神における理法として，またはその英知の伝達として彼が考察を続けて来たものの結晶である。

The primary IMAGINATION I hold to be the living Power and prime Agent of all human Perception, and as a repetition in the finite mind of the eternal act of creation in the infinite I AM. (12)

コールリッジは想像力を第一の想像力と第二の想像力に分けているが，この第一の想像力として彼が定義しているものが，彼の深遠な思想の大要を簡略に示すものである。神性なものとの類推に基づく人間の創造力は 'the living Power and prime Agent of all human Perception' と表現されており，創作行為の本質が神の創造と同様の活力を秘め，詩人は主題に対して生命と活力を与えながら，作品に全体としての有機的統一をもたらさねばならないことを明確に定義づけている。彼はさらに 'a repetition in the finite mind of the eternal act of creation in the infinite I AM' として人間の無意識の領域にまで広がる最も根本的な機能としている。この「無限なる我有り」の感覚こそ人間の中に永遠に存在する無限の神に対する認識を示すものである。この様な神への志向はコールリッジにとって，人間の日常的意識を清め万物の存在に通じる真の自己形成への知的努力の裏づけとなるものであった。第二の想像力は第一の想像力の特性を存在と認識の原理として根底におきながら意識的な芸術活動を続けていく能力を意味している。第一の想像力と第二の想像力は，単に機能の度合と様式においてのみ相違しており，共に創造的構成能力なのである。そして，コールリッジは第二の想像力をあらゆる不一致の諸性質を調和し，多様の統一を果すべき力と考え，次の様に説明している。

It dissolves, diffuses, dissipates, in order to recreate; or where this process is rendered impossible, yet still at all events it struggles to idealize and to unify. It is essentially *vital*, even as all objects (*as* objects) are essentially fixed and dead.[13]

この様な第二の想像力の特性が，詩の題材に対して，象徴を構成するのである。象徴の題材に対する統一能力は，第一の想像力に支えられた詩人の強い熱情によって決定づけられる。詩の本質を象徴に求めていたコールリッジにとって，象徴は人間の技術のうちで最も困難で，哲学的な産物である。象徴は現実よりも真実で，深い意味を持つ点で，単に表現的であるだけでなく，啓蒙的なものでなければならず，個の表現であると同時に一般の表現でもなければならない。このためにコールリッジは常に認識欲の充足と知的な統制を見事に果すことの可能な象徴的表現を求めて模索を続けたのである。彼が

外界の自然を見ている時，彼の眼は現実の自然にあるのではなく，彼が " I seem rather to be seeking, as it were asking for, a symbolical language for something within me. " [14] と述べた時，象徴に対する自己の真摯な態度を強調したのである。

コールリッジの象徴の特性が示している様に，彼は本質的に，多様の統一を信奉するプラトニストである。有機的統一によってもたらされる全一なる感覚こそ彼にとって至上のリアリティーの表現であり，神性を帯びるものである。彼が常に全一なるものを求め続けていたことは，John Thelwall への書簡の中で，" My mind feels as if it ached to behold & know something great—something one & indivisible " (October, 14, 1797 付) [15] と述べていることからも理解することができる。コールリッジがリアリティーを全一なる感覚の調和と融合の中に求め，これを単なる各部の集計以上の活力の源泉として思考したことは，彼の認識上の重要な特質を示すもので，彼の象徴の機能にも大きな影響を与えたのである。

注

(1) E. L. Griggs(ed.) *Collected Letters of S. T. Coleridge* (Oxford, 1956) i. p. 622.

(2) J. Shawcross (ed.) *Biographia Literaria* by S. T. Coleridge, 2 vols., (Oxford, 1907) ii. pp. 5-6.

(3) *Ibid.*, i. p. 100.

(4) I. A. Richards(ed.) *The Portable Coleridge* (The Viking Press, 1975) p. 388.

(5) Kathleen Coburn(ed.) *Inquiring Spirit* (Routledge, 1951) p. 101.

(6) Robert Barth, *The Symbolic Imagination* (Princeton University Press, 1977) p. 20.

(7) Shawcross, 前掲書, i. pp. 164-5.

(8) Arthur Clayborough, *The Grotesque in English Literature* (Clarendon, 1965) p. 194.

(9) Hartley Coleridge(ed.) *Coleridge Poetical Works* (Oxford, 1974)

64

  p. 208.

(10) Coburn, 前掲書, p. 126.

(11) Barth, 前掲書, p. 11.

(12) Shawcross, 前掲書, i. p. 202.

(13) *Ibid.*, p. 202.

(14) E. H. Coleridge(ed.) *Anima Poetae* (London, 1895) p. 136.

(15) Griggs, 前掲書, p. 349.

第五章　コールリッジの思考様式

　詩，批評，哲学，宗教，政治等の多面的な分野において矛盾的対立概念を思考し，誰もが納得し得る論理的解決を求めて思索を続けたコールリッジは，人間の唯一の生産的な直観機能に注目して想像力説や審美的観念論等の独自の思想を構築したのであるが，その思考形態が本質的に相反する対立の和解によって果たされるべき有機的統合を志向している点が大きな特徴と言える。1791年3月31日の兄ジョージ宛ての手紙には，まだクライスツ・ホスピタル校の生徒であったにもかかわらず，すでに理性と想像力を対立概念として意識し，分裂された人間の精神作用を経験した事が述べられており，人生の早い時期から根本的な対立概念の統合の必要性を痛感していた事がわかる。[1]さらに，1793年3月のT・プール宛ての手紙の中で，全一なる存在に対する意識が神への感覚を生み出し，生きた統合性を求める人間の精神生活が日常性の中で全体の相において物を眺めることを可能ならしめるという宗教的認識の基礎は，すでに少年時代において父親から伝授されたものであった事を述壊しているコールリッジであった。[2]また，1796年11月19日のセルウォールへの手紙では，一生涯を通じて自己に課する研究対象について触れて，" I do not like History. Metaphysics, & Poetry, & 'Facts of mind' are my darling Studies. " [3] と言っている。思考と感情，頭脳と心情，心の眼と肉体の眼といった矛盾的対立における二律背反の対立と和解を彼が人生の早い時期から深い宗教的情念をもって自己内面の本質的な問題として鋭く意識し，思索が深まるにつれて一層複雑化する問題の解決を執拗に求め続けた彼の苦難の精神史を思う時，彼の努力が心の本質を能産的，創造的，自律的，形成的なものと考える方向に集中し，これに十分な論理的根拠を与えるために，多くの省察と思索を続けることになった内的な必然性が理解できるのである。多面的に立体的に人間の精神の本質を説き明かそうと苦心したコールリッジは，詩と芸術の分野では相反する対立物の和解を有限なる客体に実現させる生産的能力として想像力を定義し，哲学においては，美学的観念論の立場を取りながら，理論と実践を合一させた芸術哲学の樹立に努力を傾け，宗教の領域においても，無限の対立や葛藤を止揚し和解調和させるのに不可

欠の媒体として，神の存在の本質を最高理性と定め，神の似像としての人間の理性の力に最大限の信頼を置こうとしたのである。

初期の詩作品では，抒情的感傷に流される傾向が強かったが，詩作における究極的理想を思想と感情の融合による主客合一に求めたコールリッジは，「クブラ・カーン」，「老水夫の歌」，「クリスタベル」の三作によって最もすぐれた詩境を残している。「クブラ・カーン」では，幻想の中に主客合一の独自の有機的統合の見事な詩的表現を果たし，「老水夫の歌」では，詩と哲学の融合を劇的な手法で完成させ，「クリスタベル」において，善と悪の世界の対立と和解を複雑微妙な人間心理への洞察をふまえながら苦心して表現しようと努めたのである。詩的主観性と哲学的客観性が詩的体験の世界の中で，調和されて有機的統一を果たした時，詩が哲学思想を包含し，哲学が詩の基盤を一層強固なものとする最上の理想的世界が現出するのであり，コールリッジはこの時宗教的至福を身をもって感じたのである。対象と主体との間の激しい相互浸透が新たな第三の現実の再創造を可能にする理想的な詩作の境地の中で，一時的にしろコールリッジは矛盾的対立の和解と調和の世界を体験したのであったが，詩的体験によって生じた真理認識が客観的普遍性を持ち得るかどうかについて，さらに論証を加える必要性を彼は絶えず意識せざるを得なかった。詩的体験の世界において，彼は日常的な感覚的悟性から解放された心そのものが，戦慄と深い衝動を覚える詩的霊感の状態を熟知していたのである。そして同時に，その様な状態こそが人間の目ざすべき最良の思考作用へと導びかれるために，心そのものが最高の努力を惜しまない瞬間に他ならないと確信するコールリッジにとって，詩的体験の世界は詩と哲学，感性と思考の両者の深い連係の中で考察されるべき領域となったのである。詩人としての挫折を経験した後の苦しい模索は，詩的体験の精神世界が唯一至上の実在という信念を持ち続けながら，彼の哲学的思索がこの唯一の実在に論証を与えることに向けられ，厖大な全著作の中に独自の思想として結実するものとなったのである。相反する矛盾的対立を止揚し融合させる有機的統合を自己内面の世界にすぐれた詩的表現として創造する想像力の機能を鮮明に体験する調和ある精神的境地を論証するために，詩的体験の世界が主観的自我を根底に置くものである事を絶えず意識しながら，同時に体験内容に客観的な自証性を与えようとして，常に主客合一の論理的根拠を形而上学に求める思索を続けねばならなかったコールリッジである。したがっ

て，詩的感性の世界と哲学的思弁の世界は，究極的に同一の精神体験を基盤
としており，詩と哲学の融合と調和こそ，コールリッジが終生成就しようと
苦しい思索を続けてきたものなのであった。

　コールリッジが哲学思想や審美論，文芸批評，宗教等の諸問題を取り扱う
時，有機的統一の思想の観点が思索上の重要な理念となり，あらゆる所で論
理的展開を見せることになる。思索においてあらゆる事物を相反する対置の
関係で捉えようとする彼の思考様式の習性は，想像力と峻別されるべきもの
として空想力を定義していることや，カント哲学から悟性論を導入すること
によって独自の理性論の構築へ向かった事に端的に示されている。主観と客
観，個と全体，特殊と普遍，知性と感性，絶対と相対，精神と肉体，善と悪，
光と闇，具象と抽象，永遠と瞬間，能動と受動等の対立概念は彼の思索を刺
激するものとなり，あらゆる認識対象に現われた現象的な外観上の雑多な多
様性の中に，相互が融合調和して美観さえも与える本質的合一へと彼の思索
は集中するのである。この様に広範囲にわたる思索を続けた多面的なコール
リッジの全貌を集約する根本理念としての有機的統一の思想に見られる彼の
思考様式には，東洋の仏教思想や後世のT．S．エリオットの思想にも類似す
るものがある。詩と哲学に代表される矛盾的対立を考え続けた彼の思考過程
そのものに，完成されたもの以上に意義深い示唆に富む思想の片鱗の数々が
含まれている。ノートブック 2793 には最大限に回転している車輪の動きは
意識においては静止の状態と同じであり，両者を区別する時間も感じられ
なくなるという記述[4]が見られるし，『フレンド』の中でも，"THERE IS,
strictly speaking, NO PROPER OPPOSITION BUT BETWEEN THE TWO POLAR
FORCES OF ONE AND THE SAME POWER"[5] と断言して，主客，動静の矛
盾的対立の究極的合一の認識に強い確信を持つに至った事を明らかにしてい
る。詩的精神にとって，相反する対立関係が絶えず意識を刺激し，新たな高
次元の認識を創造することが必要であり，相反する両極性の合一の接点は，
無限の緊張関係によって維持される有機的統合の静止の一点に他ならないと
する思想の発芽は，すでにコールリッジの思索の中で実現を見ていたのであ
る。しかし，現代詩人達が矛盾を矛盾として，対立する不協和音として，イ
メージを並列させるのに対して，コールリッジのロマン主義は矛盾的対立を
和解融合させなければ満足しない。相反する対立関係を統合の領域にまで高
めようとするコールリッジの意志は，ジレンマ意識を生み出し，無数の矛盾

意識の繰り返しそのものが生産的で神秘的な過程となり，反対感情併存や複合的感覚を伴う複雑な精神構造の形而上的苦悩で高次元の統合作用を促し，我と汝，主体と客体の統合を可能にする想像力を息づかせることになる。コールリッジの意識構造は，我に対する関心があくまでも汝やそれに対する関係と共存することを求めるのであり，二者択一の道をたどるのでなく，完璧な組織的体系の樹立への意欲を執拗なまでに見せたのであった。コールリッジは厖大な読書と自己省察を長期間にわたって続けた後はじめて，この様な相反する対立概念の有機的統合に不可欠な認識論や存在論を独自の先験的観念論の中に見出すことができたのであった。

　深い思考と感情が対象に集中し，外界と自己内界との世界が呼応し合う純一なる調和融合の世界認識をコールリッジが感動の極致として体験する時，あらゆる矛盾的対立を止揚する有機的統一の本質とは，彼の宗教的情念の中で神の啓示に対する直観を意味するものであった。自然界における全一なる神の姿が有機的調和と統合の形相として唯一の実在と認識される時，彼は無限の法悦の境地を感得することができた。自然界に対する人間の精神の接触力の密度が，内界と外界のあらゆる諸要素の融合によって全一なる調和を果たす究極点に到達した時，神と自然に対する宗教的啓示が生れ，自然界の中に神の存在を直観することによって，全一なる生命力を持った自然を認識する自己が完成されるのである。この様な自我構造を理想とするコールリッジの思想や詩作態度の基本は，単なる写実主義でも抒情主義でもなく，両者の融合を暗示する象徴によって表現される神秘主義的な世界認識と宗教的態度であったに相違ない。

　感覚的知覚の雑多な混沌の世界から全一なる調和の世界へ到る道を思索し続けたコールリッジが，ハートレイやバークレイの哲学からベーメやジョージ・フォックス，ウィリアム・ロー等の神秘主義者達を経てスピノザの汎神論，カントやシェリングの哲学へと頭脳を傾けてきた厖大な哲学思想の遍歴の中でさえ，彼の心情は常にパウロとヨハネと共にあった。"For a very long time, indeed, I could not reconcile personality with infinity; and my head was with Spinoza, though my whole heart remained with Paul and John."[6] というコールリッジの言明は，頭脳と心情の葛藤の中で続けねばならなかった彼の苦しい思索の性格を物語るものである。頭脳がスピノザの説く万物の論理的基盤としての神を追求する一方，心情は

常に唯一の実在であり万物の原因である神そのものを求めていた。コールリッジの手紙の次の一節は，彼の思想の究極的な宗教性を伝えるものと言える。

I have been myself sorely afflicted, and have rolled my dreary eye from earth to Heaven, and found no comfort, till it pleased the Unimaginable High & Lofty One to make my Heart more tender in regard of religious feelings. My philosophical refinements, & metaphysical Theories lay by me in the hour of anguish, as toys by the bedside of a Child deadly-sick. (7)

19世紀英国ロマン主義文学の詩人の中でも，コールリッジほど哲学と信仰の問題を多角的に捉え，両領域を立体的に極め尽そうとした人はいなかった。この両者を極め尽すことによって，詩的体験の世界に自証性を与えようと苦悩する精神の赤裸々な姿こそコールリッジ思想の顕著な特質である。したがって，彼の有機的統合とは全て生成の概念の中で構築されるもので，彼のさまざまな発言もこの域を出ない。コールリッジの理性論，極理論，神のロゴス論，言語論等の一連の思想は，本質的に同一の有機的思考の生成の過程から生み出され，各分野で完成された認識の所産である。『文学的自叙伝』の中でコールリッジは，"the faith, which saves and sanctifies, is a collective energy, a total act of the whole moral being" (8) と述べ，さらに，"The poet, described in *ideal* perfection, brings the whole soul of man into activity." (9) とも主張するのである。また，『フレンド』には，"Faith is a *total* act of the soul: it is the *whole* state of the mind." (10) という記述が見られ，詩と哲学と信仰の調和融合の世界こそ彼が最も心血を注いで求め続けたものであった事がわかる。ノートブック1554では，詩人の使命が人間の高貴で陰微な孤独の部分と深い関わりを持ち，人間が自己とのみ対面した時，神と対峙する自己の存在に気づき，我々の存在のどれ程多くのものが自己の意識下に存在しているかを認識するようになるとも述べているのである。(11) コールリッジの主張する理性や知性の機能も，この様な認識に立って始めて想像力や感性に相反するものでなくなり，神から派生する人間の最も神聖な部分として意識的理性や知性よりもさらに深淵な普遍性を持ち，無意識の闇の奥から湧き出る力の発現と考えられ，日常

的な現身の限界を超えて忘我的な融合に憧れる魂の渇きそのものから必然的
に生み出される人間の至上の機能として究極的な倫理性や実存的な意味合い
さえも持つに至ったのである。『フレンド』の中の " It is wonderful, how
closely Reason and Imagination are connected, and Religion the
union of the two " [12] という文章は，コールリッジの思考様式において理
性と想像力と宗教が密接に結びつき渾然一体となっている事を明白に示して
いる。コールリッジの理性とは，個々の存在の中に浸透し全てのものに生命
と現実感を与える存在科学であり，本質において宗教と同一であり，人間の
理念を生み出し実践させる点で想像力の基盤ともなり得る人間の存在様式の
哲学を意味していた。" By Deity we mean a creative or at least an
organizing Intelligence. " [13] というコールリッジの 1795 年の公開講演の
中の言葉は，彼の宗教的心情と哲学的思弁が神を形成的創造力を伴った有機
的知性として捉える見地に強い確信を持つに至った事を示すものである。要
するに，コールリッジは神のロゴスすなわち最高理性を唯一創造的な知性と
考え，神そのものと同一存在と見做しながら，単に心理学的興味や狭義の美
学的意識にとどまることなく，この様な神の領域と人間の精神機能の深淵と
の関わりを倫理的な実存的意味合いにおいて考察したのであった。神の似像
としての人間の創造性を説明すべきロゴスは，" Logos or the communi-
cative and communicable Intellect " [14] として把握され，また " Logos
or the communicative Intelligence in nature and in man " [15] とも看破
され，神と人間と自然間の意志伝達作用を可能にする唯一の手段と考えられ
たのである。この様な知的原理を通じてのみ，我々は有機的相互作用を統合
の位置にまで高めることができるのである。ゴードン・マッケンジーも『コ
ールリッジの有機的統合』において，人間の真の創造を意味する有機的統合
にとって，自然の法の知的原理の存在が不可欠である事を次の様に指摘して
いる。

It is important to recognize that organic unity is not a form into
which contents may be placed, but that it is a form, unique in
value, which grows out of the nature and combination of its
elements. [16]

　コールリッジにとって，天才とはこの様な自然に内在する峻厳な知的原理に基づいて創造する者であり，認識において，神である自然の法と知的原理がまったく同一存在である事を直観できる人物を意味するものに他ならなかった。神の存在を創造的知性として捉え，神の自律的な形成的創造力を神聖なるロゴス (Divine Logos) と見做していく過程の中で，コールリッジの言葉に対する基本的な考察態度も自ずと決定づけられたのである。同じく公開講演の中で，彼はプラトンが我々を取り巻く自然の現象世界の背後に不可視の生命力の存在を認めて精神と名づけ，この生命力溢れる自然界の知性をロゴスと呼んだ事を取り上げて，" the same word which St John uses and which in our Version is rendered by the Word " (17) と述べている。コールリッジは神の生産的ロゴスから派生する人間のこころの知性の創造性を究めることによって，言葉の本質を発生論的に説明しようと努める。コールリッジによれば，神のロゴスこそ最高の創造的知性に他ならず，人間の知性や言葉の本質は神の生産的ロゴスによって説き明されるべきであった。この様なロゴス論を信奉するコールリッジにとって，言葉と知性は正に同一のものとなる。

　St John asserts, that in the *beginning* there was Intelligence, that this Intelligence was together with God, not an emanation from him, and that this Intelligence was God himself. All things were made by it and without this Intelligence was not anything made that was made. (18)

言葉の分析は知性の分析でもあった。この様なヨハネ的発想から，言葉の機能，言葉と感情，思考作用の本質と言葉，観念と言葉等の親和関係や発生形態について考察して，言葉の機能の発生と展開の形態が，植物の有機的生態と類似している事にコールリッジは着目する。経験論が説く様な事物からの刺激によって人間の精神内容が決定されるのではなく，言葉はそれ自体生命力を有し，人間の精神の思慮ある問いそのものの中に知識が半ば存在するのである。事物があって言葉があり，言葉は単なる事物を表わす符号に過ぎないという従来の言語観は，事物に追従した不十分なものであり，彼はこれを打破しようとしたのである。言葉に対するコールリッジのこの様な認識は，

72

彼のシェイクスピア批評を真に独創的なものにしており，次の様な講演の記述にも，言葉の分析が批評家コールリッジの発言に豊かな示唆のある思弁的特質と詩的暗示性を与えることになったことが示されている。

words are the living products of the living mind and could not be a due medium between the thing and the mind unless they partook of both. The word was not to convey merely what a certain thing is, but the very passion and all the circumstances which were conceived as constituting the perception of the thing by the person who used the word.(19)

コールリッジにとって経験に常に先行するものは心であり，理性を中心にして心と知性が結ばれる時言葉が生れ，理性の本質である形成的形式（forma formans）が機能する時想像力となり，想像力の作用と言葉が生み出すものが生命ある観念に他ならなかった。すなわち，神のロゴスが人間の知性を活動させ，理性本来の機能が想像力を生み出す過程の中から生命ある実体として展開されるものが言葉であり観念であった。したがって，コールリッジの第一義的想像力とは先験的立場から説明されるもので，" the living Power and prime Agent of all human Perception, and as a repetition in the finite mind of the eternal act of creation in the infinite I AM. "(20) と考えられたのである。しかし，コールリッジは想像力の放恣な解放を認めたわけではなかった。彼の想像力は純粋理性の自律的な形成的本質の発現であり，神の生産的ロゴスに対する人間の生産的ロゴスを意味するものに他ならない。この様な生産的ロゴスによって与えられる最高の歓びは，人間の日常的意識を洗い清めるもので，個体の限界を逃れて無限に広がる無意識を自覚する自我が神と合流する涅槃と言ってもよいだろう。この事は無意識への個体性の溶解というよりも，あくまでも真の自我の自己実現へ向けられた人間の最高の精神作用に相違ないのである。

　創造性の原理は連続的な生成展開の中にあるというコールリッジの有機的統合の理論は，プロティノスの美学『エンネアーデス』に見られる存在の根元としてのヌースや創造的内面形式にこそ美が宿るという見解と深く結びつくもので，プロティノスに対する傾倒ぶりは『文学的自叙伝』の中の" The words of Plotinus, in the assumed person of nature, holds true of the philosophic energy." [21]という彼の発言にも端的に表われている。また，『フレンド』の中の"generated by contemplation, and being a divine intuition, it [the soul] attains to have a contemplative nature" [22]というプロティノスからの引用の一節にも，思考する行為が自意識を生み出し，さらに聖なる直観をもたらすという認識がコールリッジの主要な意識構成要素ともなり，彼の想像力の性格を決定づける要因ともなった事が示されている。この様な直観としての思索的本性の自発的な精神構造を持つ者だけが先験的思考様式を生み出すのであり，外界の刺激による知覚作用の混沌の中で，事物の諸関係を認識して，法則や原理を確立するまでに至るのである。深淵な魂の領域に由来する根源的直観の世界が思索的本性を備え，思考する行為そのものが思考内容を決定し創造していくというコールリッジの考え方は，ハートレイやカントの哲学を超克するもので，"the twilight realms of consciousness" [23]に対する彼の多くの洞察は，現代のフロイトやベルグソンの心理学を先取するものを多く含んでいると言っても過信ではない。コールリッジの思想の前衛的性格は，イギリス的経験論の伝統とドイツ的観念論の両極性を意識しながら，新たな第三の視点を執拗に模索し開拓しようと努めた過程の中で形成されたものであった。独自の宗教的情念と神学的認識を持つコールリッジは，神の理性の栄光を受けた先験的な観念に先導される人間の知性の機能が，あらゆる事物に先行する心の自律的内発性を生み出すが故に，全ての組織的な思考様式にとって不可欠であり，同時に全ての知識の発生の基礎となるべきだと考えるのである。そして，それは自然に見られる法則としての神の理性と同じ機能を持つために，"What is an Idea in the Subject, i. e. in the Mind, is a Law in the Object, i. e. in Nature." [24]と断定するコールリッジであった。さらに，この様な人間の精神作用の知性が作り出す焦点的実体というべきものが言葉に他ならなかった。生命ある実体としての言葉は，すぐれた文学作品の中で，我々を深く感動させるものとなり，詩，批評，哲学，宗教，政治等の多方面にわたるコールリッジの思考様式の基礎構造を形成する上で重要な支柱ともなったのである。

注

(1)　E. L. Griggs(ed.) *Collected Letters of Samuel Taylor Coleridge*

74

(Oxford, 1966) vol. 1., p. 7.

(2) *Ibid.*, p. 310.

(3) *Ibid.*, p. 260.

(4) K. Coburn (ed.) *The Notebooks of Samuel Taylor Coleridge* (Princeton, 1957) ♯2793.

(5) B. E. Rooke (ed.) *The Friend I* (Routledge, 1969) p. 94.

(6) J. Shawcross (ed.) *Biographia Literaria* (Oxford, 1907) vol. 1., p. 134.

(7) Griggs, 前掲書, vol. 2., p. 267.

(8) Shawcross, 前掲書, vol. 1., p. 84.

(9) *Ibid.*, vol. 2., p. 12.

(10) Rooke, II., p. 314.

(11) Coburn, 前掲書, ♯ 1554.

(12) Rooke, 前掲書, I., p. 203n.

(13) L. Patton and M. Peter (ed.) *Lecture 1795 On Politics and Religion* (Routledge, 1969) pp. 104-5.

(14) Griggs, 前掲書, vol. 4., p. 687.

(15) *Ibid.*, vol. 2., p. 230.

(16) G. Mckenzie, *Organic Unity in Coleridge* (University of California Press, 1939) p. 70.

(17) L. Patton and M. Peter, 前掲書, p. 208.

(18) *Ibid.*, p. 200.

(19) T. M. Raysor (ed.) *Shakespearean Criticism* (Dent, 1960) vol. 2., p. 74.

(20) Shawcross, 前掲書, vol. 1., p. 202.

(21) *Ibid.*, p. 173.

(22) Rooke, 前掲書, I., p. 418n.

(23) Shawcross, 前掲書, vol. 2., p. 120.

(24) Rooke, 前掲書, I., p. 497n.

第六章　コールリッジの理性論

　チャールズ・ラムが『エリア随筆集』の中で述べている様に，コールリッジはクライスツ・ホスピタル校在学当時でさえ，すでに Jamblichus, Plotinus に精通した論理家・哲学者・詩人であった。[1] 1797 年 10 月 16 日のプール宛の書簡に彼は生来の特性について，次の様に語っている。

For from my early reading of Faery Tales, & Genii &c &c——my mind had been habituated to the Vast——& I never regarded my senses in any way as the criteria of my belief. I regulated all my creeds by my conceptions not by my sight——even at that age. [2]

　幼児から持っていた鋭い感性に基づく内面世界は，その後彼の意識的考察の対象となった。詩人であった彼が，文学批評家からさらに社会批評にまで手を伸ばさねばならなかった必然性は，彼の内的プロセスの中で独自の理性論を見出していくことになる。広大なものになれ親しんだ精神が，その信念の基準を感覚に求めず，先験的観念に求めたのには，彼自身の内的必然性があった。この様に，広大なる全体の相の中で物を眺めようとする態度は，彼生来のものであるが，彼の意識がより広範囲へと伸びるにつれて，鋭さを増した彼の精神構造は内面の分裂に気づく。1791 年 3 月 31 日付の兄ジョージへの書簡を見ると，クライスツ・ホスピタル校在学中にすでに自己分裂の危機さえも体験している事がわかる。

That, though Reason is feasted, Imagination is starved : Whilst Reason is luxuriating in it's proper Paradise, Imagination is wearily travelling over a dreary desert. [3]

　この当時のコールリッジにとって，理性は想像力の対立概念として存在している。この理性は彼の詩人的特質が要求する神秘主義と対立するものとして捉えられており，この様な主知主義的要素と神秘に満ちた詩的内面世界との

相克と和解は，彼にとって古くから解決すべき認識上の問題であった。全体を一つのまとまりとして把握しようとする力には知性が存在している。しかし，知的把握としてのみの結果でしかない全体に，安住できない彼の意識構造は，それが同時に無限であることを要求する。この様な不安定な精神状況の中にあって，彼は全体が同時に無限の統合体でなければならないという意志作用の働きを意識するようになる。それは知性の感性化を意味し，人間的な理性でなく，人間が目指すべき理想としての神の理性を追求していくことであった。このために，彼はベーコンやスピノザの理性論に親しんでいたし，ロックやハートレイの理論にも真剣な考察を加えていた。彼の内的葛藤は，この様な中で，時おり知性と感性の理想的融合を見出すことがあった。1796年12月11日の書簡に，彼は彼の知的探求の果てにあるものが，終局的に宗教的要素の強いものであることに気づいたと記している。

I have been myself sorely afflicted, and have rolled my dreary eye from earth to Heaven, and found no comfort, till it pleased the Unimaginable High & Lofty One to make my Heart more tender in regard of religious feelings. [4]

　内的葛藤や知的訓練の中で強化された彼の意志作用は，さらに深まりを増して，彼にとって重大であった詩的信仰へと目を開かせたのである。コールリッジが現象世界に対する感覚と悟性による合理的理解を中心とした人間意識の研究に満足することなく，ベーメの神秘性やカントの先験哲学に傾倒していったことは，彼の信仰の論理形態を容認するような新たな理性論の確立へと彼の意識が向けられていったことを示すものと言える。信仰は思考の普遍的法則としての理性と矛盾してはならないし，形而上学にも相反しないものでなければならなかった。
　理性を中心とした彼の思索を問題にする時，1800年以後の彼の姿に特に注目しなければならない。それはコールリッジが，カント哲学への深まりを本格的に見せはじめた時期である。カントから得た悟性と理性の弁別は，彼に自己の思索を一層明確なものにすることを可能にし，ロックやハートレイの学説からの離脱を可能にした。詩的特質や最高理性の存在に関する考察を本質的な精神機能によって説明しようとしていたコールリッジにとって，彼等

の連想説は主知主義的合理性に傾きすぎていた。1800年12月5日のプール宛の書簡に彼は大いに知的洞察を得たと述べ，1801年2月3日には思索の中心が観念と感覚との関係についてであったと言っている。1804年1月15日には *The Friend* の計画にふれて，理性と想像力と道徳的感情について論じるつもりであると予告している。さらに1806年10月13日のクラークソン宛の書簡では悟性と理性について述べ，現象としての単なる自然を理解する機能を悟性であるとし，すべての経験の前提として普遍性を持つ認象を理性であると断言している。この時，彼はすべての芸術に存在する先験的直観力を時間や空間に制限された経験的要素から峻別すべきものであると確信するに至った。さらに，彼が理性を不死の魂の啓示と認め，「形成的形式」 'forma formans' として自発的法則を含むものと考えた時，彼の主張する理性にはカントが認めた以上の意味が求められていることがわかる。コールリッジは『文学的自叙伝』の中でカントにふれ，" Yet there had dawned upon me, even before I had met with the Critique of the Pure Reason, a certain guiding light. " [5] と述べ，知性と感性の葛藤の解決が，カントを知る以前より，彼によって求め続けられていたことを強調している。コールリッジがカントに求めたものは，彼にとって最もふさわしい先験的観念論のための示唆に他ならない。したがって，カントは彼にとってあくまでも論理学者であって，理性の表象としての自然や永遠なる精神と人間性全体を考察した形而上学者ではなかった。コールリッジの有機的統一の思想や詩的想像力説は，この様な彼独自の思索に基づく理性論を基本としている。1809年1月30日付のディヴィ宛の書簡では，神の概念が最高理性として捉えられ，すべて有限なものに対して理性は無限とされている。この様な最高理性とのふれ合いを得た主体にとって，過去・現在・未来は一つでしかない。1806年10月13日のクラークソン宛の書簡でコールリッジは " Past Present and Future are coadunated in the aborable I am. " [6] と述べている。過去・現在・未来の時間の区分を超越し，すべてを一つとして意識する主体は，さらに創造的意志にまで自意識を高めていくことを可能にする。1809年版 *The Friend* の Essay I. 'Speculative Minds' にコールリッジは Plotinus の作品 *Enneads* の内容を示して，" generated by contemplation, and being a divine intuition, it [the soul] attains to have a contemplative nature. " [7] という思考様式が，彼自身の思索的本性と

もなって聖なる直観を産み出すことを明示している。そして，コールリッジが彼独自の美意識と理性論の中で "my mind feels as if it aches to be-hold and know something great——something one and indivisible." [8] と述べる時，彼は最も根本的な存在論にまで目を向けていたのである。

Plotinus 的な統一は単なる集合体でなく，自ら定められた自律性と共に全てを超越した自己充足的な存在である。コールリッジの意識はこの様な存在論を純粋知性として捉える。純粋知性又は，魂としての思索的本性は聖なる直観を産みだす。コールリッジがすべてを全体の相の中で捉えようと苦心した中で，あらゆる物が存在の最高位としての最高理性に照らし出された時，美意識を伴った調和と統一を直観的に認識するのである。この様に，思考する行為が自意識となり，これがさらに直観を産み出そうと昇華し，創造性ある有機的生命を発揮するという考え方は，コールリッジの想像力の理論を決定づける要因ともなった。それは創造的な内面形式の中に理性の具現を見ようとしたコールリッジの努力に他ならない。文学芸術において，彼が創作活動を単に技巧的側面を追究するのでなく，その精神的な創造性の深奥にまで究明しようとした事にも彼の思索の特性が示されていると言える。全体の相の中で物を捉える事は，彼にとって生きた統合性を意味し，あらゆる存在の基礎としての精神活動を必要とするもので，同時に，神への感覚を持つことでもあった。つまり，そこにあるものは，すべてを受けとめ，すべてを意識する主体なのである。各部分の関係や全体との関係は観察による抽象でなく，精神そのものの中にあり，有機的統合作用を持つものとしての精神作用に注目したのである。創造的に活動し，思考する精神は彼の想像力説への道づくりをする役目をになったのである。

有機的統合作用を持つ精神を信条としたコールリッジにとって，'mind' と 'heart' の相互の融合が不可欠であった。そして，この有機的融合が理性として認められねばならないという点が彼の思想の核であるといってよい。情緒的に受け入れられた事が同時に理性によっても把握されねばならない。そのために，彼は鋭い自己省察の中で理性の根源を求める思索を続けたのである。理性論の中で，文学者コールリッジのみならず，神学者としての彼の姿を見ることができる。彼は自らの形而上学的思索に沿って，彼独自の神学を形成していくことになる。彼が知性と感性の葛藤に苦しんだ様に，コールリッジにとって真実の祈りの行為は難行であった。鋭い自己省察は心理分析の習慣

を生み，彼は " The *habit* of psychological Analysis makes additionally difficult the act of true Prayer. " [9] と述べている。K. Coburn もこの事実に注目していた。この様な葛藤の中で，コールリッジは神と人間の存在関係の様式を考えるのである。そして，神の似像としての人間の魂が，神の不死の魂を投影しており，至上の理性の啓示こそこの不死の魂に他ならないのである。したがって，瞬間にのみ存在する人間の中で，この理性とのふれ合いを持った，高度な精神活動をしている者だけが，存在と意識の連体性という内省意識によって，神と人間の結びつきを確かなものにするのである。コールリッジに 'REASON' という詩がある。

REASON

WHENE'ER the mist, that stands 'twixt God and thee,
Defecates to a pure transparensy,
That intercepts no light and adds no stain——
There Reason is, and then begins her reign! [10]

神と人間の間の深淵を 'mist' と表現し，この霧が光を遮断することなく，曇ることない透明な世界が出現する時，そこは理性の君臨する世界となる。コールリッジは *Lay Sermons* の Appendix C に " Reason and Religion differ only as a two-fold application of the same power " [11] と述べて理性と宗教が表裏一体の関係にあることを明確にしている。そして，理性こそ全体の相の中で物を見つめるための重要な機能なのである。" The Reason first manifests itself in man by the *tendency* to the comprehension of all as one. " [12] 悟性が現象と感覚機能に属するのに対して，理性は普遍的なものの科学でもあり，全体を一つとして捉える概念なのである。コールリッジにとって，理性はすべてのものの存在科学であり，個々の存在に生命と現実感を与える様式なのである。それは宗教と表裏一体をなし，その中で，人間の意志作用は神の理性から派生された理念を実践する。彼がさらに *The Friend II* で " Faith is a *total* act of the soul: it is the *whole* state of the mind, or it is not at all! " [13] と言った時，信仰は瞑想の中で理性と一つになる。それが彼の求め続けたキリスト教信仰の真の生の在り方と言ってよい。悟性は他の動物も持てるものだが，理性は人間だけ

が所持することのできるものである。なぜなら，理性とは一つの能力を意味するものでなく，人間に内在し，至上の存在としての神を捉える力なのである。それ故，コールリッジは神への志向性を理性と名付け，信仰と理性の不可分性を指摘するのである。彼の形而上的探求を促している意識の展開において，哲学と信仰は論理的に矛盾しないものでなければならなかった。" What metaphysically the Spirit of God is? What the Soul? " [14] と自問するコールリッジであった。そして，哲学と信仰の結びつきを可能なものにしたのが彼の理性論なのであった。コールリッジが *The Friend I* で " It is wonderful, how closely Reason and Imagination are connected, and Religion the union of the two. " [15] と述べている様に，理性を中心として想像力も宗教もかたく結ばれているのである。理性は根元的存在であると同時に，多様性をそなえており，感覚的悟性を超克する理性は，直観力となり，想像力へと発展していく。したがって，再生し，統合する精神としての想像力は，この生命力に満ちた理性の性格でもある。全てを見透す理性は，神の栄光を受け，あらゆる時代の聖なる偉人達の心に宿るものだとコールリッジは考える。

信仰や理性について思考するコールリッジの意識は，さまざまな形で縦横無尽に駆けめぐる。人間の精神機能の作用に着目し，その思考過程を明確に定義づけるべき言語の重要性を認識していたコールリッジは，物から思索への意識の展開にとって，言語の働きが不可欠であると認め，" Language seems to mark this process of our minds. " [16] と述べている。信仰の行為と詩人の仕事が，同じ様に深い意味を持っていると考えていたコールリッジが，言語への関心を示すのは当然のことであろう。「初めに言葉があった」という聖ヨハネ的発想に基づいて，自己の新しい思索を構築しようとした彼の姿がある。*Lectures 1795 on Politics and Religion*, 'Lectures on Revealed Religion, Lecture 3' において，彼は次の様に述べる。

To the pious man all Nature is thus beautiful because its every Feature is the Symbol and all its Parts the written Language of infinite Goodness and all powerful Intelligence. [17]

自然の示すさまざまな様相はすべて神の言葉であり，神の表象としての言

葉という新しい認識が，彼に芽生えてきたことがわかる。永遠の言葉として
の神を美しい自然の形象から把握する能力こそ理性に他ならなかった。万物
の生命の交流を見まもり，神の言葉の受肉が神と人間の間の意志伝達を可能
にしたという意識は，神の似像としての人間の魂が，神の不死の魂に触れ得
る接点であった。

If god with the Spirit of God created the Soul of man as far as
it was possible according to his own Likeness, and if he be an
omnipresent Influence, it necessarily follows, that his action on
the Soul of Man must awake in it a conscience of actions within
itself analogous to the divine action. [18]

　神の不死の魂が，似像としての人間の魂に伝達される時，不死の魂の啓示
が生じる。そしてこの不死の魂の啓示を理性と断定したコールリッジは，理
性の生成力を強調しながら，彼独自の用語 ‘forma formans’「形成的形式」
の論拠を説明したのだ。想像力を始めとして，有機的統合や有機的生命力を
主張したコールリッジは，何よりもまず創造的な内面形式や内省意識を重視
していた。そして，この様な内発的形態としての自己決定様式を彼は ‘forma
formans’ の言葉で表現したのである。したがって，言葉の真実性は単に言
葉自体にあるのでなく，その真実性を伝達しようとする意志の中にある。内
面的発露でなく，単なる外側からの言葉は，ただ概念的理解でしかなく，真
の意味を伝えることができない。コールリッジは言葉の理想的な媒体として
の象徴に注目して， "An IDEA, in the *highest* sense of that word,
cannot be conveyed but by a symbol." [19] と断定した。象徴こそ彼にと
って，思考伝達のための無限の創造力を持つものである。そして，象徴的な
言葉が持っている一種の啓示的な意識作用や伝達力を高く評価したのである。
　生産的生命の過程や創造的過程の不可思議さを多様な捉え方をしながら究
明していたコールリッジは，内省意識や知性の関係についても考察している。
彼が『文学的自叙伝』の中で，"Intelligence or self-consciousness is
impossible, except by and in a will." [20] と述べ，さらに，"the act of
self-consciousness is for *us* the source and principle of all *our* possible
knowledge." [21] と考えた時，知性と内省意識は彼の理性論の中で同義語

みなされていることがわかる。そして，さらに，" The self-consciousness may be the modification of a higher form of being. " [22] と説明する時，全ての知識の源泉としての知性と存在のより高度な様式であり，全てのものの接点でもある自意識が，発展的体系を持ち，自ら展開する特性を持つことは，彼が理性論の中で生産的な力の特性をいかに多様に考察していたかを示すものである。コールリッジが" Intelligence is a self-development."[23] と言った時，生産的である知性とは，神の創造の業にならった人間の創造力を意味している。この様な内省意識や知性を伝達するための言葉とは，彼にとって生命であり，同時にその生命を伝えるものである。Owen Barfield も，コールリッジにとって，神と人間との対面が理性を中心とした彼の認識すべての基盤になっていることに注目している。

Reason is being; but that is another way of saying that reason is god; and indeed the polarity, God—Man, is the basis of all polarity, in nature and elsewhere. [24]

この様に，永遠の生成と展開の繰りかえしの中で，生産的で神秘的な過程を見つめ続けたコールリッジは，統合への意志としての内発的形態や有機的統一に着目して，理念と対象物，普遍と特殊，主体と客体などの相反する概念の統合を考察したのである。そして，我と汝の対話の中で，両者が相関関係を持ち，生産的交流を可能にする時，神と人間の対応関係を意識する人間の理性の姿が示されるのである。内省意識や知性や言葉をかたく結びつけているものは理性であった。そして，これらに対する思索の中で，常に彼がよりどころとしていたものは，自らの理性に対する信念であった。

注

(1) Malcolm Elwin(ed.) *The Essays of Elia* (Macdonald : London, 1952) p. 36.

(2) Earl Leslie Griggs(ed.) *Collected Letters of Samuel Taylor Coleridge* (Oxford, 1956) I., p. 354.

(3) *Ibid.*, p. 7.

(4) *Ibid.*, p. 267.

(5) J. Shawcross (ed.) *Biographia Literaria* (Oxford, 1907) I., p. 134.

(6) Griggs, 前掲書, p. 634.

(7) B.E. Rooke (ed.) *The Collected Works of Samuel Taylor Coleridge, The Friend* (Routledge, 1969) I., p. 418.

(8) Griggs, 前掲書, p. 209.

(9) K. Coburn, *Self-Conscious Imagination* (Oxford, 1974) p. 70.

(10) E.H. Coleridge (ed.) *Coleridge Poetical Works* (Oxford, 1974) p. 487.

(11) R. J. White (ed.) *The Collected Works of Samuel Taylor Coleridge, Lay Sermons* (Routledge 1974) p. 59.

(12) *Ibid.*, p. 60.

(13) B. E. Rooke, 前掲書, II., p. 314.

(14) Griggs, 前掲書, II., p. 947.

(15) Rooke, 前掲書, I., p. 203n.

(16) Griggs, 前掲書, II., p. 1194.

(17) L. Patton and M. Peter (ed.) *The Collected Works of Samuel Taylor Coleridge, Lecture 1795, On Politics and Religion* (Routledge, 1969) p. 158; and see, p. 208.

(18) Griggs, 前掲書, II., p. 1199.

(19) Shawcross, 前掲書, p. 100.

(20) *Ibid.*, p. 185.

(21) *Ibid.*, p. 186.

(22) *Ibid.*

(23) *Ibid.*, p. 188.

(24) O. Barfield, *What Coleridge Thought* (Oxford, 1972) p. 113.

第七章　コールリッジの思想形成過程
──詩論の生成とロマン主義哲学への展開──

(1)

　コールリッジの思想形成の変遷過程は大きく三つの期間に分れる。フランス革命に共感し，『ウオッチマン』誌を編集して急進的政治思想を標傍していたブリストル在住の時代があり，すぐれた時の創作時代でもあった。そして，1798年秋のドイツのゲッティンゲン大学訪問後，さらに1806年8月マルタ島からの帰英後，ドイツ観念論哲学を研究するに及んで文学芸術批評に明確な独自の批評原理を確立することになる。また，以前の反逆的精神による政治改革や主知主義的経験論哲学の機械的法則に傾倒したことに対する深い反省が生れた結果，明白な思想的変換が起り，革命精神の急進性と啓蒙思想の反動主義との双方に対する批判の時期となった。特に1809年以後，『フレンド』誌を発行して彼独自の思想を展開させて論陣をはったジャーナリズムの時代でもあった。そして，最後にハイゲイト・ヒルの時代があり，コールリッジの哲学的神学的思索の時代である。1816年に発表した『政治家提要』と翌年の1817年の『俗人説教』，さらに1830年の『教会および国家の憲法』において当時の時代精神を批判し，政治，経済，社会全体の病弊を論じて国家政治に対する民族的救済策を提示し，イギリスの伝統に基づく彼独自の政治思想を総括したのである。そして，詩，批評，哲学，宗教に関する自分の思想形成の変遷過程をまとめながら，彼の根本思想を述べたものが，1817年7月に出版された代表作『文学的自叙伝』であった。

　敬虔な牧師でヘブライ学者の父親から受け継いだ神品的，超絶的資質は，コールリッジ生涯の思索傾向を基礎づけていた。彼にとって，キリスト教は哲学であり，哲学によって探究されるべきロゴスの受肉が，キリストという人間に神の啓示として与えられたものに他ならなかった。直観的神秘性を漂わせる比類ない多面的精神特性を発揮した彼は，文学，芸術，哲学，宗教，政治等の各分野においてイギリス・ロマン主義の形成と確立に当時のイギリス思想界において先導的役割を果たすに至ったのである。知的領域においても，精神的深度においても，情緒的感性においても，生来きわめて豊かな天

分に恵まれていたコールリッジは，情緒的感情と思考の深い融合を適切な言葉と理念に親和させようとして，多面的精神特性を自在に集中拡散させると同時に，多角的に飛翔させたのである。W. ウォルシュも "Coleridge was a critic with a poet inside him and a philosopher on his back." [1] と述べてロマン主義の詩人，哲学者，批評家としてのコールリッジの思考様式の特性を適確に表現している。このような天賦の豊かな精神特性が，彼を博識の思想家，深遠な哲学者，そして想像力を自在に駆使する詩人にならしめたのである。

　ギリシア哲学の研究を中心とするヘレニズムの伝統と，聖書の世界を中心としたヘブライ的思惟とが，コールリッジの思考様式形成の基本的要因となっていたが，情緒と理知の対立と和解という彼の精神史を特徴づけるものは，絶えず情緒的な直観的認識の世界を重要視する傾向であった。後年，彼は生来プラトン主義者であったことを自認して次のように述懐している。

Every man is born an Aristotelian, or a Platonist. I do not think it possible that any one born an Aristotelian can become a Platonist; and I am sure no born Platonist can ever change into an Aristotelian. [2]

しかし，正確には彼は生来プロティノスの思想に傾倒していた新プラトン主義者であった。神秘主義を最大の特色とするプロティノスの哲学は，ある意味ではプラトン哲学とアリストテレス哲学との総合をめざしたものであり，ギリシア哲学とキリスト教思想との接点を提示するものでもあった。プロティノスの思想はギリシアの伝統的哲学に宗教的体験による神学的解釈を加えたものであり，絶対的一者としての神を万物の創造主と考えるヘブライ的思惟と共通するもので多者の一者への還元を果たすべき綜合的統一原理を探究して創造的な生命的思索を続けたコールリッジの心を最も強く引きつけたのである。プロティノスは全体的な調和の摂理を説いて，その思想的根幹をあらゆる一切のものがそこから発し，そこへ向うべき一者と考え，この一者からヌースが生じヌースに次いで霊が流出するという神秘主義的思索を残していた。プロティノスは万物の根源としての絶対者なる一者を想定し，この一者が多者としてのあらゆる存在を可能にする時，存在の根源的精神ヌースを

生み出し，精神力の充実が霊魂を流出させることになり，時空間の領域にお
ける霊魂の展開の中で感覚による外界の質料が生じると説いたのである。コ
ールリッジがプラトンの哲学理論に丹念な読書によって精通していたのは事
実であるが，『コールリッジとドイツ観念論』の著書G・オシーニーも指摘
しているように，プラトンの思想が新プラトン主義によって解明されるとは
思っていなかった。(3) プラトンの哲学がイデアを神の外側のものと考えたの
に反して，プロティノスの思想ではイデアは神の内側に存在するものであっ
た。そして，コールリッジは詩人としての情緒的感情からも，終生プロティ
ノスの見解を固持しようとしたのである。いずれにしても，『文学的自叙伝』
で彼自身が述べている様に，彼のプラトンやプロティノスに関する研究が，
「われ存在するが故に思考し，われ思考するが故に存在する」という心的態度
の素地を養うのに役立ち，存在と相互に関係し合っている真理を愛情をもっ
て追求することを哲学の第一義的な公理と考えるのに大いに役立ったのであ
る。さらに，ジョージ・フォックスやヤコブ・ベーメ等の神秘主義思想が，
知的探究の中で絶えず心情を生かすのに貢献し，単一の思想体系の中に閉じ
込められて独断的見解に陥るのを少なからず防いでくれたのである。(4) しか
しながら，これら従来の形而上学の思想は，当時の合理主義や経験主義の時
代思潮の中で，自己分裂の危機にまで至った彼の頭脳と心情の葛藤を積極的
に解決するまでにはならなかった。これらの思想は，いずれも彼が最も望ん
でいた人間の精神作用そのものの分析を著しく欠くものであったのである。

(2)

　深刻な思想的危機の解決を求めてなされたドイツのゲッティンゲン訪問は，
あたかも巨人の手をもってコールリッジを魅了したカント哲学への本格的な
出会いとなった点で，彼の思想形成に非常に重要な意味を持つことになっ
た。(5) カントは理性と悟性の弁別によって人間の知性を解明し，コールリッ
ジが最も望んでいた精神作用そのものの分析を呈示していた。彼はドイツ観
念論の研究によって，独自の思索の中で，無限に対峙する人間精神の本質的
機能や，有機的統一によって果たされるべき生命的実在や詩人的資質から生
じる彼の情緒的心情を伸展させるべき論理的確証を見出し，彼の文学芸術批
評，神学的考察，政治思想の展開に対して重要な基盤となるべき「生命哲
学」(6) を樹立する有力な手掛かりを得たのである。しかしながら，彼がカン

トをはじめとするドイツ観念論哲学の影響を受けたことは事実であるが，こ
の事をあまりに強調しすぎると彼の中枢的思想を誤解することになりかねな
い。コールリッジの思索の独創性は，すぐれたロマン派詩人でありながら人
間精神の創造的過程を分析した心理学者であり，また偉大な生産的精神を発
揮して独自の生命哲学を構想した哲学者でもあったという広範な知的領域と
深い情緒的沈潜から自ずと生み出されたものである。体系的な哲学者ではな
かったとしても，彼の鋭い洞察力による哲学や批評は，イギリス思想界に深
みを与えると同時に，今後探究すべき未知の領域を多面的多角的に切り開い
た点で，イギリスの知的地平線を押し広げたと言っても過言ではない。この
ように，コールリッジはイギリス・ロマン主義者達の中でも，最も完全な統
一的理論や有機的原理の必要性を唱導して，各分野に高度な思索を残した人
物として高い評価を受けるに至っている。

　1800年頃からコールリッジはカント哲学を真剣に研究し始めたが，先験的
実在に対するカントの論証は，想像力による認識と事象に関する彼の形而上
的思索に有効な論理的基盤を与えることになった。カントの批判哲学は，当
時の合理主義的形而上学の独断的傾向や感覚主義的経験論の懐疑思想の両者
の対立を超克すべき新たな立場を示すものでもあった。カントの理性と悟性
の弁別を知るに及んで，コールリッジはハートレイの経験論的連想哲学から
離脱し，現象界に所属する感覚的な部分的認識を悟性の働きと限定すること
によって，全一にして調和ある有機的統合を求める人間の高度な精神機能や
認識作用を理性の働きと確信するに至った。経験がなければ認識は成立しな
いが，与えられた経験内容だけでは認識は完全ではなく，先験的要素を想定
してはじめて対象に対する真の認識が可能となる。しかし，カント哲学の体
系においては，先験的実在が後天的現象の終局的実在であり源泉であるとし
ながらも，結局は人間の経験や認識能力を超越したものと説明されているの
に対して，コールリッジは自らの詩的体験からも，先験的世界の認識が可能
であると信じ，その客観的論証を独自の考察の中で求めなければならなかっ
た。カントは経験の可能な対象に関するもの以外にはいかなる先験的認識も
不可能であると断言していた。一方，神や不滅の霊魂や全体としての世界に
関する思弁をこらしていたソクラテスやプラトンの形而上学の伝統では，理
性が感覚からの離脱によってのみくもりないイデアの認識に到達することが
できるとされていた。すなわち，彼等は原理的に経験の可能な対象とはなり

得ない神や不滅の霊魂や全体としての世界などの超経験的な対象に関して，純粋な思索や思弁を通じて先験的綜合判断が成立し得るとする立場を取っていた。しかし，カントはあらゆる経験から遊離した単なる純粋理性のみによる先験的綜合判断の成立の可能性を徹底的に否定していた。カントは『純粋理性批判』の中で従来の形而上学における霊魂不滅の証明に反論し，さらに神の存在に対して試みられてきたいろいろな論証の仕方をことごとく論破していた。カントによれば，この世界は現象界，すなわち経験の可能な現象界に他ならず，人間の経験の及び得る限り，その経験の進展にともなって現われ出てくる現象界に他ならなかった。したがって，有限な人間の経験は常にある程度まで進んだと言えるだけのもので，決して無限に進んだと言えるようなものではないとされていた。眼前に展開される現象界のいっさいの出来事が，因果律によって支配されるなら，そこには人間の想念の自由が見出され得る余地は全然あり得なかった。古来プラトンやプロティノスたちが求めてやまなかったものは，このような因果を超え時空をも超えた絶対者の存在であり，その絶対の認識に他ならなかった。理性と悟性の弁別によって，人間の知性の分析に努めたカントであったが，人間の理性から絶対者の理論的認識の可能性は永遠に剥奪されてしまっていた。カントは霊魂の不滅や神の存在に関する従来の形而上学的証明をすべて否定し，論理的に経験の可能な対象であり得ない神や霊魂について，その存在や不滅性を科学的に証明することは不可能だと断言したのである。したがって，カントにおいては，神が存在しないとか霊魂は不滅でないとかを証明することも不可能であり，要するに純粋に理論的な立場から神はあるともないともいえないし，霊魂は不滅だともそうでないとも言えないとされていた。また，カントは『判断力批判』において，美の存在を規定する客観的原理や法則はあり得ないと述べて，人間の情緒的経験や感覚的な美意識を生み出す直観的認識の妥当性や芸術的世界の普遍性を否定していたのである。したがって，結局カントはコールリッジにとって，あくまでも純粋に論理学のみを追究した論理学者であって，人間性全体を考察する形而上学者ではなかったのである。理論理性，実践理性，現象と実体，感覚世界の超感覚世界といったカント的な二元論哲学から，彼はさらに唯一の根本原理によって統合されるべき一元論的な絶対者の哲学へと自らの思弁哲学の可能性を考察するのであった。それは究極的には，神との合一をめざす絶対者の哲学と言えるものであった。また，カントは想

像力を万人に共通の普遍的精神機能として規定し，決して一部の特定の人々にだけ固有の能力ではないと考えていたが，それは単に過去の経験に対する再生的機能であるか，悟性の法則によって限定された創造的機能にとどまるものであった。カントは想像力の直観的機能をも認めてはいたが，彼の哲学体系では，それはあくまでも単に主観的内容の世界にすぎず，客観的論証による普遍性や妥当性を持ち得ないものとされていた。すなわち，カントは感性や直観による美的体験の世界や想像力の世界を単に個人的な主観に依存するにすぎないものとして，その認識内容に対する客観的正当性や価値づけを成立させる原理の可能性を否定していた。しかし，コールリッジは理性と想像力に対して，カントが認めた以上の意義と権威を与えて，現象によって決定されない自己決定的な精神機能の超経験的活動が，最も自由に対象に対して働きかけて芸術を生み出すという人間の最高の創造的過程の論証に努めたのである。このように，ハートレイの観念連合哲学では充分に説明出来なかった人間の創造的精神作用は，カント哲学との出会いによって得た大きなインパクトによって深みを増したコールリッジの思索の中で，明確に説明しなければならずまた説明し得る唯一最高の哲学上の問題となったのである。

(3)

　詩人としての自己の芸術的体験が，心の能動的で自律的な動きの所産であり，自然の究極的な実在性がこのような自己の主観における深い観照作用に根ざすものであることをコールリッジは，芸術的世界の本質の客観的原理として立証し説明する必要にこれまで以上に迫られたのである。このような原理への探求は，主観に基づく認識内容が新たな実在として独自の普遍性を持たねばならないとする彼の生命哲学における必然的願望でもあった。カントに十分な満足を得られなかったコールリッジは，シェリングの哲学に深い親近感を持って接するようになった。

In Schelling's "NATUR-PHILOSOPHIE," and the "SYSTEM DES TRANSCENDENTALEN IDEALISMUS," I first found a genial coincidence with much that I had toiled out for myself, and a powerful assistance in what I had yet to do. [7]

精神性を内に秘めた生ける有機体として自然を考察しようとするシェリング
の「自然哲学」は，コールリッジの生命哲学や芸術論に重要な根拠を与える
学問的体系を明示していた。シェリングは自然を宇宙の霊的実在の顕現であ
ると説き，しかも霊的存在の認識が人間の主観によって可能であると考えて
いた。さらに，シェリングは理論と実践の統合としての芸術の存在を重視し
ていた。そして，人間の精神が自然の根底にある無限の主客合一的実在を美
的直観によって絶対者として把握することを説いていた。人間と自然との間
のこのような認識には，主体たる人間と客体たる自然とが有機的に調和する
ような主客合一によって果たされるべき高次の精神作用が必要であり，それ
は痛切に主観的であると同時に客観的でもあるような意識的意志の働きを前
提とする想像力の至上の機能に基づくものであるとシェリングも明確に述べ
ていたのである。コールリッジは独自の立場から，自然の諸相を神の生命的
表現であり，その展開であると考え，想像力において神の生命的精神が人間
の意識の中に自覚的に活動すると考えていたのである。したがって，コール
リッジにおいてはヘブライ的思惟の色彩を色濃く帯び，人間の先験的な理性
が宗教的認識を深めさせると共に想像力を活気づかせ，神の創造物としての
自然を捉えることを可能にするのである。真の芸術とはこのような想像力の
特質の具体的顕現として次のように説明される。

In this sense nature itself is to a religious observer the art of God;
and for the same cause art itself might be defined as of a middle
quality between a thought and a thing, or, as I said, before, the
union and reconciliation of that which is nature with that which
is exclusively human.[8]

自然を神の芸術的創造物と見る時，人間の芸術そのものが思考と事象との中
間的特質を帯び，人間と自然との和解的合一の象徴的表現と考えられるので
ある。このような人間の創造的精神機能の本質が想像力であり，コールリッ
ジにおいては唯一最高の形態を取って，芸術的美意識や哲学的真理認識を先
導すべき独自の意義と権威を持つものとされた。真の実在を捉えるべき想像
力説をはじめとする彼の芸術論は，自然と人間との関係から出発して，この
両者の全一なる調和の世界にのみ成立する。要するに，コールリッジの想像

力とは，人間の自意識的認識を主観の内部に基礎づけながら，客観的実在と
しての自然を全一なる調和的統合体として把握する直観的知覚による綜合的
認識能力であった。このような想像力の創造的活動こそ，芸術的形象の世界
に関与する人間の根源的な精神作用を説明するものに他ならなかった。コー
ルリッジにとって，自然は神の至上の産物であり，神は万物を作り出す創造
神であった。したがって，彼にとって芸術的創造活動とは，個別的事象を通
して全体的統一を見たり，有限なものの中に無限の広がりを見ることによっ
て，実在としての自然の認識の中で絶対者の存在を把握することであったと
言える。

(4)

　神の生命的表現として自然を捉える芸術の独創的世界とは，人間の精神機
能の最高の発展を示現するものであり，自然の有機的統合の中に生きる人間
が，その頂点において，それ自身が自然の最高の発展段階として産出したも
のである。コールリッジにおいては，このような創造的芸術家の直観的美意
識は哲学者の知的直観力と表裏一体の関係にあるため，哲学的思弁と芸術的
感性とが同一の精神作用に基づく体験でなければならず，頭脳と感情との離
反による内面的自己分裂を根本的に解決するためにも，彼は最も無理のない
形でその調和と融合を自己の世界観に自己実現しなければならなかった。彼
の生命哲学はこのような直観と知性や，頭脳と感情，そして観念と実在など
の合一を自己最高の認識上の問題として取り上げることを意味していた。詩
的体験において詩的形象が芸術的世界を形成する心理的過程を彼自身が深く
内省熟考し，聖書をはじめとするヘブライ的思想，神秘主義思想，ギリシア
哲学をはじめとするヘレニズムの伝統，イギリス経験論哲学，ドイツ観念論
哲学など広汎にわたる読書による研究を丹念に続けた結果，彼は詩的想像力
の存在を彼独自の思索によって説明すべき学問的基礎を得たのであり，普遍
的で客観的な意義や価値を持ち得る独自の形而上学としての生命哲学へと徐
々に明確なものとして発展するに至ったのである。また，クライスツ・ホス
ピタル校で教えを受けたボイヤー師の教訓もコールリッジに詩と芸術一般に
関する普遍的原理を追究させる大きな動因を与えていたと言うことができる。

I learnt from him, that Poetry, even that of the loftiest and,

92

seemingly, that of the wildest odes, had a logic of its own, as severe as that of science; and more difficult, because more subtle, more complex, and dependent on more, and more fugitive causes. In the truly great poets, he would say, there is a reason assignable, not only for every word, but for the position of every word. [9]

詩は科学より微妙で複雑であるが故に，なおさら一層科学より以上の厳密で捉え難い深遠な論理を持っていることを彼は人生の早い時期において教授されていたのである。また，偉大な詩人の詩作品の中の言葉とその配列には，それぞれ独自の必然性があることを，シェイクスピアやミルトンを通じて明瞭な感覚と共に普遍的真実として体得していた。したがって，詩人が詩的想像力によって得た象徴的表現は，生命力を持った言葉として詩の中で不動の威厳を与えられることになる。コールリッジの生命哲学においては，神の最高理性の生産的ロゴスが人間の純粋理性の生産的ロゴスを活動させ，理性の本質である「形成的形式」が想像力となる過程から，生命ある実体として伸展するものが真正なる言葉であり観念であった。象徴を生み出すべき生命的言語は，物と心の有機的合一の所産でなければならないと彼は次のように説明する。

Be it observed, however, that I include in the *meaning* of a word not only its correspondent object, but likewise all the associations which it recalls. For language is framed to convey not the object alone, but likewise the character, mood and intentions of the person who is representing it. [10]

生命力を持った言葉は事物だけでなく，あらゆる連想を包含しながら，人と物との融合として人間の性格や意図をも伝達するものである。このような言葉や観念を産み出すコールリッジの想像力とは，第一義的に万人に共通したものとして無意識的に作用する普遍的な精神機能であり，第二義的には意識的意志とも結びついた高度な精神機能の働きとして，芸術創造の活動の源泉であると同時にその具体的顕現でもあった。生命的言語の特性は，精神が自律的に能動的に働くことによって果たされる主客合一の全体的認識や調和的

統合の世界を創造する想像力の特質でもある。客体的事象である個々の現象的世界を主観的自我が観照し内省する過程の中で，現象界に内在する有機的調和の生命力の存在を洞察すると同時に，自然宇宙と本質的自己との生命的融合を体得し，この事実を象徴的表現として伝達しようとするのが芸術的想像力の作用に他ならなかった。この時，個体の集積である現象界の中の特殊的個体の個別性が，普遍的全体像を象徴するものとして認識され，芸術家は各々の芸術的分野において，この事実を具現化しようとするのである。したがって，コールリッジの想像力の究極的機能は，主観的自我が客観的事象世界の個別的存在の局限的な有限性の中に無限の実在性を把握し，その事実に神との直接的で生命的な結びつきを一種の霊交として感知するものであると言うことができる。このような想像力説の確立によってはじめて，芸術的情念と哲学的思弁とがコールリッジの宗教的認識の中で矛盾することなく調和し，芸術美の世界は哲学的論証によって支えられて，真理と存在に深く関わりを持つに至り，その独自の領域と権威とを与えられることになったのである。

(5)

　コールリッジが詩的想像力に関する哲学的思索を始める大きな要因となったものは，彼自身が述べているように，1796年24歳の時にワーズワスの詩の朗読を聞いた時の深い印象によるものであった。[11] それは深い情緒的沈潜と深奥なる観念との融合によって産み出された不思議な魅力であった。客体としての事象を自然観照する中で，詩人の主観がその個別的存在の本質的意味を全一なる真理認識として把握すると同時に，微妙な形容によってそれに最も妥当な表現を与えた具体例をコールリッジはワーズワスの天才に見出したのであった。この時の深い印象が彼の有名な想像力と空想力の区別の着想の大きな根源ともなった。

This excellence, which in all Mr. Wordsworth's writings is more or less predominant, and which constitutes the character of his mind, I no sooner felt, than I sought to understand. Repeated meditations led me first to suspect, (and a more intimate analysis of the human faculties, their appropriate marks, functions, and effects matured

my conjecture into full conviction,) that fancy and imagination
were two distinct and widely different faculties, instead of being,
according to the general belief, either two names with one mean-
ing, or, at furthest, the lower and higher degree of one and the
same power. [12]

日常性の中で埋没してしまったものに新たな清新な感情を与えて，深い情緒
的沈潜が幽玄な思想と調和する中で，慣れきった事象に普遍的真理の深さと
気高さを与える独創的才能をワーズワスの詩魂の本質と看破した彼は，この
ような有機的統一原理として詩作において作用する精神機能の本質を想像力
と考えたのであった。これに対して，単なる抽象的理知によって諸観念の結
合や分離をくり返すだけで，個別的個体の集積のみを産み出す精神機能を彼
は空想力と規定したのである。想像力の産み出す生命的で能動的な世界に対
して，空想力の生む世界は生命力を欠いた受動的機械原理に支配されたもの
で全体的統一を達成することはない。想像力が事象を全一なる有機的統体の
調和的位相において捉えて真理認識に至るのに対して，空想力は単に分析や
分類や記憶によって部分にのみ関わる理知的推理能力と考えられたのである。
このような想像力と空想力の区別は，コールリッジ独自の思索から生み出さ
れた彼の独創的見解であった。コールリッジの詩的想像力は自然の本質的生
命を把握し，象徴によって表現する人間の高度な精神機能であり，深い観照
の世界に入った主観の中で，実在としての自然と同一の基礎における生命的
な精神作用を主客合一の境地で自覚し，自然の持つ象徴的意義とそこに内在
する生命そのものを理解することを可能にするのである。したがって，芸術
家は単なる自然の形骸を写し取る模写ではなく，想像力によって自然の事象
の内奥に潜在し絶えず流動している内部的生命や発動的本性を模倣しなけれ
ばならない。このような想像力の至上の発現として芸術的創造の世界や美的
直観認識は，観念的なものと実在的なものとの有機的調和によって果される
もので，主観的世界の中で存在そのものと絶えず純一なる相互関係を持つ生
命的観念が客観化されて，美的具現として現実に象徴によって顕示されたも
のが芸術作品に他ならなかった。コールリッジの思想においては，このよう
な詩的芸術家としての美意識や直観認識が，彼の哲学の真の対象となり機関
ともなって彼の思索内容を決定づけ，想像力説を中心とした「生命哲学」へ

の模索の指導的精神となっていたのである。

　ルネッサンス以後，人間性の解放や個性尊重が再認識され，人間そのものの研究が深められて主観的世界の価値が重要視されるにつれて，詩や芸術において幻想的世界が各自の個性によって生み出されるようになった。このような傾向の中で，個性によって哲学や思想を創作したり，感覚によって自由に事物を変形させる芸術を作り出す主観的能力の世界の意義に呼応し得る新たな知覚の原理としての認識論の成立が望まれたのである。また，近世哲学の主観的認識論への動向が，人間の主観的で直観的な精神機能としての想像力説の成立にとって有効な思想的風土を与えたのである。したがって，詩や芸術創作における人間の特殊な精神活動を想像力として定着させることが近代美学の始まりであったとも言えるのである。このような主観的内容の世界の正当性を想像力説によって論証したイギリスで最初の人物がロマン派詩人コールリッジであった。主観的世界を最重要視する点で，その業績はドイツのロマン主義的哲学者シェリングと相通じるものがあった。コールリッジのロマン主義の世界観は，どこかで神秘主義と深く結び合うものがあり，理想と現実との相克の中で苦悩する人間が，現実から逃れて自由に自己実現を果たすことができる唯一純粋な真実の世界である。理知的には主観に陶酔した単なる幻想的夢や迷妄であり現実逃避であろうとも，自己の内面的欲求に最も純粋に真実であり，最も充実した自己実現の美的な詩的表現である点で，貴重な体験内容を有し独自の価値と意義を持ち得るのみならず，否定できぬ普遍性と威厳さえもコールリッジは想像力説によって認め，自らの批評原理の確立に努めたのであった。

　しかし，ルネッサンスにおいて，中世以来の神中心の世界観がくずれ，人間中心の世界観が生れて人間だけが歴史を担う主体だと考えられた時，一切の既存の制度，道徳，宗教を根本から否定しようとするニヒリズムの種がまかれていたとも考えられるのである。時代の先覚者としてのコールリッジは，この事を十分に意識していたと言える。当時の合理主義万能による独断的傾向は，人間の理知を頑強に絶対化して，人間が神となるまでに至っていた。また他方において，経験主義も人間の感覚的要素のみを絶対化し，感覚によって得られるもの以外は，一切のものを否定するという懐疑的傾向を強めていた。したがって，ルネッサンス以後，特に19世紀の英国社会において見られた合理主義思想や経験論哲学は，近代の虚無主義や懐疑主義の萌芽とも

96

なったと言える要因を多分に含むものであった。人間性の解放や個性尊重が，神の否定に結びつき人間を絶対化するに至った時，そこに続いて生じて来るものは虚無と懐疑による自己不信の念に他ならなかった。この事は現代思想において，仮借ない誠実と純粋によって真の実在を求めようとする実存主義哲学の動向と深い関連を持つものである。この様な歴史的展望の中で当時の時代思潮を捉えてみると，人間の創造的活動の論拠をヘブライニズムやヘレニズムといった西洋思想の源流の中に求めながら，独自の神秘主義的宗教意識によって人間と神との結びつきを考察して，神の無限の創造性から派生したものとしての人間の想像力説を生み出したコールリッジ思想の独創性や先覚的特質が自ずと明らかであると言える。

　理性と想像力を中心とした思索の結果，晩年に至って彼はさらに思索の幅を広げて，生きた自然と創造的精神に関する哲学としての生命哲学または自然哲学を唱導して，当時の啓蒙主義思想に見られた静的機械観や無神論に対する批判哲学を説いた。コールリッジにとって，神こそ創造者であり動的実在者であり，あらゆる知識の実体である最高理性に他ならなかった。そして，神の似像としての人間に派生した理性を純粋理性と呼び，それによって人間の心が「能産的自然」[13] の法則を自ら表示すると共に，その法則を認知し得るとコールリッジは考えたのである。能産的自然の生成力が全意識を通じて生きて働く生命力として人間の心の理性に与えられるのである。頭脳と心情の葛藤に苦悶し苦しい思索を続けて両者の和解に努めたコールリッジにおいては，心と精神とが同一であることが，その思索の本質的な部分を占めて彼の思想の中心を形成するに至っている。コールリッジの生命哲学とは，このような生ける能産的自然の法則全体を表現し，その生成力を伴った至上の実在の本質を啓示する象徴の研究であったと言うことができる。現象世界の存在の遠近や合成と分解といった不毛の粒子の相互関係のみを知るにすぎない「機械哲学」[14] が死の哲学であるのに反して，生命哲学では二つの構成的対抗力の相互浸透作用が独自の有機的統合を生み出して，現実にこの両者を内包するような高次の第三者を生成するものである。そして，コールリッジは宗教の構成的二大要素としての理性と悟性の有機的関係に注目して，両者の相互浸透作用に基づいた宗教こそ具体的真実であると主張したのである。[15]このように，コールリッジの生命哲学とは，自然界の万象を静的な機械的存在としてではなく動的な有機的存在として捉え，同時に普遍と特殊といった

相反するものの均衡と相関関係を明示すべき一貫した体系的様式において万象を関連づけて考察しようとするものであった。万象を感覚的で無目的な断片的知識に分解しようとする不毛の機械主義的見解に反対して，万象を有機的に統合して包含的な生命的実在のビジョンに還元することは，当時のロマン主義者たちの主要関心事であった。しかし，コールリッジ思想において顕著な特徴は，当時の啓蒙思想を批判して普遍的存在の論証に努めながらも特殊的な個別的存在を滅却しなかったことであり，自然界の無常の流動を考察しながらも変化流動自体に内在する微妙な調和の法則を示すことに努力した点であったと言うことができる。

<h2 style="text-align:center">注</h2>

(1) W. Walsh, *Coleridge—The Work and The Relevance* (Chatto & Windus, 1967) p. 51.
(2) S. T. Coleridge, *Specimens of The Table Talk* (London, John Murray, 1835) vol. 1., p. 182.
(3) G. N. G. Orsini, *Coleridge and German Idealism* (Southern Illinois Univ., 1969) pp. 42-3.
(4) J. Shawcross(ed.) *Biographia Literaria* (Oxford, 1939) vol. 1., pp. 94-5., p. 98.
(5) *Ibid.*, p. 99.
(6) R. J. White (ed.) *Lay Sermons* (Routledge, 1972) p. 89.
(7) J. Shawcross (ed.) 前掲書, p. 102.
(8) *Ibid.*, vol. 2., pp. 254-5.
(9) *Ibid.*, vol. 1., p. 4.
(10) *Ibid.*, vol. 2., pp. 115-6.
(11) *Ibid.*, vol. 1., p. 58.
(12) *Ibid.*, pp. 60-1.
(13) *Ibid.*, vol. 2., p. 257.
(14) R. J. White (ed.) 前掲書, p. 89.
(15) B. E. Rooke (ed.) *The Friend I* (Routledge, 1969) pp. 156-7.

第八章　コールリッジのシェイクスピア批評について(1)
——詩的天才と想像力——

　19世紀初頭以前の古典主義の時代では，詩と詩の規則，詩と題材の関係などに文学批評の中心が置かれて，作家は優越的精神によって芸術の普遍的基準に従って作品を生み出すものと考えられ，作品中の個性的要素を問題にすることは少なかった。作家は作品によって自然を鏡に写し出すものとみなされ，作者自身は無色透明の存在とする傾向が強かった。しかしながら，作品中の文体や言語の特異性が，作者の精神構造や個性を示す指標であることを考えると，その形態，主題，属性などが作者の総合的な能力や総体的な傾向と密接に関連し合っていることがわかる。ロマン主義文学観に従えば，いかなる文学作品でも最も永続的で躍動的な要素は，作者の人間的な要素であって，個性である。文学の虚構が真に人心に訴えかけるのは，作品に持続性や一貫性を与えている作者の基本的な気質だということである。また，主題の選択にも少なくとも作者の気質や支配的な感情などが示されることは否定できない。

　コールリッジのシェイクスピア批評の中で，この様なロマン主義批評の傾向を随所に見ることができる。深遠な思想だけでなく，人間の本性に対する驚異的な直観的知識において，シェイクスピアは驚くべき大詩人と考えられ，コールリッジにおいては，詩人というよりは予言者として，さらには神に最も近い人間としての神性を帯びた存在として認識されているのである。

If Shakespeare be the wonder of the ignorant, he is, and ought to be, much more the wonder of the learned: not only from profundity of thought, but from his astonishing and intuitive knowledge of what man must be at all times, and under all circumstances, he is rather to be looked upon as a prophet than as a poet. Yet, with all these unbounded powers, with all this might and majesty of genius, he makes us feel as if he were unconscious of himself, and of his high destiny, disguising the half god in the simplicity of a child.⁽¹⁾

　このように，無限の能力と威厳を兼ね備えながら，童児のように無私である
シェイクスピアはコールリッジによって詩人の理想像と考えられ，神性なる
属性すら与えられたのである。
　感覚的物質世界は現象界における事物の構造によって成立しているが，同
時に不可視の創造主そのもののさまざまな属性の神秘的な鏡であり表出であ
る。それは創造主の能力，栄光，愛を予示し反映している。物質世界の創造
によって，すなわち創造主によって造られた事物によって，創造主の無限の
能力や眼に見えない神性が明瞭に認識されるのである。自然界は事物の表層
的造形や，生命を覆う姿形を通じて，その背後に存在する創造主，眼に見え
ない作者を人間に示すのである。このように，神が自然という偉大な創造物
に自らを顕現し，自然という偉大な書物に独自の重層性が存在するように，
神を記述した聖書にも字義上の意味と隠喩や寓意などの多様な意味との重層
性を持っているのである。さらに，すぐれた文学作品も聖書のような多義性
を内在させるものであり，字義上の意味を超えた隠喩や寓意を多様に含畜さ
せながら，あらゆる文学的手法を駆使して神の創造の理念に近づこうとする
真摯な試みを示しているのである。神の似像としての人間が，あらゆる可能
な方法によって思考力を訓練すれば，創造者である神自身の偉大な属性を伝
授されることになるとコールリッジは次の様に述べている。

　　Man, in a secondary sense, may be looked upon in part as his own
　　creator, for by the improvement of the faculties bestowed upon
　　him by God, he not only enlarges them, but may be said to bring
　　new ones into existence. The Almighty has thus condescended to
　　communicate to man, in a high state of moral cultivation, a portion
　　of his own greate attributes.⁽²⁾

　当時の誤った批評の多くが，自ら考えようとしない精神的虚弱性に起因す
るものであることを指摘し，単に批評書のみに頼って自分自身の判断力を眠
らせていると彼は警告を発している。そして，独自の思考力と判断力を養成
して独創的な詩の原理を樹立することによって，神の偉大な創造力に接近し

た詩人としてシェイクスピアとミルトンをあげて賞賛している。

I was wont boldly to affirm, that it would be scarcely more difficult to push a stone out from the pyramids with the bare hand, than to alter a word, or the position of a word, in Milton or Shakespeare, (in their most important works at least,) without making the author say something else, or something worse, than he does say. [3]

コールリッジは詩的天才の双璧としてシェイクスピアとミルトンをあげているが、両者の大きな相違点を指摘することも忘れない。シェイクスピアが客観性と超越性によって、自己の姿を作品の背後において、無規則、非様式と思えるような独自の複雑な構成の奥に自分を隠してしまうのに対して、ミルトンは『失楽園』のあらゆる詩行の中に常に自分自身を表現していると彼は論じるのである。

Shakespeare is the Spinozistic deity—an omnipresent creativeness. Milton is the deity of prescience; he stands *ab extra*, and drives a fiery chariot and four, making the horses feel the iron curb which holds them in. Shakespeare's poetry is characterless; that is, it does not reflect the individual Shakespeare; but John Milton himself is in every line of the Paradise Lost. [4]

コールリッジは神の創造力と詩的天才の芸術的創造力との間に明確な類推を用いて、神の先見と人格性をミルトンに、神の遍在と非人格性をシェイクスピアに与えたのである。彼は神の全能に似た神性的属性を与えられた詩人像をうち出して、作品中のシェイクスピアの没個性と遍在をスピノザ的神性として受けとめている。人間性のあらゆる部分を深く研究した深遠な哲学的思索と制御し難い程の激しい詩的感情との融合を、言葉の全領域を自由に駆使する精密な天分によって自由自在に表現できた故に、シェイクスピアは偉大な詩人であるとコールリッジは説くのである。シェイクスピアが自己をあらゆる形式に移入させて、すべての人間性に巧みになり得たのに対して、ミルトンはあらゆる形式を自分自身にひきつけて、すべての物を自分自身とする

ことによって理想的統一を実現する。詩人の強烈な個性のために，表現されるものすべてがミルトンにおいては没個性的になるのである。

It was this which entitled him to occupy one of the two golden thrones of the English Parnassus—Milton on the one and Shakespeare on the first. He, darting himself forth, and passing himself into all the forms of human character and human passion; the other attracted all forms and all things to himself into the unity of his own grand ideal.
Shakespeare became all things well into which he infused himself, while all forms, all things became Milton—the poet ever present to our minds and more than gratifying us for the loss of the distinct individuality of what he represents. (5)

　神が超越性と遍在性を兼ね備えて，創造物である自然に不可視のものを示すのと同様に，シェイクスピアは作品に対する客観性や超越性を堅持しながら，作中に明白に自己の存在を示している。シェイクスピアは写実的でありながら非個性的であり，積極的であると同時に逃避的である。しかも，作品全体を把握すべく常に作品の背後に明白な自己存在を示す。作品に対する完全な客観的態度を守るシェイクスピアは，自己表現のなまなましい願望や個人的心情を吐露しようとする気分から解放されており，作中人物や事件に対する彼の超越的な立場は，冷淡で無感覚な程である。しかし，常に作品の背後に存在するシェイクスピアは，同時に彼自身が作品であることを示している。コールリッジは次の様に述べている。

Shakespeare's characters, from Othello and Macbeth down to Dogberry and the Grave-digger, may be termed ideal realities. They are not the things themselves, so much as abstracts of the things, which a great mind takes into itself, and there naturalizes them to its own conception. (6)

このように，作中人物や事件を描写するために最高の技量を駆使し見事な天

分を発揮しながら，作品に対して冷淡で無感覚と思える程の客観的姿勢を取って，神の如く自分の姿を表面に現わさないのがシェイクスピアであった。シェイクスピアの複雑さや無限の多様性が，多くの批評家達に作者その人を見失わせる原因ともなり，ひるみを感じながらも駆り立てられた人々は，シェイクスピアの独創性を非難の対象としたり，また賞賛の的ともしたのである。これに反して，批評家達のほとんどが『失楽園』の中にミルトンの姿を見出すことができた。コールリッジがミルトンの姿を求めて『失楽園』を批評し，作者の姿を作品から再構成した時，ミルトンが詩中のあらゆる人物に自分を書き込み，悪魔でさえ作者自身の姿であることがわかり，正に神の偉大なる対抗者としての強烈な作者の個性が示されていると彼は次の様に述べている。

In the Paradise Lost—indeed in every one of his poems—it is Milton himself whom you see; his Satan, his Adam, his Raphael, almost his Eve—are all John Milton; and it is a sense of this intense egotism that gives me the greatest pleasure in reading Milton's works. [7]

ミルトンは『失楽園』の中で自分の個人的な歴史や政治的見解などを登場人物や事件によって言及し具象化しているのである。政治家，詩人，学者であったミルトンは，詩のみならず散文でも多くの自己描写を残しており，作品に対する伝記的解釈へと自然に批評家達を導くものとなった。『失楽園』は叙事詩的物語で創意上の人物の発言も多いのであるが，明白に個人的な発言をしている場面や，ミルトン自身が話し手であったりする場合が多く，登場人物の数も限られており，一様な文体と大胆な筆致で展開される物語は，作者自身の強烈な個性の投影であり，独自の色彩を帯びていると考えられる。したがって，ミルトンの場合，創意上の人物の発言にまで作者の姿を如実に見ることが可能であり，作品全体が彼自身の自叙伝的性格を持っている。ミルトンの偉大さに対して，シェイクスピアは自分の支配的な感情や顕著な特質を単に架空の物語や未知の状況の中に描写する以上のことを実行した希有な才能の持ち主であった。コールリッジが偉大な詩人としてミルトンとシェイクスピアを論じる時，個々の作品を詳細に批評しようとするよりもむしろ，

二大詩人を考察することによって偉大な詩の原理を例証し，詩的天才に現われた相反する特質を指摘しようとしたのである。コールリッジによれば，人間の知性は自己啓発的であって，遠心力および求心力の相反する不滅の活動力が働いている。そして，彼は "The intelligence in the one tends to *objectize* itself, and in the other to *know* itself in the object." [8] と述べて，人間知性における重要な原理として認識している。知性はこのような相反する活力の相互作用によって成立するが，二大詩人の間に相反する特質は，知性の遠心性と求心性の典型的実例として捉えることができる。シェイクスピアが知性の遠心性によって，自我を客体化しようとするのに対して，ミルトンは知性の求心性によって，客体のうちに自我を認識する。両詩人に現われた相反する顕著な特質は，このような人間知性の作用を最大限に活動させた結果といえる。そして，シェイクスピアの登場人物は理性と判断力と想像力が融合したものであり，人間性における永久不変な本質的なものを示しているとコールリッジは説くのである。

It is a mistake to say that any of Shakespeare's characters strike us as portraits: they have the union of reason perceiving, of judgment recording, and of imagination diffusing over all a magic glory. While the poet registers what is past, he projects the future in a wonderful degree, and makes us feel, however slightly, and see, however dimly, that state of being in which there is neither past nor future, but all is permanent in the very energy of nature. [9]

このようなシェイクスピアの特質を正確に理解し得た人物は，他ならぬミルトンであったと彼は述べている。シェイクスピア劇の中の隠喩や直喩は，筋運びや外的要請から独立した独自の性格を持ち，それ自体ですぐれた詩的価値を有している。また，登場人物が話す見解は，作者の個人的感情によって動かされた跡を残さず，不必要な謙遜や抑制によって不自然さを見せることもなく，人間性そのものの本質を啓示する人物の自由自在の発言となっている。コールリッジは『ロミオとジュリエット』の中の乳母を取り上げて，驚嘆すべき普遍化された人物として乳母に属するあらゆる性質や特性をもって描かれていることを指摘し，天才の創造が単なる観察の結果によって生み

出されるものでないと論じている。

This effect is not produced by mere observation. The great prerog-
ative of genius (and Shakespeare felt and availed himself of it) is
now to swell itself to the dignity of a god, and now to subdue and
keep dormant some part of that lofty nature, and to descend even
to the lowest character—to become everything, in fact, but the
vicious. [10]

常に作品の背後に存在するシェイクスピアの詩的天才は，神と創造物との類
推によって神の威厳を与えられている。自然宇宙は神の精神の具現であり，
自然世界を学ぶことは神の精神を学ぶことに他ならない。同様に，シェイク
スピアの作品には高貴と野卑，外面と内面，客観と主観，超越性と遍在など
のさまざまな要素が無理なく融合して，独自の意味の多層的特性を生み出し
ている。

　古典主義者たちはシェイクスピアの作品に見られる矛盾的要素の併置や意
味の多層的特性，自然のままで無拘束な自由な作風を非難していた。古典主
義は用語や形式の精確さと上品さを高く評価して，人間の精神機能を規則や
法則によって統制しようとするものであった。古典主義者たちがシェイクス
ピアの無規則，偶然性とみなし，当時の観客の野蛮さに帰因する欠点である
と考えたものを，コールリッジは彼の想像力の理念に基づいて熱狂的に支持
し再評価に努めたのである。彼の想像力説は神の創造力との類推によって，
人間に存在する神性なる創造力を確認し崇拝するものであった。詩的本性と
しての想像力の諸相を追究するコールリッジは，劇作家としてよりは詩人と
してのシェイクスピアを問題にしようとする。コールリッジによれば，詩的
天才の作品はそれ以前のどの法則にも左右されず，自らの法則を創始するこ
とによって独自の性格を帯びるものである。

As I have said, verse-makers are not poets: the poet is one who
carries the simplicity of childhood into the powers of manhood;
who, with a soul unsubdued by habit, unshackled by custom,

contemplates all things with the freshness and the wonder of a child; and, connecting with it the inquisitive powers of riper years, adds, as far as he can find knowledge, admiration; and, where knowledge no longer permits admiration, gladly sinks back again into the childlike feeling of devout wonder. [11]

童児のような純粋さと素朴さを失わない天才は，驚異の念をもって万象を観照し，詩的霊感に基づいて自由に自分自身の法則に従って創作するのである。詩的天才は自分以外の範例や規則に縛られることなく，自分自身の法則にとって規則的であり，その法則の典型的な具象化としての作品を産出せんとして苦心するのである。コールリッジにとって，宇宙の謎を解く天才的詩人が心に抱く法則とは，あらゆる構成要素が従属して作品全体に有機的な生命を与えるような普遍的な自然宇宙の秩序である。したがって，シェイクスピアのような天才の作品が批評される場合，この様な普遍的な法則に基づかねばならないと彼は考えるのである。天才の特殊な才能と普遍的法則を彼は想像力の理念に集約させる。

That gift of true Imagination, that capability of reducing a multitude into unity of effect, or by strong passion to modify series of thoughts into one predominant thought or feeling—those were faculties which might be cultivated and improved, but could not be acquired. Only such a man as possessed them deserved the title of *poeta* who *nascitur non fit*—he was that child of Nature, and not the creature of his own efforts. [12]

後天的な学識から天才は成立せず，詩的天才に不可欠のものは借りものでない生得の知識であると述べて，コールリッジは詩人が作られるものではなく生れるものであることを強調する。シェイクスピアのような成熟した天才は，明らかに生まれた時から必要な精神ばかりでなく，単なる学識とは異なった生得の知識を具備している。ボーモントとフレッチャーのような作家達とシェイクスピアの作品とを比較すれば，この事は明白であると彼は次の様に説明している。

The plays of Beaumont and Fletcher are mere aggregations without unity; in the Shakespearean drama there is a vitality which grows and evolves itself from within,......Shakespeare is the height, breadth, and depth of genius: Beaumont and Fletcher the excellent mechanism, in juxtaposition and succession, of talent. [13]

ボーモントとフレッチャーが詩の題材を処理する際の機械的な制作態度に比べると，シェイクスピアの作品の独創性や有機性は，単に与えられた材料を再調整するだけでは見られない生命的な形態を示し，作者の広大な精神や魂を見事に表現している。このように，シェイクスピアが想像力の高揚によって，聴衆や読者に驚異の念を与え，その精神の偉大さを感じさせるのは，学識の権威や自分以外のいかなる法則にも従属せずに活動する詩人の神性な詩的霊感のために他ならない。コールリッジ自身も次の様な驚嘆の言葉を発している。フィールディングの作品の不自然さと不調和に比べると，シェイクスピアの人物は自然そのものであると述べている。

On the other hand, look at Shakespeare: where can any character be produced that does not speak the language of nature? where does he not put into the mouths of his *dramatis personoe*, be they high or low, Kings or Constables, precisely what they must have said? [14]

　芸術的天才に本質的なものは，コールリッジが述べるように，学ばずして生れた聖なる特質である。日常性を超越した天才の理性は，先験的であり，世俗的判断を超えた想像力の世界を生み出す。独自の気品さえ漂わせるその存在は，神秘的で説明困難であるが，万人が等しく賛美し崇拝するものである。天才の詩的霊感は，生得の知識による独自の法則に従って活動し，完璧な技量を駆使しながら，複雑で入念な芸術作品全体を生命的な統一体に仕上げる。意識的努力のみに大きな比重がかかる一般的才能に反して，詩的天才は心の中の最も強力な無意識的要素によって，あらゆる諸機能を調和させる。先天的で生来のものである天才の諸機能は，本能的確実性をもって知らず知らずのうちにシェイクスピアの中で作用するのである。天才の無意識的活動は，自然界の動植物と同様に自由であると同時に，創造主の神性を帯びた英

知すら感じさせるものがある。コールリッジは『文学的自叙伝』第15章において，シェイクスピアの初期の作品を取りあげて，神性を帯びた偉大な詩人の諸要素の原型を分析している。『ヴィーナスとアドゥニス』と『ルークリース』に見られる独創的な詩的天才や創造的本性の特徴に関して，彼は次の様に考察している。

I have given this as an illustration, by no means as an instance, of that particular excellence which I had in view, and in which Shakespeare even in his earliest, as in his latest, works surpasses all other poets. It is by this, that he still gives a dignity and a passion to the objects which he presents. Unaided by any previous excitement, they burst upon us at once in life and in power. [15]

詩人の精神から人間の英知が，精確で独創的な思想と形象によって伝えられている姿を，コールリッジは真の天才の証拠として提示しようとするのである。シェイクスピアの劇作品が入念な場面設定や登場人物間の複雑なからみ合いや適確な筋運びによって生命を与えられ，統一体として完成している姿や，大地と海と大気を通じて自己の法則を示して，生命と自然，精神と感覚とを渾然一体に融合させる彼の詩的想像力は，神の創造との類推による原初の創造力を暗示するもので，常に表現する対象に威厳と熱情を与えて，生命力として人間の本性に迫り語りかけてくるのである。劇中の登場人物，筋，それに伴う状況や動機などすべてが，自然宇宙のように入り組み合いながら絶えず一つの完成体へと展開していく姿は，作者シェイクスピアの偉大な魂そのものであるとコールリッジは次の様に述べている。

He might compare it to Proteus, who now flowed, a river; now raged, a fire; now roared, a lion—he assumed all changes, but still in the stream, in the fire, in the beast, it was not only the resemblance, but it was the divinity that appeared in it, and assumed the character. [16]

シェイクスピアは変幻自在のプロテウスに例えられて，神性を帯びた性格を

なすものと考えられている。そして，作中のあらゆるものが，豊富な種類と生命を示しながら活動して，全体が一つの統一体として完成されるべく発展するのである。シェイクスピアは露骨な計画や人工的な工夫を聴衆や読者に感じさせず，真に詩的天才の霊感によって作詩していた点で，英文学史上の劇詩人の中で最高位にあり，天性による自分の法則を見事に具現した点で，神性と独創性を兼ね備えた偉大な詩人であったことをコールリッジは熱心に説いたのであった。

　シェイクスピア劇に見られる作者と作品との関係が根本的に主観的なものなのか，または客観的なものなのかは，詩的天才の特質を考える上で興味ある問題となる。シェイクスピアは作品から超然とした客観的態度を取る反面，登場人物の情熱に密着した共感を示して主観的態度を取っていることも否定できない。シェイクスピアの客観性は力強い主観性を内在させて，登場人物の中に自己の精神をこの上なく表現しているようでもある。コールリッジが『文学的自叙伝』の中で，" All knowledge rests on the coincidence of an object with a subject. " [17] と述べ，" art itself might be defined as of a middle quality between a thought and a thing, or, as I said before, the union and reconciliation of that which is nature with that which is exclusively human. " [18] と述べた時，文学，哲学，宗教など広範囲に及ぶ彼の思索の根本的認識論を明らかにしているのである。彼にとって，天才の芸術の究極的所産は，主観と客観との合一した創作態度によって可能である。しかし，個人的なシェイクスピアの人間像は，初期から後期に至る彼の全作品を読み通しても知ることは不可能である。作品に多くの含畜や示唆があるにしても，作者の芸術家としての内部世界を垣間見ることを可能にするだけで，個人的人間としての個性を知ることは困難である。キーツが1818年10月27日の手紙の中で，シェイクスピアの非個性論を展開しているように，ロマン派の詩人達が作中に作者シェイクスピアの姿を求め，その主題を共感を持って考察しようとした中で，主客合一によって果たされた作者の超越的立場を見出したことがわかる。詩の理想とは，詩人が没個性的な客観性の中に身を浸しながら，強烈に主観に基づいた芸術的情念を主客合一の無意識的境地によって融合させることに他ならないのである。

In every work of art there is a reconcilement of the external with
the internal; the conscious is so impressed on the unconscious as
to appear in it;......Hence there is in genius itself an unconscious
activity; nay, that is the genius in the man of genius. [19]

コールリッジはこの様に天才の創作活動に無意識的要因が重要な働きをして
いることを指摘しているのである。シェイクスピア作品において，作者が登
場人物の心理と一体になって作品の内側から見事な描写をしている反面，同
時に作品全体に対して超然とした位置を占め，外側からの視点を失わない姿
を見ると，詩的天才は無意識的活動によって，主客合一の独自の文学世界を
創造できることがわかる。

　外界に対する素朴な感覚的要素を重視するのが叙事詩であり，客観的枠組
の中で精確な形象を駆使し厳格な法則に従おうとする。作者は直接的に自分
の個性を表現することはなく，詩の題材を取り扱う際も努めて冷静な客観性
を維持する。感動的要素や感傷的情緒を表現する抒情詩は，思考と形象を単
に客観的に捉えることに満足せず，人間の心の奥底からわき出る熱情的生命
を詩の対象として自分の個性を前面に押し出そうとする。本来，作者の思想
や感情を作中の登場人物や形象に効果的に運び込む作業は，詩的芸術家にと
って本質的に最も困難な仕事である。客観的立場の叙事詩は素朴で写実的で
あり，主観的立場の抒情詩は感傷的で理想主義的でもある。劇詩人としての
シェイクスピアは，この両方を見事に結合させる技量を持っていた。また，
いかに叙事詩といえども，詩にとって感動が不可欠である以上は純粋に客観
的であり得ず，常に感動が単なる客観的叙述以上のものを読者に与えるので
ある。あらゆる登場人物の関係や場面の変化を公平無私に把握して，同時に
あらゆる詩の題材を作品の意図に従属させながらシェイクスピアが作詩する
時，物語の流れの中で作者の心は，主観と客観や叙事詩的冷静さと抒情詩的
感動とを結合させるのである。コールリッジによって示された次のような詩
の定義は，彼のシェイクスピア批評の基調ともいえる。

That I may be clearly understood, I will venture to give the fol-
lowing definition of poetry.

It is an art (or whatever better term our language may afford) of
representing, in words, external nature and human thoughts and
affections, both relatively to human affections, by the production
of as much immediate pleasure in parts, as is compatible with the
largest sum of pleasure in the whole.[20]

シェイクスピアの作品は表面で外界を冷静に抽出しながら，内面では熱情的
な魂の燃焼を表現するという全体としての総和的体験を与えるのである。さ
まざまな対照的な性質を調和させるシェイクスピアは，登場人物の心の内奥
の主観的情緒を描きながら，その特殊な種類の感情が普遍性を持ち得るよう
な象徴的意義を与えている。このような配慮によって，シェイクスピアは人
間の情緒的真実を主客合一の哲学的境地において捉え，魅力的な人間性の諸
相をつかみ出すのであり，人間の心の崇高さや美しさによって我々の心の内
奥がゆり動かされるのはこのためである。

　シェイクスピアは古代ホメロスのような詩人の素朴さと，写実的な叙事詩
の特質，作品の背後に常に位置する非個性的な神性などを合わせ備えながら，
魂の燃焼を如実に語ろうとする抒情性，さらに感傷的な心理の病的症候に取
りつかれたような現代性をも持った複雑な詩人である。これがシェイクスピ
アを不滅の大詩人にしている構成要素であり，彼の代表作『ハムレット』を
読めば，独創的精神と個人的見解が普遍性を帯びて，卓越した芸術作品に昇
華し，比類ない詩的天才の作品として結実していることがわかる。ハムレッ
トのアンビバレントな態度が示す二重性は，シェイクスピア考察における興
味ある問題となっている。ハムレットには明白な意志の欠落に苦悩する消極
的人物としての解釈がある反面，激情にかりたてられた積極的意志が過激な
あまりに，かえって人生における行動の指針を見失って破局を恐れるように
なった人物として捉えることも可能である。コールリッジはハムレットにお
いてシェイクスピアが意図したものを次のように説明している。

What then was the point to which Shakespeare directed himself
in Hamlet? He intended to pourtray a person, in whose view the
external world, and all its incidents and objects, were comparatively
dim, and of no interest in themselves, and which began to interest

only, when they were reflected in the mirror of his mind. Hamlet beheld external things in the same way that a man of vivid imagination, who shuts his eyes, sees what has previously made an impression on his organs. [21]

すなわち，ハムレットは事物を観察するというよりは観照する人物である。一切の外界の事物がハムレットにおいては朧ろであるが，心の鏡に映ずる事象に対しては活発な想像力と共に見つめたのである。シェイクスピアが他の作品の人物以上にハムレットの中に彼自身の精神や感情を投入していることを考えると，作者自身の本性と非常に密接な関係をもつ複雑な特徴があることがわかる。コールリッジはハムレットという卓越した哲学的人物像によって聴衆や読者を教化することがシェイクスピアの意図であったと論じている。

It could not be expected that the poet should introduce such a character as Hamlet into every play; but even in those personages, which are subordinate to a hero so eminently philosophical, the passion is at least rendered instructive, and induces the reader to look with a keener eye, and a finer judgment into human nature. [22]

ロマン主義批評家達の中でも，コールリッジは芸術的優越性を判断する際に，芸術家の本性と作品の本質にすぐれた道徳的要素が存在しなければならないとするプラトン的見解を固持していた。彼は，"Shakespeare will appear as pure a writer, in reference to all that we ought to be, and to all that we ought to feel, as he is wonderful in reference to his intellectual faculties." [23] と述べて，知性と道徳の両方の卓越性において同時代のどの作家の追随も許さないと力説するのである。芸術作品が有徳な人物を描くことによって，読者を教化するという観念は，ベン・ジョンソンを始めとして18世紀古典主義時代を経て，ゲーテ，コールリッジ，シェリー，カーライル，アーノルドなどの19世紀の詩人や批評家達に受け継がれて，英文学史上に依然として根強く残っている傾向である。したがって，ハムレットのアンビバレンスが示す卓越した哲学性こそが，シェイクスピア自身の自然な自己表現であり，その二重性のいずれが作者自身との同一性を持ち得

るかということではなく，矛盾的対立の包含的描出が，彼の人生観や世界観から生れた必然的所産であったのである。ハムレットに代表されるように，シェイクスピアの登場人物はいかなる世俗的な型や外面的個性に基づいた枠組によって描かれているのではない。シェイクスピアの偉大さは，詩と哲学の融合を俊敏な精神によって果たし，比類ない伝達方法を樹立した独創的技量にあるとコールリッジは断言するのである。

His education was the combination of the poet and the philosopher—a rapid mind, impatient that the means of communication were so few and defective compared with what he possessed to be communicated.[24]

シェイクスピアがどこまでも神のように遍在的で，特定の登場人物のいずれにも密接な関係になく，作中人物のすべてに作者シェイクスピアが存在すると考える論法は必ずしも正確ではない。コールリッジが，"No character he has drawn, in the whole list of his plays, could so well and fitly express himself, as in the language Shakespeare has put into his mouth.[25]と述べているように，シェイクスピアは明らかに他の作品の登場人物よりもハムレットに密接な感情を抱き，適確にこの人物の複雑な性格を表現し得ているからである。作品からシェイクスピアの特異性や気質が，どの様な精神構造によって成立しているのかを見きわめることは困難であるが，少なくとも人間の著作である以上，どれ程判読の困難な工夫がなされていようとも，他の人々の作品と同じく作者の特性，性格，意見などは必ず作中に記録されているはずである。すなわち，シェイクスピアが純粋な心の奥底に訴えかけてくる主題を独自の詩的霊感によって捉えた時，彼は最も注目すべき詩の題材に接近していることになり，彼の詩魂も一層躍動するのであり，過去の伝統的因習や形式に束縛されることなく，深い思索と輝やく感性とを融合させた価値ある詩的表現を作り出すことができたのである。シェイクスピア的な人物とは，単なる観察の結果によって生み出されるのではなく，ハムレットやマキューショーなどは瞑想や観照の所産であることを強調して，単なる観察とは異なった心の観察について次の様にコールリッジは解説している。

This is entirely different from the observation of a mind, which, having formed a theory and a system upon its own nature, remarks all things that are examples of its truth, confirming it in that truth, and, above all, enabling it to convey the truths of philosophy, as mere effects derived from, what we may call, the outward watchings of life.

Hence it is that Shakespeare's favourite characters are full of such lively intellect. (26)

シェイクスピアが心の観察をなし得たのは，人間の本性に関する生得の知識と，真実を適切に把握する鋭敏な精神のために他ならない。文学的所産である詩は，当然作者の精神や感情を反映するものであり，詩の審美的要素こそ作者の詩人的資質の啓示であり，個人的特質，能力，技量の示すものである。作品に対する作者の熱情が，熱狂的であればある程，作品は作者自身を反映した性格を帯びることになる。ハムレットに関するコールリッジの次のような評言は，正に批評者自身の特質をも物語っているかの感がある。思索に耽ってあらゆる事を決心しながら，実際には何も実行しないハムレットは，同時に人間性に固有の何か偉大な真理を主張している人物でもある。

Anything finer than this conception, and working out of a great character, is merely impossible. Shakespeare wished to impress upon us the truth, that action is the chief end of existence—that no faculties of intellect, however brilliant, can be considered valuable, or indeed otherwise than as misfortunes, if they withdraw us from, or render us repugnant to action, and lead us to think and think of doing, until the time has elapsed when we can do anything effectually. (27)

このように，コールリッジはシェイクスピアのハムレット像から道徳上の真理を読み取ろうとする。知力が実行を嫌悪し逃避させるという壮大な意匠と，思案に耽る愛すべきハムレットという人物の創造は，シェイクスピアの偉大さを如実に示すものである。したがって，この作品の最高の特質こそ究極的

には，作者自身の魂の広大さや偉大な能力を示すものといえる。コールリッジのシェイクスピア批評が示しているように，作者の魂の中へ直接的に入り込むような読書によって，詩の審美的特質を捉えて作者の精神に迫ることが唯一有効な手段であり，作品批評の重要な基盤と考えられたのである。特に19世紀初頭に至って，詩を作者の個性的特質の啓示とみなし，文学を個性の投影とする態度が生れていた。人間精神に対する深遠な省察こそが，詩や芸術の神聖なる源泉であり，不滅の作品の各行間からにじみ出てくる作者の繊細な審美意識と個性，その精神の崇高さを把握することが文学批評の原点であることをコールリッジのシェイクスピア批評は示しているのである。

　知力が実行を嫌悪し逃避させるというハムレット像に示された如く，シェイクスピアの卓越性は自らの個人的要素を描写するにも，複雑で，こみ入った工夫を必要としたのである。それがシェイクスピアの個性であるし，彼の精神の崇高さを物語るものである。単に作中に作者自身を写し出すという単純な形式よりも偉大な驚くべき成果を成し遂げたのは，彼独自の主観的な没個性，あるいは個性的客観性というべきものであった。したがって，最も作者自身を反映していると考えられる『ハムレット』をはじめとして彼の作品群の中で，作者自身の明白な態度があまり感じられないのは，自己顕示の欲望をつつしんでいるというよりは，むしろ聴衆への大いなる問いかけであり，読者に向かって意図された偉大なる挑戦というべきものである。実行を嫌悪し知力の中で思案に耽り逡巡するハムレットの複雑さは，この事を証明するような壮大な意匠によって完成されたものである。このように，詩的天才の作品は単に個人的な感情や情念を述べるのではなく，純粋に創造的な活動に身をゆだねることによって，個人的要素を無に帰して自己存在をさまざまな登場人物に投入したり変装しながら，心の内奥の微妙な動きを表現しようとする複雑な動機を持っている。シェイクスピアの個性的特徴は結局，天才の持つ個性であり特徴であると言える。純粋な創造上の目的達成のために個人的要素や欲望を無に帰する能力こそ真の天才の力であり，そこに己を無にする力によって作品のすみずみにまで自己を表現するという詩的天才の創造の秘密があり，それが天才の精神的機構であると言うことができる。シェイクスピアの作品の中に作者自身の個性的要素が一般的に希薄なのはこのためである。しかし，それは詩的天才の精神的崇高さから生れた特徴であり個性でもある。この様な天才の精神特性は，作品中の各登場人物をさまざまな人間の

代表であるべき種概念として提示することを可能にする。コールリッジがシェイクスピアの卓越性として認めているものは，彼の作品全体が意図しているこのような包括性であり壮大な意匠なのである。シェイクスピアが自分自身の卑近な性癖から解放されて，自由で生命的な存在となって純粋な創造する魂そのものになっている様子は，彼が特定の人格の持ち主というよりは一人の完全な人間としての普遍性を感じさせるものがある。コールリッジは，このような普遍性を芸術や詩の天才に共通した特徴であると考えた。次のような評言は正にコールリッジがシェイクスピアから得た理想的詩人像そのものに他ならない。すなわち，真の詩人とは人間の魂のすべてを活動させるものでなければならないのである。

The poet, described in *ideal* perfection, brings the whole soul of man into activity.[28]

真の天才的詩人の魂の活動によって，相反する力の融合を果たす詩的想像力の働きが作品として具現化するのである。そして，主観と客観，特殊と普遍などの矛盾的対立の諸要素が想像力の統一作用によって融合される時，これらが作品中に無理なく共存し，作品は詩的天才独自の魅力を持った有機的統一体として完成されるのである。

　なお，本稿は第53回関西コールリッジ研究会(昭和62年4月25日，同志社女子大学)にて口頭発表した内容を加筆訂正したものである。

注

(1) T.M.Raysor(ed.) *Shakespearean Criticism* (Dent: London, 1960) vol. 2., p.140.

(2) *Ibid.*, p.36.

(3) J. Shawcross(ed.) *Biographia Literaria* (Oxford, 1907) vol. 1., p.15.

(4) S.T. Coleridge, *Table Talk* (John Murray, 1835) vol. 1., p.127.

(5) T. M. Raysor(ed.) 前掲書, vol. 2., pp. 66-7.

(6) *Ibid.*, p. 125.

(7) S. T. Coleridge, 前掲書, vol. 2., pp. 240-1.

(8) J. Shawcross(ed.) 前掲書, vol. 1., p. 188.

(9) T. M. Raysor(ed.) 前掲書, vol. 2., pp. 129-30.

(10) *Ibid.*, p. 99.

(11) *Ibid.*, p. 112.

(12) *Ibid.*, p. 63.

(13) T.M. Raysor(ed.) *Coleridge's Miscellaneous Criticism*(Cambridge, 1936) p. 44n. 以下レイザーの前掲書は(1)の『シェイクスピア批評』を指す。

(14) T. M. Raysor(ed.) 前掲書, vol. 2., p. 101.

(15) J. Shawcross(ed.) 前掲書, vol. 2., p. 17.

(16) T. M. Raysor(ed.) 前掲書, vol. 2., p. 54.

(17) J. Shawcross(ed.) 前掲書, vol. 1., p. 174.

(18) *Ibid.*, vol. 2., pp. 254-5.

(19) *Ibid.*, p. 258.

(20) T. M. Raysor(ed.) 前掲書, vol. 2., p. 41.

(21) *Ibid.*, p. 150.

(22) *Ibid.*, p. 98.

(23) *Ibid.*, p. 92.

(24) *Ibid.*, p. 58.

(25) *Ibid.*, p. 151.

(26) *Ibid.*, p. 98.

(27) *Ibid.*, pp. 154-5.

(28) J. Shawcross(ed) 前掲書, vol. 2., p. 12.

第九章　コールリッジのシェイクスピア批評について(2)
——文学的創意と有機的原理——

　コールリッジは詩における形而上的な問題を考察するのに，詩人の能力や感動を常に発生論的な見地から捉え，その創作過程に注目して詩的想像力の働きに対する探究をおこなった。そして，詩の発生論的な説明において，矛盾的対立として相反する力の融合が，想像力の統一作用によって果たされることが真の詩の成立にとって必然的なものであることを彼は強調するのである。コールリッジの文学批評は詩自体の批評的検討から始まって，詩人の知的性格に対する評価へと向かう。すなわち，外的証拠としての詩自体に対する詳細な分析的検討から作者の個性や資質，才能などを考察して詩人の知的性格を判断するのである。作者の創作意欲から生まれる内的要請は，作品を形成する言語に自然に浸透して，思索する作者自身の姿が現れてくるのである。エリザベス朝時代の寵児であったシェイクスピアの特性を考える時，観客一般が演劇から深い思索の世界を期待するような当時の時代精神の特徴をコールリッジは指摘している。したがって，当時の演劇は単に演出される娯楽というよりは，詩人の想像力によって観客や読者の知性に訴えかけようとするものであって，彼はシェイクスピアの本質的な性格を詩と哲学の融合として捉えるのである。

There was, in truth, an energy in the age, an energy of thinking, which gave writers of the reigns of Elizabeth and James, the same energy. At the present, the chief object of an author was to be intelligible at the first view; then, it was to make the reader think ——not to make him understand at once, but to show him rather that he did not understand, or to make him to review, and re-meditate till he had placed himself upon a par with the writer. With regard to his education, it was little more than might be expected from his character. Conceive a profound metaphysician and a great poet, intensely occupied in thinking on all subjects, on

118

the least as well as the greatest——on all the operations of nature
and of man, and feeling the importance of all the subjects presented
to him——conceive this philosophical part of his character combined
with the poetic, the twofold energy constantly acting; the poet
and the philosopher embracing, but, as it were, in a warm embrace,
when if both had not been equal, one or the other must have been
strangled. [1]

　注目すべきことは，コールリッジがシェイクスピアを単なる劇作家として
よりは，思索力の極めて旺盛で俊敏な精神を持った哲学的詩人として考えて
いることである。彼にとって，詩人とは，類似と相違，陳腐と新奇などの均
衡を保ちながら，詩人の熱狂的情熱と詩中の人物や事件に対する判断力や，
芸術的手法と自然から得る資料との和解と調和を果たすことのできる人物で
ある。そして，シェイクスピアこそ，この様な詩人的特質を具現させた天才
であり，ミルトン，ホーマー，ダンテなどの偉大な作家の間に位置すべき不
滅の価値を持つと考えられたのである。
　変幻自在千変万化の妙技を極めたシェイクスピアは，深い思索力を秘めた
哲人であると同時に，俊敏で豊かな感性を持った偉大な詩人であった。常に
性格の哲学的部分と詩人的部分とが相互に拮抗しながら，しかも温き抱擁の
中で融合している姿がコールリッジのシェイクスピア像であった。芸術的創
造の過程において，作品中における登場人物や場面，状況などが，作者シェ
イクスピアの想像力の性格を物語り，作者自身の内部的要請や存在の性質，
内的相剋などが想像力を躍動させる円環的活動の諸層となるのである。作中
の登場人物や人物間の諸関係は，作者のさまざまな衝動や感動，存在そのも
のにある本質的相剋などを具現化した結果に他ならない。すなわち，作者特
有の思考習性が作品中に現れるのであり，シェイクスピア作品における多様
な人間精神の探究を見れば，作者の精神の特徴的性格とは，常に自然の流れ
の中で人間の多様性を発見し捉えようとするものであったことがわかる。
　時間と空間の感覚的な印象よりも，直接的に聴衆の想像力に訴えようとす
る典型的な実例として，コールリッジはシェイクスピアの『あらし』を取り
上げている。また，当時の舞台設備を考慮に入れると，シェイクスピアの劇
は演じられるというよりも，むしろ朗読されたものである感が強かったこと

を彼は強調している。そして，シェイクスピアの天才は登場人物の多様な組
み合わせ，すなわち最高位のものと最下位のもの，陽気と傷心，道化と憂鬱，
笑いと悲しみなどの相反する諸要素を実に巧みに取り扱って，同一場面で同
時的に描きながら人生の実相を見事に捉えるのである。人間世界のさまざま
な諸相がシェイクスピアによって融合され，芸術作品としての有機的統一が
与えられる。この様な作品は天才独自の創造の法則の所産であって，シェイ
クスピア独自の特質，徳性，完全さなどを具備している。それは当時の時代
風潮を背景とする作者自身の生まれ育った時代の土壌の産物であると同時に，
天才独自の普遍性を持ち得るのである。コールリッジはシェイクスピアの芸
術の特質を有機的展開と統合として位置づけ，植物の成長する姿にも喩えて
次の様に述べている。

I may take the opportunity of explaining what is meant by
mechanic and organic regularity. In the former the copy must
appear as if it had come out of the same mould with the original;
in the latter there is a law which all the parts obey, conforming
themselves to the outward symbols and manifestations of the
essential principle. If we look to the growth of trees, for instance,
we shall observe that trees of the same kind vary considerably,
according to the circumstances of soil, air, or position; yet we are
able to decide at once whether they are oaks, elms, or poplars.
So with Shakespeare's characters: he shows us the life and
principle of each being with organic regularity. [2]

機械的原理に対して有機的原理を本質とするシェイクスピアの作品は，豊富
な素材の多様性を内包しながら，あらゆる構成要素が全体的統一を果たすべ
く密接に相互依存しながら結合し融合する偉大な有機体であると彼は考える
のである。コールリッジによれば，ボーモントとフレッチャー，ベン・ジョ
ンソン，ポープなどの詩は，空想や悟性的経験による選択によって成立する
もので，感覚的記憶による形象だけに頼る才能がなす仕事である。したがっ
て，機知や風刺の点でいかに優れていようとも，これらの作品は機械論的形
象に源を発する点で最高級よりも常に少し下の段階に属するものであった。

これに反して，ダンテ，シェイクスピア，ミルトン，ワーズワスなどの作品は，すべて有機的原理に基づくが故に偉大な普遍性をもった詩である。有機的原理を作品として具現化するために，生命的観念に源を発する真の天才の芸術は，理性と意志によって生じる想像力の高度な機能によって成立するものである。このように，コールリッジは総合的な想像力の理念を総括しながら，機械的原理に対立するものとしての有機的芸術の観念を前面にうち出し，シェイクスピア作品の分析的批評の実践を試みたのであった。「詩または芸術について」の中でも，彼は " a work of art will be just in proportion as it adequately conveys the thought, and rich in proportion to the variety of parts which it holds in unity. " [3] とも述べて，多くのものの結合の原理や，集合体が生命力をもって融合したものとして内部から姿を現わす能力を，芸術作品の持つ有機的機能と考えているのである。総合的な想像力の有機的作用によって，作者は対立や不調和から生まれ出る和解や融合の中に自分の姿を描き出そうとする。コールリッジの有機論的芸術観によれば，シェイクスピアの偉大さは作品の素材の豊富さと外面上の不協和が渾然一体となって融合している点であり，さまざまな相反する要素，悲劇的要素と喜劇的道化，涙と笑い，高尚と卑俗，哀感と地口などが無理なく結合していることである。このようにして，シェイクスピアは悲痛な悲劇の中に高尚な人間性，栄光，不可知なる運命の神秘，嘲弄，皮肉なめぐり合わせなどを作中において見事な自然らしさをもって描写することができたのであった。

　本来，ギリシア悲劇やシェイクスピアの劇は，それぞれ当時の時代の産物として独自の時代風潮や文化環境など，政治や社会の特殊な状態の影響を受けながら生まれ育ったものである。シェイクスピアの芸術の変化に富んだ結合の多様性に見られる優秀さに対して，ギリシアやローマの古典劇に見られる均一な素材による単純な結合を次の様に彼は批判している。

All that is there represented seems to be, as it were, upon one flat surface: the theme, if we may so call it in reference to music, admits of nothing more than the change of a single note, and excludes that which is the true principle of life——the attaining of the same result by an infinite variety of means. [4]

シェイクスピアの劇が，人間の最も高貴な精神力に訴えかけ，時や場所の拘束をすべて振り払うのに対し，古典劇は時と場所の範囲内で単一のもの以外何物も認めず，真の人生の原理というべき無限の変化を捉えることがない。シェイクスピアが『あらし』において発揮した想像力は，伝奇的なもの，不可思議なもの，自然のままのものなどを組み合わせており，この作品の持つ審美的特質は未開性と不規則性とに深く結びついている。シェイクスピアの全作品の中でも『あらし』は，想像力を最も極端にまで働かせたもので，彼の無限の創造力を最も力強く表したものである。天才の果てしない創造のエネルギーを感じさせるこの作品は，不思議な野性的魅力を持ち，独自のロマンスを描いて想像力の君臨する世界を現出している。機械的原理にもとづく芸術や古典主義的規則に対立するものとしてのコールリッジの有機的芸術の生命力の主張には，未完成の無限に向かって躍動する創造力への彼の期待感がこめられていた。彼はソポクレスとシェイクスピアを比較して次の様に断じている。

Upon the same scale we may compare Sophocles with Shakespeare: in the one there is a completeness, a satisfying, an excellence, on which the mind can rest; in the other we see a blended multitude of materials, great and little, magnificent and mean, mingled, if we may so say, with a dissatisfying, or falling short of perfection, yet so promising of our progression that we would not exchange it for that repose of the mind which dwells on the forms of symmetry in acquiescent admiration of grace. (5)

シェイクスピアを高く評価しようとするコールリッジのロマン主義芸術とは，古典的芸術の静的完成による統一体ではなく，常に動的な完成に向けて続けられる矛盾的融合による未完成の統一体というべきものである。それは未完成であると同時に独自の完成を成し遂げて作品の生命力を維持するのである。相反し対立するものが相互に融合し調和する傾向をもつという自然の偉大な法則に固執するコールリッジは，シェイクスピアの作品の中に異なったものの平衡，相互緩和，終局的調和などによって，全体が有機的統一を構成している姿を見るのである。機械論哲学や古典主義的規則に基づく芸術作品とは

まったく異なった楽しみをシェイクスピアが与えてくれるのは，彼が生来，野生的な自然の調べを身につけ，人工でありながら人工を感じさせない自然の技法を生まれながらに身につけていたからであった。古典主義的規則の価値基準から見れば，シェイクスピアの芸術は単に偶然性に依存したもので無規則で無法則に思えるのである。しかし，コールリッジの有機的芸術論の見地では，創作の行為は本来，強制された外部的規則とは別に，自然の法則に従って植物が成長するようになされるものである。生命なき機械的原理と有機的生命とは明確に区別されることになる。

The form is mechanic when on any given material we impress a pre-determined form, not necessarily arising out of the properties of the material, as when to a mass of wet clay we give whatever shape we wish it to retain when hardened. The organic form, on the other hand, is innate; it shapes as it develops itself from within, and the fullness of its development is one and the same with the perfection of its outward form. Such is the life, such the form. [6]

このように，シェイクスピアのような詩的天才の想像力の世界は，無規則，無法則に生まれるのではなく，外部的規則の強制的支配に代わり得るような内部的な固有の規則，法則に厳密に従って作り出された有機的発展の所産に他ならないのである。コールリッジはシェイクスピアの生命的能力や自由で相拮抗する独創性を，古代の形式を模倣する古典主義的な生命なき機構と対比させて，批評において有機的発展の法則を文学上の技法と規則に合体させてシェイクスピアの文学を論じようとするのである。シェイクスピアの創作には，観客に対する劇作上の効果的な手段を彼独自の知識と内省によって慎重に配慮したあとが見られ，芸術的感性や知的構成力においても他に卓越した力量を示している。シェイクスピアの創作過程に見られる人工的な工夫は，人工を感じさせない点であくまでも自然な活動であり，ある意味において，打算的で自意識的な要素が無意識的活動として作用するのである。

　文学上の創意や芸術的創造には，外部的規則では説明できないような非意匠的で無意識的なものが活動している。コールリッジにとって，それは植物が成長する際に見せる自然の形成過程であり，内部から発する自己実現の顕

現である。コールリッジは芸術家の内部で自然界の形成の偉大な目的性や創造性を無意識裡に具現することによって，自然の作用に見られる非意匠的な目的性の無意識的実践を芸術家は果たすことができると考えた。それは人工の見地からは非意匠的に見えるが，なおも，自然そのものが持つ壮大な意匠と目的性を実践しようとして活動するのである。このように，シェイクスピアのような真の天才の中では，精神において無意識的なものと自意識的なものとが一体となって活動し，その才能が本能と目的，自由と必然の合一として現れるものである。したがって，シェイクスピアの偉大な詩的芸術の本質を形成しているものは，認識と最も密接に結合した無意識的活動であり，このことが彼独自の詩的資質を作り出していることがわかる。『文学的自叙伝』の中で述べられている次の様な議論は実に至言というべきである。

In every work of art there is a reconcilement of the external with the internal; the conscious is so impressed on the unconscious as to appear in it;......He who combines the two is the man of genius; and for that reason he must partake of both. Hence there is in genius itself an unconscious activity; nay that is the genius in the man of genius. [7]

この様な創造過程での特性が天才の芸術的創意に存在するのであり，成長する植物のようにさまざまな要素を相互に関連させることによって，統一体としての芸術作品が生まれるのである。詩人の理性と想像力が意志と悟性によって最初に活動状態に入った後，お互いに関連し合いながら，詩人の意識にはっきりと捉えられない程おだやかなものであるにしろ，この両者は内部の法則の容赦のない支配の下で芸術的創造を生み出すべく持続させられるのである。シェイクスピアのような偉大な天才の作品には必ず異質な要素が詩の各部分を形成しており，それらが無理なく融合して，ある価値観なり状況や態度が他の別個の価値観によって常に対立されて修飾される関係にある。詩人の想像力こそ，これに独自の統一を与えることを可能にするものであった。

He diffuses a tone and spirit of unity, that blends, and (as it were) *fuses*, each into each, by that synthetic and magical power, to

124

which we have exclusively appropriated the name of imagination.
This power, first put in action by the will and understanding, and
retained under their irremissive, though gentle and unnoticed,
controul (*laxis effertur habenis*) reveals itself in the balance or
reconciliation of opposite or discordant qualities.[8]

コールリッジの想像力の理念に基づく有機的成長の所産としての芸術観は,
想像力を人間の創意の原動力とする考え方を生み,文学芸術の制作や発展的
成長を自然界の有機体と同じ生命的な営みと見なす傾向を生むに至ったので
ある。感覚のみに訴える他の作家達とは異なっているシェイクスピアの特性
について,彼はさらに, "for he too worked in the spirit of nature,
by evolving the germ within by the imaginative power according to
an idea——for as the power of seeing is to light, so is an idea in
the mind to a law in nature."[9] とも述べて,シェイクスピアが自然
の精神によって作品を生み出す過程は,植物や樹木の成長の根本原理と同様
に,あらゆる部分が内部から必然的に生じた法則に従いながら,作品全体が
発展し融合を果たすという作用に基づくものであることを強調するのである。
そして,それがシェイクスピアの精神に他ならず,彼を偉大な作家に導く原
動力ともなったのである。

This circumstance enabled Shakespeare to paint truly, and
according to the colouring of nature, a vast number of personages
by the simple force of meditation: he had only to imitate certain
parts of his own character, or to exaggerate such as existed in
possibility, and they were at once true to nature, and fragments
of the divine mind that drew them.[10]

コールリッジはシェイクスピアの作品を批評する際に,詩的天才の芸術創造
の背後に常に存在するものの無言の偉大なる支配という考え方を心に抱いて
いた。彼の描く人物が真に迫ったもので,しかも自然に忠実なものとなって
いるのは,この様な自然界の有機的流動の法則,生命的な生成の原理が絶え
ず作者の真摯な観照力を養っているからである。芸術家は自然の無言の支配

に無意識裡に心身共にゆだねて一体となることによって，真の創作行為を果たすことができるのである。偉大な自然界が永遠に有機的法則を維持しながら，その普遍性を示すのと同様に，芸術家は自己の内部から生じた芸術上の法則に従って，どこまでも創作行為を続けようとし，自らの才能を自然の造形的な性質と合致させようと努力するのである。そこで，コールリッジはシェイクスピアの文学芸術上の創意における無意識的知性の存在を指摘して，詩的天才の秘密を解明しようとしたのである。

What then shall we say? even this; that Shakespeare, no mere child of nature; no automaton of genius; no passive vehicle of inspiration possessed by the spirit, not possessing it; first studied patiently, meditated deeply, understood minutely, till knowledge, become habitual and intuitive, wedded itself to his habitual feelings, and at length gave birth to that stupendous power, by which he stands alone, with no equal or second in his own class. [11]

何人の追随も許さないシェイクスピアの才能は，習慣となり直観的ともなった知識と感情が結合するに至るまで，丹念に研究し，深く観照し，精細に理解した結実であった。このように，コールリッジは詩的天才の創意に無意識の作用があることを認めていたが，単なる受動的な自然の児としてではなく，"He never wrote any thing without design." [12] とも述べて，『ハムレット』をはじめとするシェイクスピアの全作品が明確な意図の下で制作された事実を指摘している。いかなる大作家といえども，人間である限り，偉大な不滅への道を絶えず努力しながら辿っていたのである。まず第一に，シェイクスピアは劇作家としてグローブ座のために書かねばならなかった。彼の偉大な天才は断片的で慣習的なもののために砕かれねばならなかった。彼はすべての人間が経験するような部分的で一時的なものとの関連の中で生きながら，いかなる人間もなし得なかったような才能を発揮して，偉大な魂の記録を残したのであった。

　外界の規則や外面的形式をまったく無視することによって，内的生命原理や有機的活動を一方的に強調しすぎると，かえって芸術全体が何かに盲目的に同化する過程にすぎなくなり，逆説的に芸術の機械論を生み出し，畢竟す

るところ，芸術家は機械的な連想活動の作用者にすぎなくなる危険性をコー
ルリッジはよく承知していた。このような弊害を解消するのが，彼の理性と
悟性の理論であり，想像力と空想力との弁別に他ならなかった。批評家の中
でも，彼ほど芸術的創意における知性や理性の存在を強調した人はいなかっ
た。したがって，コールリッジは詩の創作がワーズワスの主張するような感
情の自発的流出によってなされるのではなく，熱意と熟慮を併う技術である
と考えるのである。

It is the art of communicating whatever we wish to communicate,
so as both to express and produce excitement, but for the purpose
of immediate pleasure; and each part is fitted to afford as much
pleasure, as is compatible with the largest sum in the whole. [13]

詩的芸術作品の現実の創作は明白な目的意識を持つもので，歓喜に溢れた精
神的興奮状態を全体としての総和に調和させながら，作品構成において熟慮
の上の種々の選択による人為的な配列がなされることを彼は力説するのであ
る。このように，コールリッジは詩的芸術の創作活動に明白に冷静沈着な面
があることに留意しながら，人間の創造的本能には無意識の活動が必然的に
存在することを指摘したのである。彼は詩の精神における才能と独自の規則
との関係について触れて，観照の行為が真の詩人に不可欠であると述べ，そ
の構成要素として感受性，想像力，連想力をあげて説明している。

That blending of thoughts into each other, or, rather, into one
passion, at the time it contemplates, was one of the greatest
criterions of a true poet, because it was impossible excepting to
a true poet,——which implied three constituent parts, namely,
sensibility, imagination, and the powers of association. [14]

コールリッジによれば，シェイクスピアは深遠な思索の芸術家であって，単
に才能に身をゆだねて荒れ狂う盲目的な天才ではなかった。陽気な落ち着き
の奥で，真の生命的存在を求めて苦闘しながら，誰よりも深く思索の海原の
中へ入り込んでいったシェイクスピアの実像を彼は描き出そうとしたのであ

る。"Men ought to endeavour to distinguish subtilely, that they may be able afterwards to assimilate truly." [15] という言葉が示すように，コールリッジは文学批評をする際に，創作心理過程を最も中心的な問題として提起しながら，詩人の構成要素を分析し，真の詩人像を究明して，普遍的な創作原理を提示しようとする。そして，詩人の心に芽生える自己啓発的な創意や内発的な霊感の存在を論証するために，彼は植物と同様の有機的活動の所産という類推を用いたのであった。コールリッジのシェイクスピア批評に見られるような典型的なロマン主義文学観は，作品の中に作者独自の創始性を認めることによって，作品が普遍的原理に基づく完全な自律性を維持しているという信頼の念を表明するものとなる。

There is not one of the plays of Shakespeare that is built upon anything but the best and surest foundation; the characters must be permanent——permanent while men continue men,——because they stand upon what is absolutely necessary to our existence. [16]

シェイクスピア劇の本質は，作者の天性から生まれる無意識的知性によって作られた自然の作品ということである。思考や知識，内省力，判断力などは作者の創意に当然併うものとして必要であるが，最も高度な詩の審美的創作にとって充分なものではない。最も高度な本質的価値は，意識的な下準備や計画にあるのではなく，作者の無意識的知性によって内面の深淵から滲み出てくるものである。植物が成長するのと同じように，無意識のうちに想像力の作用が独自の究極的形態を形成するのであり，作品は自らの生命力を持った自律性と独創性を持つに至るのである。シェイクスピアのような詩的天才の作品が，無意識的知性によって，その内面の独自の法則に基づいて作品を自然なものとして完成していく過程こそ，コールリッジの最も注目した詩的想像力の活動の証明に他ならなかった。自然界の草木が，それ独自の形態を自己実現させていくのと同様に，この様な詩的天才の作品は，自然界の法則と同様の法則に基づいて形成されて，完成された独自の均斉をも完備するのである。しかし，それは静的完成ではなくて，読者に感動を与える動的完成であり，無限の可能性へと志向する未完の完成なのである。これこそ，コールリッジがワーズワスやダンテを論じて，文学作品の本当の読者のあるべき

姿に触れて，" ……such readers only as had been accustomed to watch the flux and reflux of their inmost nature, to venture at times into the twilight realms of consciousness, and to feel a deep interest in modes of inmost being. " [17] と述べたことと同質のことに他ならない。詩的天才が表現すべき意識の薄明の世界や深奥の存在様式は，本来，時間と空間の属性を適用することが出来ないものであるが，時間と空間の象徴以外には伝達する手段のない新たな未知の存在様式である。そして，自然の法則に従って完成された自然の作品は，あらゆる人間の根元的要素を包含しながら，さまざまな人生の実相を最も劇的な効果をもって聴衆や読者に訴えかけるのである。コールリッジが，" he ought to have had nothing to do with merely temporary peculiarities: he wrote not for his own only, but for all ages. " [18] と述べているように，シェイクスピアの登場人物の表面下での心理の動きは，常に人間の根本的な部分を的確に捉えている。シェイクスピアの作品では，豊かな詩的表象によって，現実の純粋な本質が見事な表現となって描写されており，詩が表現する現実は，現実そのものよりも，混じりもののない真の現実となっている。シェイクスピアの詩的天才が作中において発揮しているこの様な特性に注目して，コールリッジは彼以前の古典主義の芸術理論が評価しなかった詩的天才の諸相を再評価し，独自の有機的芸術論や総合的な想像力の理念をうち出して，ロマン主義批評の基盤を確固たるものにしたのである。

注

(1) T. M. Raysor (ed.) *Shakespearean Criticism* (Dent: London, 1960) vol. 2., p. 58.

(2) *Ibid.*, p. 131.

(3) J. Shawcross (ed.) *Biographia Literaria* (Oxford, 1907) vol. 2., p. 255.

(4) *Shakespearean Criticism*, vol. 2., p. 121.

(5) T. M. Raysor (ed.) *Coleridge's Miscellaneous Criticism* (Cambridge, 1936) p. 190.

(6) *Shakespearean Criticism,* vol. 1., p. 198.

(7) *Biographia Literaria,* vol. 2., p. 258.

(8) *Ibid.,* p. 12.

(9) *Coleridge's Miscelaneous Criticism,* pp. 42-3.

(10) *Shakespearean Criticism,* vol. 2., p. 85.

(11) *Biographia Literaria,* vol. 2., pp. 19-20.

(12) *Shakespearean Criticism,* vol. 2., p. 150.

(13) *Ibid.,* p. 41.

(14) *Ibid.,* p. 65.

(15) *Ibid.,* p. 40.

(16) *Ibid.,* p. 110.

(17) *Biographia Literaria,* vol. 2., p. 120.

(18) *Shakespearean Criticism,* vol. 2., p. 105.

第十章　フランス革命とイギリス・ロマン主義
——コールリッジの政治的理念——

(1)　過渡期の時代精神

　1790年代の若き日のコールリッジは，ワーズワスの青年期と同様に，フランス革命に共鳴して急進的革新思想を抱いて大いに当時の政治問題に関心を示していた。特に1793年頃のケンブリッジ在学中，当時のイギリス思想界に非常な影響を与えていたゴドウィンの『政治的正義』に深く傾倒して，反逆精神に満ちたジャコビニズムの熱心な提唱者となった。フランス革命を人類の輝かしい未来を約束する良き時代の到来と信じたコールリッジにとって，当時のイギリス社会を構成するあらゆる諸要素，君主制，貴族や僧職階級を中心とした政治や社会組織は，すべて不正と悪徳を生む害悪の根源であり，是正しなければならない悪弊に満ちていたのである。彼はサウジーと共にアメリカのペンシルバニア州に理想的平等社会建設を計画したが失敗し，その後，ブリストル在住時代に入って『ウオッチマン』誌を発行して，反逆精神と理想主義に満ちた論陣をはったのである。

　1688年の名誉革命は新興ブルジョワジーの台頭を許し，市民社会の近代化を促していた。この時以来，イギリスはロックの自由主義思想を市民革命の理想的基盤として，新たな市民社会建設を推進してきたのである。しかしながら，アダム・スミスの経済学の楽観的見解に反して，1760年代から始まった産業革命は，イギリス社会に急激な変化を与えて，予期しなかった新たな矛盾や困難な問題を生み出すに至った。さらに1789年のフランス革命勃発がこれに追討ちをかけ，イギリスも当時の社会的，政治的混乱の中に巻き込まれて，反動的保守勢力と革新勢力との間の激しい闘争が続いていた。この様に革命の嵐の余波を蒙ったイギリスの過渡期における時代精神は，退廃した知的道徳的無政府状態の混乱の中で，感覚的な経験主義哲学や唯物的機械主義の傾向や功利的個人主義の風潮を醸し出していた。フランス革命の幻滅的結末やイギリスの産業革命による社会変化の混乱は，コールリッジにとって，人間の善性を無制約的に信じた非現実的な革命的ユートピアニズムの進行が生んだものであり，人間の権利の不規律で無節度な主張の結果であって，現

実的な人間の悪性を如実に露呈したものであった。彼は当時のイギリスが直面していた過渡期の混乱や転換期の嵐を考察して，啓蒙思想そのものに内在する限界や欠陥を鋭敏に見抜き，その思想的欠陥が知的退廃の時代風潮の主要な原因となって，社会的矛盾や政治的混乱や思想的困難を生み出すに至ったと考えた。この様に，フランス革命と産業革命を直接的動因として，当時の時代風潮を批判して，総合的で有機的な世界観に基づいて独自の生命哲学の立場から，時代精神の苦悩と苦難を克服すべき政治的哲学思想を展開して，イギリス・ロマン主義の確立に重要な役割を果たしたのがコールリッジであった。

(2)　ロマン主義の諸相

　フランス革命の勃発とロマン主義の到来は，ほぼ同時代の出来事であったといえる。イギリスのゴドウィン，フランスのコンドルセ，ドイツのカントなどは，フランス革命に新たな理性の時代の到来を予期していた。しかし，フランス革命もロマン主義も既存の価値観や体制に対する反乱であり，純粋な感情の爆発による非合理的本質を共有していた。旧体制の中で抑圧されていた民衆の力が，過去の伝統や階級制度から解放され，新たな人間生活の構築を求めるためには，革命という非合理的で衝動的な反乱，無意識的な感情の爆発が必要であった。このような歴史上の大事件が，18世紀的合理主義に対するロマン主義の反抗，古典主義的理性に対するロマン主義的感情の反乱を助長したのである。合理主義的啓蒙思想の冷えきった理性に対する反動の中で，ロマン主義は理性に対する心情の優位を宣言し，理性よりも心情の最高の特質を力説した。しかしながら，無制約な感情の爆発の結末がいかなるものであったか，その後のフランス革命の幻滅的進行が如実に示すこととなった。コールリッジは最初フランス革命に心酔し，革命思想に同情的立場をとっていたが，19世紀のイギリス社会を動乱させたフランス革命と産業革命という二つの歴史的大事件とその後の社会の激動の中で，徐々に反省的保守的傾向を深めていった。深い思索は深い感情によってこそ可能だという彼の認識は，単に合理主義的世界観に対するロマン主義の反動を主張したのではなかった。18世紀の古典主義や理性尊重に反抗したロマン派の中でも，コールリッジはロマン主義の代表的人物の一人でありながら，常に理性と心情の和解的調和を模索して苦悩し，彼独自の新たな理性論を樹立することによっ

132

て，ついには知識の諸分野のすべてを統合させた総合的な学問体系を構想するまでに至るのである。このように，彼はイギリス・ロマン派の代表的理論家であると同時に，ロマン主義に対する最も知的な批判者でもあった。ロマン派の代表的詩人の一人でありながら，しかもロマン主義に対する最も有力で決定的な最初の批評家であったというコールリッジの矛盾した二重性は，彼の複雑な精神特性を示すもので今後研究されるべき余地を残している。

コールリッジにおいては，想像力の至高の重要性は，神の最高理性より派生した純粋理性の発動によって生じる人間の精神機能の最良の形態であることによって証明された。彼は単に情緒の礼讃を素朴にくり返し，想像力を人間の知的創造性と切り離して，その無軌道なロマン主義的高揚を主張するのではなかった。彼独自のロマン主義的理性は想像力と無理なく融合し，合理主義的理性の悪弊を克服するに至り，さらに彼は巨視的な形而上学的アプローチによって，全宇宙の最も完全な認識に到達しようとさえしたのである。コールリッジにとって，古来からの形而上学の伝統の破壊に最も貢献した合理主義的哲学者はロックであり，科学者ではニュートンであった。ロックの合理主義思想が人間の存在全体を分断し，人間の本質的なものを死滅させるからであり，ニュートンの機械主義的世界観が自然と人間全体を包含する有機的連関や神秘的で不可思議な生命的流動を無視していると彼は考えたのである。ロックやニュートンに代表される合理主義的理性やその世界観に対するコールリッジの攻撃は次の一節にも明確に示されている。

I have known some who have been *rationally* educated, as it is styled. They were marked by a microscopic acuteness; but when they looked at great things, all became a blank & they saw nothing ——and denied (very illogically) that any thing could be seen; and uniformly put the negation of a power for the possession of a power——& called the want of imagination Judgment, & the never being moved to Rapture Philosophy![1]

絶対的規律や原則を信奉する合理主義の信念は，正確な法則を維持するために極度の単純化の精神を持つもので，事象の全体的関連や自然の中の一般的多様性を無視するか，あるいは否定するものであった。これに反して，ロ

マン主義は個の独自性や全体との相対性を重視するものである。合理主義が機械的法則の肯定であるのに対して，ロマン主義は機械的法則の否定であった。合理主義に対するロマン主義の反抗とは，要するに古典主義に対するロマン主義の文学上の革命でもあった。絶対的一律性を企てるすべての法則を拒否することは，個性尊重の個人主義を意味する。しかしながら，ロマン主義は複雑な諸相を有する。古典主義的理知に対する心情の重視，絶対的法則偏重に反発する自由の主張，都会に対する自然や田園への愛着，現在や未来よりも過去に目を向ける回顧的精神，産業革命後の商業精神への反動としての人間主義，フランス革命後の社会の動乱の中で新たな独自の政治体制を各自が模索しようとした態度，これらすべてがロマン主義運動の諸相であった。

　合理主義的啓蒙思想の楽観論は，知識の増大が着実に人間の幸福を確実なものとし，人間の幸福の増大が人間の着実な進歩を人間文化の完成へと向かわしめるという近代の独断的見解を生み出していた。このような人間の理知に対する素朴な信念は，産業革命によって強められフランス革命前後数年間には革命に対する新世界への期待と結びついて熱狂的なものとなった。ドイツのカントは知識の増大と人間文化の完成へと向かう人間の進歩が必然的なものであると確信していた。フランスのコンドルセはその後の恐怖政治を目前にしても，人類の道徳的完成へと向かう無限の進歩という信念を固持していた。イギリスのゴドウィンは『政治的正義』の中で個人は理性にのみ従って行動することで社会に利益をもたらすと主張し，あらゆる法律や政府を否定して極端な無政府主義を唱えていた。

　政治社会におけるルソー的自然復帰の具現がフランス革命でもあった。フランス革命とロマン主義は自由と博愛という大きな理想のための情熱的闘争であった点で結びつき，革命当初のロマン主義者たちの熱狂的反応もフランスが全世界を新たな時代へと鼓舞するだろうという期待感から生まれていた。フランス革命が標榜した自由という大義名分は，文学芸術上の古典主義的束縛を打破するのに有効であったし，合理主義的啓蒙思想が示した進歩の信仰に対する当初のロマン主義者たちの歓喜は最高度に達した。このような政治的，社会的自由主義の運動は，文学芸術上の改革を促してロマン主義文学や芸術における主観的価値観や自発的創造性への追求がなされたのである。フランス革命への期待が幻滅に終わり，合理主義や科学が示した進歩の信仰が，まったくの夢でしかなかったと判明した時，ロマン主義は単に自由と博愛を

標榜するだけでなく，また合理主義や科学に対する反動のみに終始するのではなく，それ本来の深い理念探究への大きな動因を与えられたのである。この点で，当初合理主義思想や科学の発達に素朴な讃嘆の念を抱いていたロマン主義者たちが，その後の複雑な社会的，政治的動乱の中で独自の理念形成を多様な試みの中で模索していく姿は，ロマン主義運動そのものの複雑な諸相と深い関係があると言える。

(3)　フランス革命の幻滅的結末

　18世紀末のイギリスの社会的大変動は，国内における産業革命と国外におけるフランス革命に象徴されていた。しかし，フランス革命がルイ16世とその王妃の処刑，革命指導者ダントンやロベスピェールの暴虐へと最も過激となった1793年頃から，イギリスは革命政府のいき過ぎに対して失望と不安を感じていた。革命が自由と博愛という大きな希望を実現し，新たな政治体制の時代を招来するだろうという期待はまったくの夢でしかなかった。青年期にフランス革命の自由と博愛の理想に心酔したコールリッジは，フランス革命政府がイギリスと敵対し，暴虐な恐怖政治が防衛的国家主義から攻撃的国家主義へと移行し，他国への侵略がヨーロッパの大動乱をひき起こすに至って，深い幻滅の悲哀を覚えるようになったのである。彼は当時の政治的，社会的混乱を次のように述べている。

> We have been too long
> Dupes of a deep delusion! Some, belike,
> Groaning with restless enmity, expect
> All change from change of constituted power;
> As if a Government had been a robe,
> On which our vice and wretchedness were tagged
> Like fancy-points and fringes, with the robe
> Pulled off at pleasure.
>
> (Fears in Solitude, ll. 159-166.)

　このように当初フランス革命の理想に傾倒しジャコビニズムの熱心な提唱者であったコールリッジは，その後の過激な展開や残虐な行為に悲観し，恐

るべき時代の幕開けを予感してジャコビニズムを厳しく批判するようになった。人間の理性の無限の進歩を信じて，あらゆる法律や社会制度を否定し，さらには伝統や因習さえも排斥して極端な無政府主義に基く世俗的楽園を唱えたゴドウィンの思想は，当時のイギリスの人々に幻滅感を与えるものとなった。時の首相ピットは革命思想を打破するために，集会法を制定して労働者の集会および組合活動までも禁止するに至った。狂信的で無軌道な革命主義と社会的動乱の中で混乱した誤謬の観念が思想的困難を生み出していた。このような当時の世相をより深く観察し，人間と社会の本質を独自に考察したコールリッジは，社会的害悪の原因を革命によって排除することは不可能であると考えた。社会的害悪の諸問題の原因はもっと深いところにあり，当初ロマン主義者たちをはじめ多くの人々が傾倒した合理主義的啓蒙思想は，問題を解決するどころかさらに悪化させていると考え，彼はその思想的誤謬を厳しく批判したのである。

　フランス革命の結末は理知的人間の無限の進歩と道徳の不可避的向上による社会全体の漸次的な幸福の増大という当時の楽観的見解を破壊した。過激な革命思想と反動的保守主義との動乱の中で，コールリッジは回顧的態度でイギリスの古い伝統に心のよりどころを求めて愛国主義的な政治思想を思い描くに至るのである。本来，コールリッジのロマン主義は過激なフランス革命に熱狂した事に対して反省的で自己批判的であり，さらに人類が古典主義の時代を経てきたことを独自の歴史観の中で常に念頭においていたので，単に否定したり反抗するのでなく，すべてを融合調和する学問体系を模索しようとして自意識的で内省的な考察を続けていた。人間の全経験を自らの思想体系に包含しようという完成不可能とも思える遠大な構想を持っていた彼にとって，当時の社会的，政治的問題に対する思索が，いかに重大なものであったかがわかる。合理主義的啓蒙思想家の中でも，アダム・スミスの楽観的経済論では，文学芸術といえども経済の一般原則に従うものであり，文芸上の思想も商業主義社会における他の職業と同じビジネスでしかなかった。産業革命後の当時のイギリスの一般的経済論は，最大多数の最大幸福を標榜する功利主義であり，自由主義による無制限の競争と利益追求のための通商を認めた重商主義であった。この事とフランスの恐怖政治後のヨーロッパ世界を支配した私利私欲追求の堕落した行政とは無縁でなかった。

136

(4) 合理主義的啓蒙思想の限界

　政治や社会におけるルソー的自然復帰は，政治的，社会的平等主義を讃えるイデオロギーを生み，人間理性の無限の進歩に対する信仰は，合理主義と自然科学による世俗的進歩という当時の支配的観念を生み出していた。世俗的進歩による大衆文明が，政治的，社会的平均化を促進する中で，コールリッジは西洋文化の通俗化の危険を鋭敏に感じ取っていた。政治的，社会的平等主義が文化的平均化をもたらし，大衆文明による通俗化現象が個人の自由を徐々に蚕食し，その結果，時代を先導すべき真の知識層が衰退していくことを彼は予感したのであった。合理主義の精神は人間の平等と団体組織の互換性を主張したが，コールリッジのロマン主義思想は個人の独自性や団体組織の特殊性，特異性を認めようとした。個人のみならず共同体としての諸国民に固有の性格があり，それ独自の価値をもつことは，風俗習慣や制度と深く結びついた文学芸術に明瞭にあらわれているところである。彼の反平等主義的な論調は，彼の知識人としての貴族的性格も原因しているが，当時の動乱の時代に対する必然的な彼なりの応戦であった。フランス革命の幻滅的進行を目のあたりにしたコールリッジは，民衆の声が必ずしも神の声であるとは考えることができなかったし，民衆だけによる統治は衆愚政治に陥る危険性があると考えたのである。ワーズワスがルソー的信条に基づいて，人間の自然的善性を信用して民衆に政治改革を訴えたのに対して，彼は哲学的な一種の貴族政治と特徴づけられる政治思想を展開する。その思想の特徴は最適任者による貴族政治と言うことができ，彼は才能の貴族主義を主張して知的エリートによる統治を説いたのである。[2]

　合理主義的啓蒙思想は人間の理性の無限の進歩と地上的な科学文明の進歩による政治的，社会的平等主義を唱えていた。しかしながら，コールリッジの考え方によれば，一般的悟性の意識作用を人々が容易に持つことができるのに対して，高度な観念にかかわる理性を所有し駆使できるのは，少数の人間のみに与えられた特権であり，一般の人々はこのような少数者の指導によって高度な観念や理念にかかわる理性の存在を確認し得るにすぎないのである。彼は万人に理性が潜在することは認めたが，高度な政治的理念にかかわる理性を駆使し悟性との総合的調和において理念を実践できるのは少数の有識者のみであると考えるに至った。コールリッジにとって，立法者としての信頼を受けるべき者は，理性の光を映す知的統治階級でなければならず，理

性の光に照らされない単なる悟性的理解や感情的要素に動かされ易い不安定
な民衆による政治に対する懐疑と批判を彼は表明したのである。この事は，
彼が多数決原理に基づく平等主義の危険性や民主主義そのものに潜在する同
質的凡庸化の悪弊を指摘したことを意味するものである。この点でコール
リッジの政治的ロマン主義の立場は，ワーズワスと根本的に異なっており，彼
は人間の自然発生的善性を素朴に信じることができなかったのである。コー
ルリッジは人間の本能的願望を道徳や政治における最良の導き手だとは考え
なかったし，単にひたすら政府と法律制度の矛盾や腐敗を攻撃するのでもな
かった。常に組織立った知性の場を見出そうとする彼のロマン主義政治思想
は，彼独自の生命哲学の中で新たな制度への手がかりを求めようとする神秘
主義的感情によって生気づけられていた。高度な知性育成による人間と社会
との有機的連帯が，あらゆる階層の生命的な提携を生み出さねばならない。
したがって，彼は自己の内なる声に従う個人の必然的権利を特に強調する態
度や，その善性を素朴に信じて外部的命令や強制に反対する姿勢を正当化す
ることもなかった。彼は常に個と全体との関連の中で新たな政治制度への手
引きとなるものを模索したのである。自然の慈愛による人間の善性へのむき
出しの信仰や素朴な信条だけでは，彼の知性が満足しなかったし，冷酷な革
命家達の過激な空理空論や啓蒙思想の空虚な合理主義は，彼の情緒的感情や
神秘主義を支えることができなかった。青年期のコールリッジは，当初より
この双方の立場を批判して，独自の生命哲学を樹立することによって，新た
な社会的政治思想を構築しなければならないと自覚するに至ったのである。

(5)　産業革命と商業主義

　コールリッジのロマン主義は文学や哲学と共に，神学，政治学，教育へと
手をのばしていった。当時の合理主義的啓蒙思想家たちが各分野において，
政治，科学，経済などが自分自身の法則以外のいかなる法則にも制限されな
いと主張し，社会的混乱を深めていることを懸念した彼は，人間の知性が道
徳的宗教的な節度からまったく解放されてしまった場合，それは社会全体に
とって有害で危険な力となると考えた。このような独善的な知識の横暴の現
状は，他の領域との関連を無視した過度の専門化の結果であった。そこで，
コールリッジは当時の社会問題に対する宗教的，形而上学的考察を力説しな
がら，あらゆる知識を調和させようとして多面的な試みを続けて，解体の危

機にある文化の統合と伝統の護持に努めたのであった。ド・クィンシーも述べているように，コールリッジは元来，一つのものを眺めるのに全体の相において捉えて，他との関連を考察せずにはいられないという精神の持ち主であった。[3] 知識の異なった諸分野の融合を志向していた彼の思想は，プラトン哲学の特性と同じく体系的ではなかったが，独自の哲学を持っていたし，その仕事は未完成のままであるが印象的であり，完成され得ないものを終生追究し続けた彼の諸作品は人の心を打つのである。コールリッジの用意周到で循環的な論議の仕方は，彼自身がすべての知識の諸分野の間の相互関連に強い関心を抱き，その相互依存性をよく理解していたためであった。この事は批評家，詩人，哲学者，歴史家，神学者，言語学者，政治評論家などのすべてが渾然一体となっている彼の多面性をよく説明するものである。

　1760年代以降の産業革命の現実の進行は，ロックの自由主義思想やアダム・スミスの経済学の楽観的見解に反して資本主義固有の新たな矛盾と困難を露呈することになり，人口の都市への集中による農村の分解，急激な社会変化により生じた労働者の極度の貧困化，無限の富の追求から起こった機械主義万能と，道徳や人間性の軽視などの諸問題を招いた。さらにフランス革命の勃発が社会的，政治的混乱に拍車をかけ，その後，ナポレオン戦争終結に至って発生した産業経済の恐慌や農村の凶作によってイギリス社会は悲惨な状態を呈していた。このような当時の社会的，政治的諸問題を憂慮して，コールリッジは市民革命の理念としてのロックの自由主義政治学や，その理論を産業革命の合理主義の基盤として発展させたアダム・スミスの経済学，およびその後継者であるマルサスやベンサム派の功利主義の虚構を非難して容赦なく批判したのである。彼等の理論的欠陥は，現実認識において複雑な社会の諸相を過度に抽象化し単純化しすぎた結果であると彼は訴えた。合理主義的啓蒙思想の単純化の精神は，人間を単なる機械的存在に帰着させるもので現実の世相の複雑さを無視していた。彼等は一人間体が多数の部分と機能によって成立するように，社会を構成する多数の人間のさまざまな諸要素を一体化した政治体制を抽象化や単純化によって樹立しようとして，即物的合理主義によって全部を全体と見なそうと努力する。しかし，彼等はこの姿勢にさえ制限を置いて，人々を各個人的存在として幸福にし尊重すべきものにさせるあらゆる美徳を溶解して国民を一つの状態に混ぜ合わせる真の政策体系をいみ嫌っていると彼は批判して次のように論じている。

They worship a kind of non-entity under the different words, the State, the Whole, the Society, &c. and to this idol they make bloodier sacrifices than ever the Mexicans did to Tescalipoca. *All*, that is, each and every sentient Being in a given tract, are made diseased and vicious, in order that *each* may become useful to *all*, or the State, or the Society,—that is, to the *word*, *all*, the Word, State, or the word, Society. [4]

このようにして導き出された人間と社会とに関する彼等の原理の偽装的虚構は，人間の本性に対する非常に偏狭な見解に基づくものであり，無限の富の追求にのみ専念する経済人としての姿を本質的な人間観として，生来の道徳感情の尊厳を軽視して単なる利己心にのみ積極的な意味を与えるもので，現実の人々の現状よりも彼等の原理の方がはるかに悪質であると彼は確信するのである。さらに，コールリッジは彼等の原理が直接の誘因となって当時のイギリスの国民性に植えつけられた商業精神の過剰によって，富の機構の中で極度に貧困化した労働者の姿や新興市民階級を中心とした全国民的な道徳感情の衰退ぶりを，ある典型的な工業都市の労働貧民の描写によってあざやかに写し出している。

But Persons are not *Things*——but Man does not find his level. Neither in body nor in soul does the Man find his level! After a hard and calamitous season, during which the thousand Wheels of some vast manufactory had remained silent as a frozen water-fall, be it that plenty has returned and that Trade has once more become brisk and stirring: go, ask the overseer, and question the parish doctor, whether the workman's health and temperance with the staid and respectful Manners best taught by the inward dignity of conscious self-support, have found *their* level again! Alas! I have more than once seen a group of children in Dorsetshire, during the heat of the dog-days, each with its little shoulders up to its ears, and its chest pinched inward, the very habit and *fixtures*, as it were, that had been impressed on their frames by the former illfed, ill-clothed, and unfuelled winters. But as with the Body, so or still worse with the Mind. Nor is the effect confined to the laboring classes, whom by an ominous but too appropriate a change in our phraseology we are now accustomed to call the Laboring Poor. I cannot persuade myself, that the frequency of Failures with all the disgraceful secrets of Fraud and Folly, of unprincipled Vanity in expending and desperate Speculation in retrieving, can be familiarized to the thoughts and experience of Men, as matters of daily occurrence, without serious injury to the Moral Sense.[5]

　物ではない人間が，肉体の中にも魂の中にも，その標準を見出さず，位置だけを見出すべき事物がすべてその標準を見出している無原則で恥ずべき経済機構は，産業革命以来，ナポレオン戦争中に最大限に達した商業精神過剰の結果生じたものであった。合理主義的啓蒙思想では，産業や工業の技術的進歩が世俗的社会そのものの進歩と同一視される傾向が強かった。しかし，コールリッジは『俗人説教』の中で，新興の機械化工業社会が富める者をますます裕福にする一方で，労働者は機械の中の単なる歯車となり身分の保障を失いつつあると指摘した。高度に発達する工業と商業の世界においては，戦争における以上に人間は単なる機械の一部とみなされようとしている。過度の工業化と無制限な生産活動が，農業と工業の均衡を破壊し，人口の都市への集中が大都会の新興産業地域の生活の人工性と貧困の問題を生み出し，さらには機械工業の中で人間の生命が硬化し，魂の欠落状態を生み出す危険性をコールリッジは見ぬいていた。要するに，資本主義は人間を物に変えてしまうのであった。

　功利主義，実用主義の名目の下で，あらゆる事物が市場を媒介として標準を形成するに至り，人間のすべての仕事と成果の価値判断も事物と同じく市場価値によって決定しようとする商業精神の過剰が，富の中の極貧を生み，人間性や道徳感情不在の社会を作り出したとコールリッジは説くのである。富を過大評価して物質的競争心だけを煽る商業精神の過剰に対する有効な対抗要素として，彼は三つの自然な人間性復興のための基盤を挙げて，第一に社会全体が古代からの生誕という感情を敬意をもって保持すること，第二に学識者が真正なる知的哲学の存在を見失わないこと，第三にこのような全体

としての知的活力によって先導されるべき本質的信仰の必要性を力説している。[6] さらに，彼は経験主義的政治家や経済学者によって主張される国民の富の機構が，道徳的な精神的成長を人々にもたらさない以上，必ずしも社会全体の繁栄と幸福を伴わないという認識を深めて，彼は国家に不可欠な三つの責任を明示する。第一に国民各自が生計手段をもっと容易に得られるようにすること，第二に各個人が社会の構成員としての自分の生活条件やその子供の条件を改善できる希望を持たせること，第三に社会的で道徳的な存在であるべき人間性にとって重要な諸能力を発展させること，[7] これらの三つの積極的目的を国家が果たさない限り，いかに社会的病患の治療に努めても徒労に終わると確信して，彼は "Madmen only would dream of digging or blowing up the foundation of a House in order to employ the materials in repairing the walls." [8] とまで述べて，当時の社会的現状の混乱と矛盾，それに対して単に性急な改革を知識としてくり返し提示するだけの政治家や経済学者達を厳しく批判したのである。そして，彼は国家とその構成員との有機的な結びつきが失われ，人間性が侵蝕され人間の尊厳が消滅しつつある現状を考察して，彼は政治思想の基本的理念としての国家の理想像を次のように述べている。

We require, however, on the part of the State, in behalf of all its members, not only the outward means of *knowing* their essential duties and dignities as men and free men, but likewise, and more especially, the discouragement of all such Trenures and Relations as must in the very nature of things render this knowledge inert, and cause the good seed to perish as it falls. Such at least is the appointed Aim of a State: and at whatever distance from the ideal Mark the existing circumstances of a nation may unhappily place the actual statesman, still every movement ought to be in this direction. [9]

国家の真正なる目的とは，あらゆる事物の本性の中で人間が自由な人間としての尊厳と義務を自覚するための外的手段でなければならない。人間の自由と義務，人間としての尊厳を保障することは国家の責任であり，国家的活

動があらゆる十全な意味を持つために不可欠であった。彼が意味する自由とは，長年にわたってイギリスの伝統が育成してきた道徳的な節度ある自由であり，人間らしさを保障する自由である。資本主義や合理主義過剰の当時の経済的，政治的現実の展開は，利益追求的エゴイズムや自己中心的功利主義の中で人間性の完全な喪失を生み出していた。このような展開の中で，人間を物，道具，機械に変えてしまう商工業主義至上の経済体系をコールリッジは糾弾し，経済上の諸問題を政治的，社会的，倫理的側面から捉えて，道徳や宗教さらに教育上の諸問題と関連づけた総合的な思索を惜しまなかった。合理主義的啓蒙思想家達が人間の労働の問題や貧困について単に経済学的アプローチしかしない態度に彼は最も強く反発し，経済問題が国民の教育や倫理と切り離して考えられている限り，当時の一般的な物質的進歩はまったく実質的な価値がないと断言した。人間を物に変えてしまう経済的自由主義の空しさや，産業革命後の工業社会で貧困に苦しむ労働者の姿に対する彼の透徹した観察の結果，彼は有効な解決策を見つけ出すべく古代ギリシアの思想家のような総合的な研究を続けたのであった。コールリッジの国家の理想像はプラトンやアリストテレスの形而上学的認識の伝統の上に立った考察の所産であった。

　フランス革命の幻滅的進行に象徴された急進的革命思想の無制約的な権利の主張，対立する保守的反動主義勢力，産業革命以降の社会的混乱と矛盾を悪化させた商業主義や功利主義，このような時代的動乱の主要な観念の誤謬や虚構に対するコールリッジの現実認識は，社会的変化の主流となった時代精神の分析や独自の政治的考察の中で国家の理念を生み出すに至り，彼のあらゆる著作の中に見出されるのである。頭脳と心情，知性と感情といった二律背反の矛盾的対立に苦悩して両者の調和的止揚に苦心したコールリッジにとって，本来これらの社会的，政治的諸問題の解決は，有機的統合を標榜する彼の生命哲学の確立と応用の重要な要因でもあり，彼は真剣な考察を続けねばならなかった。そして，さまざまな思想的遍歴の後に，確固たる独自の思想的基盤を得た彼は，当時の時代精神批判や政治的見解を社会的，経済的，宗教的，教育的連関との考察を深めながら，『フレンド』，『政治家提要』，『俗人説教』，『教会および国家の憲法について』の諸著作において多角的に表明したのである。

(6)　ルソー批判とホッブズ批判

　コールリッジのロマン主義の社会的，政治的理念が，人間の自然的善性を素朴に信じるルソー的信条に基づいた民衆主義の政治改革を訴えたワーズワスと根本的に異なっていた事は注目すべき特徴である。ルソーは自然状態を理想化し，人間の純粋な感情を賞揚して，社会契約に基づく主権在民の国家論によってフランス革命に刺激を与えたのであった。しかし，フランス革命の現実的進行を見たコールリッジは，民衆の声が必ずしも神の声であるとは考えられず，立法者としての信頼を受けるべき者は，理性の光によって先導されて悟性との調和的精神作用を映し出す知的統治階級でなければならないと考えた。これに対して，理性を所有する万人に固有の不可譲の主権を想定していたルソーは，一般的意思内容を代表すべき代議者達の権限に積極的な意義を認めず，人民自身が唯一正当な立法者であるべきだと考えていた。ルソーは全体意思に対立するものとしての普遍的意思に深い意味を持たせ，人間の理性の完全性を主張して，外部的強制が消滅すれば理性的人間は必ず一致協力して正しい社会を築き，すべての社会悪はなくなると信じた。なぜなら，ルソーにとって，このようにして作られた社会や法律は，彼のいう理性的人間の普遍的意思の表出であるから決して禍や悪弊にはならないはずであった。しかし，コールリッジにとって，ルソーの普遍的意思による唯一正当な主権的立法者の主張は，現実の人間とは無関係であり，国民個々の声からも遊離したもので，単に純粋理性の法則のみを示すもので，抽象的理性を代表するにすぎなかった。すなわち，現実の人間ではなくて抽象的理性によって代表される全国民的立法機関を想定することは，単なる蓋然性を述べるにすぎなくなり，もはや本来の理性で論証可能な政治理論を求めることは不可能となるのである。コールリッジにとって，政治は抽象的理性による純粋論理の問題ではなく，理性と悟性との関連を前提とした分別の問題であった。理性自体は万人に共通に存在するが，現実に理性を行使する能力と手段や材料，つまり悟性的要素は人々各々の状況に応じて異なっているので，事実と概念としての実際の結果はすべて異なるために，ルソーの主張は単なる無意味論に終わると彼は批判するのである。

To this point then I entreat the Reader's particular attention: for in this distinction, established by Rousseau himself, between the

Volonté de Tous and the *Volonté generale*, (i.e. between the collective will, and a casual over-balance of wills) the falsehood or nothingness of the whole system becomes manifest. For hence it follows, as an inevitable consequence, that all which is said in the *contrat social* of that sovereign will, to which the right of universal legislation appertains, applies to no one Human Being, to no Society or assemblage of Human Beings, and least of all to the mixed multitude that makes up the PEOPLE: but entirely and exclusively to REASON itself, which, it is true, dwells in every man *potentially*, but actually and in perfect purity is found in no man and in no body of men. This distinction the latter disciples of Rousseau chose completely to forget and, (a far more melancholy case!) the constituent legislators of France forgot it likewise. [10]

権勢欲とか伝染的熱狂といった民衆の意思作用に共通した誤謬の可能性を考慮して，ルソーが全体意思と普遍的意思の区別を設定したにしても，前者が無価値であればこそ抽象的理性が出るべき後者の純粋意思を区別する必要があったのであり，このような区別こそが何よりも彼の哲学原理の全体系の虚偽と無意味を示すものに他ならないとコールリッジは指摘するのである。万人に潜在的に存在しているが，いかなる個人にも集団にも現実に純粋には存在しない抽象的理性だけが，人間を個人としてまた国民として支配し導かねばならないとするルソーの『社会契約論』における抽象的理性の独占的適用に彼は反対するのである。抽象的理性だけからでは，悟性が適用すべき原理や悟性によって接近しなければならない理想を引き出すのみである。フランス革命の必然的破局は，ルソーによる普遍的意思の抽象的理性への独占的適用を受売りした彼の後継者達の招いた最悪の結果であった。彼等は政治的英知を抽象的理性から直接引き出そうとし，悟性的認識を通してのみ真正な判断が与えられることに気づかなかったのである。

The comprehension, impartiality, and far-sightedness of Reason, (the LEGISLATIVE of our nature) taken singly and exclusively, becomes mere visionariness in *intellect*, and indolence or hard-heartedness in *morals*. It is the science of cosmopolitism without country, of philanthropy without neighbourliness or consanguinity, in short, of all the impostures of that philosophy of the French revolution, which would sacrifice each to the shadowy idol of ALL. For Jacobinism is *monstrum hybridum*, made up in part of despotism, and in part of abstract reason misapplied to objects that belong entirely to experience and the understanding. [11]

このようにコールリッジはルソーに対する批判的な立場から，哲学と剣との同盟としての急進的革命思想の本質を分析するのである。思想的熱狂による伝染的狂気，権勢欲から生じる専制的気質，社会全体の急性的病弊などに結びつきやすい急進的ユートピアニズムは，革命の現実的進行をジャコビニズムという破壊的な結末に導き，人々を精神的道徳的無政府状態に陥し入れた詐欺的革命思想だと彼は断定するのである。このように単一的で排他的に抽象化された理性の誤りに基づく革命的ユートピアニズムは，単なる幻想や冷酷な理知主義や道徳不在を生み出す悪魔的政治体制への道を開いたのである。急進思想に対する反省的批判的態度から，彼はイギリス独自の伝統に根ざした高度に理念的な立憲主義を構想して，有機的な統一によって社会的多様性を包含し得る政治的原理を追究したのであった。そして，コールリッジは急進的革命思想と反動的保守主義の双方に対する反省と批判から，次第に徐々にイギリスの伝統的立憲主義の正当性を確信し理解を深めていった。彼にとって，立憲主義に公然と反対する革命家達よりも，その誤った擁護者であるトーリー党の指導者達こそ最大の脅威であった。フランス革命勃発以来，当時のイギリスの指導者達は変化に対する畏怖心から，改革に対するあらゆる提唱も反逆罪と見なして反動的保守主義による弾圧政策を続けていた。このような政治的英知の欠如と暴力への依存は，トーリー党の指導者達を専制政治に結びつけてイギリスの伝統的立憲主義体制を放棄させるものであった。革命的ユートピアニズムは人間を抽象的理性だけに支配される存在と考えたが，一方，これに反してルソーにとって天使であった人間は，保守的反動主義者達にとっては感覚的要素だけで動機付けられる野獣でしかなかった。人間の自然的状態を弱肉強食の闘争状態と考えたトマス・ホッブズと反対に，

ルソーは人間の自然的状態を理想化し人間の純粋な感情を賞揚したのである。しかし，双方の見解共に人間の複雑な本性である理性と悟性の総合的実態を見逃した一方的側面の要求だけを強調したものにすぎなかった。したがって，コールリッジにとってホッブズの考え方も，人間の感覚的側面のみを強調しすぎたもので，暴力的強制こそが政治的手段として最も本質的で必然的なものだとする考え方の古典的理論を述べているのに他ならないことを示していた。

> To repeat my former illustration—where fear alone is relied on, as in a slave ship, the chains that bind the poor victims must be material chains: for these only can act upon feelings which have their source wholly in the material organization. Hobbes has said, that Laws without the sword are but bits of parchment. How far this is true, every honest man's heart will best tell him, if he will content himself with asking his own heart, and not falsify the answer by his notions concerning the hearts of other men. But were it true, still the fair answer would be—Well! but without the Laws the sword is but a piece of iron. [12]

　人間の心理的要素として感覚にあまりにも焦点をおきすぎたホッブズの見解は，恐怖に依存する社会を作り出すもので，人間ではなく奴隷的野獣にかかわる政治しか生み出さないとコールリッジは論じるのである。また，「ナポレオン法典」を見れば，恐怖だけで果たして十分に民衆を治め得るかどうか暴政者の心がいかに懸念し，悪魔的政府をより強固なものとするために苦心していたかが読み取れると彼は断言して，人間の道徳的本能として義務感や忠誠心こそ政治的社会形成の上で不可欠の要素であると訴えたのである。

　戦争による人間の大量殺戮は，ナポレオンによる軍事的独裁の必然的結末の到来であったし，その冷酷残忍な凶行はフランス革命の最終的な結果に他ならなかった。そしてナポレオン戦争以後，ヨーロッパの文明の崩壊というさし迫った危機感が広まっていたことも事実であった。キリスト教世界における不信と宗教との相克が，人々の道徳的観念を衰退させて，堕落した野蛮な欲望に駆りたてられた人間は，一種の盲目的運動の中であらゆる罪を平然

と犯すようになるのである。ロマン主義者の中でも高度に洗練された精神の持ち主であったコールリッジは，このような当時の社会的動乱に見られた悲劇的要素を敏感に洞察し，矛盾に満ちた人間的現象，中でもとりわけ悪の問題を真剣に取り上げようとしたのであった。政治を宗教化したり，宗教を政治化する悪弊を生むことなく，政治と宗教を融和させようとする彼にとって，社会の刷新は単に制度の打破のみに終始したフランス革命のような純粋に政治的な革命によってもたらされるのではなく，人間の精神を自由にし人々を刷新するのは宗教であった。愛と自由という宗教の原則によって人々の教育がはかられ，国民全体を教養と道徳意識によって真の連帯に結びつけて，義務感や忠誠心によってひとつにまとめねばならなかった。

(7)　詩人の政治学と歴史哲学

　コールリッジのロマン主義の精神特性は，個別性と全体との有機的統合を志向する点であり，人間の精神機能を理性と悟性とに厳しく峻別して，その個別的機能の本質を認識しながらも，知性の統一的作用に注目して両者の有機的連関に対する考察を独自に繰り返した結果，彼は自らの重要な哲学的方法論を形成するに至ったのである。そして，彼の政治思想の特色は，現実世界の多元性を容認し得るような共存のあり方と統一の原理を求めた点であったということができる。彼は，ルソーの様に同質的社会化による共同体を設定しようとするのでなく，現実の多様性，個別性を是認したうえで，さらにその多元的多様性を内包するような統一的有機性を社会制度の中に確立することに努力したのである。彼独自の詩論を中心とする生命哲学から生まれた彼の政治思想は，本質的にはワーズワスの場合と同じく詩人の政治学であったのであり，彼の詩的歴史観から導入された理念に基づくものであった。コールリッジにとって，人類の歴史は神の作品であり詩に他ならなかった。人間社会とは，このような歴史観に基づく普遍的永久の詩の一局面であった。この点で，ホワイトも論じている様に，彼の歴史哲学はほとんど彼の詩論と一致していたのである。(13) 神の作品としての詩的歴史観とは，人間と歴史的事実との間を単に原因と結果といった直線的因果関係によって捉えるのでなく，彼の詩論と同様に歴史の直線を構成している個別者の連続を普遍的全体者の相において把握するものであり，多者なる一連の事件を一者に変換し統合することを意味していた。彼は知的エリートによる高度に理念化させた

伝統的立憲主義[14] の立場 で，当時の社会的政治的混乱の多元性を内包し解決し得るような有効な指針となるべき政治的原理を追究して独自の歴史観から導き出そうとしたのである。彼はその基本的原理を過去に求めて，イギリスの歴史から純化し抽出して当時の過渡期の激動的変化に適切に対応し得るような真の政治理念を形成しようとしたのである。

　このために，彼は過去のあらゆる人間的な課題を検討するために過去に新たな生命を吹き込むことに努めた。彼の歴史観とは，言わば過去を想像力を駆使して読みとることであった。啓蒙主義の歴史観において無視されてきた人間的な現象に大いに関心を寄せたコールリッジは，歴史を人間の本性に内在しているさまざまな可能性全体の展開であるとみなしていた。彼の歴史意識とは何よりも人間が自分自身を明確に把握し，人間の本性のあらゆる可能性を追究しようとするものであった。コールリッジのロマン主義の歴史に対する接近方法を特色づけるものは，過去の伝統に対する直接的な同感であり，回顧的な愛国主義であったと言える。現在と未来に対して解決しがたい不安や危惧の念を抱く者は，過去に向かって郷愁の思いをこらし過去の時代に生きようとさえするものである。コールリッジの過去への郷愁は，フランス革命以後の政治的騒動が絶えなかった時代において，過去に安定を見出そうとする半ば無意識的な願望から生まれたものであった。コールリッジの政治思想は保守的理想主義の傾向が著しいが，単なる制度や組織に関する議論を超えた彼独自の生命哲学と深く関連し合い，人間精神の統合の欠落や有機的機能の低下を看破する詩人の政治学として，過度の観念論的ユートピアニズムの弊害や楽観的物質主義者の知的独断にも陥ることなく，当時の時代精神に対する真に建設的な批判を呈示したのである。産業革命以後の商工業の急速な発展とフランス革命後のナポレオンの世界国家建設への企ては，近代国家という怪物を登場させることになり，政治体制や官僚制度は国民にとって非生命的な程に強大なものになっていった。特にコールリッジは産業革命による人口の都市集中，それに伴う農村の衰微と貧困，機械力による自然破壊，唯物的商工業主義による人間の奴隷化などに心を痛めた。彼はロンドンの下層労働者階級の惨状を政治的，社会的変革の過激な理念による思想的混乱から生まれた無秩序な行政の結果であると考えた。

　産業革命以降の人間の無限の進歩への信仰や合理主義的世界観，そしてフランス革命以降の大動乱によって生じた道徳意識の低下と社会的害悪の諸問

題などが，徐々に西洋文明の世界観を変化させて古来からのキリスト教の正統的信仰や古典的宗教観を希薄にさせることになった。進歩の思想によって神への信仰を失った近代人は，理性と感情の合一を見失い，理性のみを偏重して古典主義を生み，また感情のみに偏向してロマン主義を生み出した。この事を誰よりも意識していたコールリッジは，理性と感性を統合し人間を真の実在へと導き，統一ある存在にするものの必要性を痛感していたのである。人間はルネッサンスによって中世以来の宗教的権威の束縛から解放されて，人間自身を最終的権威にするに至った。人間は人間に君臨してきた神の意識の重荷から脱して，自ら自我意識の重荷を背負うはめになった。人間の理性と感情が神への信仰によって結ばれていた中世的思想が完全に崩壊するのは産業革命とフランス革命，そして合理主義的啓蒙思想の全盛を経た19世紀初頭のことであった。この頃から神の権威の失墜による中世思想から近代思想への転換は，広く一般に人間の意識の隅々にまで滲透しはじめたのであった。当時の合理主義万能による独断的傾向は，人間の理知を頑強に絶対化して，人間が神となるまでに至っていた。また他方において，経験主義も人間の感覚的要素のみを絶対化し，感覚によって得られるもの以外は，一切のものを否定するという懐疑的傾向を強めていた。したがって，ルネッサンス以降，特に19世紀の英国社会において見られた合理主義思想や経験論哲学は，近代の虚無主義や懐疑主義の萌芽ともなったと言える要因を多分に含むものであった。人間性の解放や個性尊重が，神の否定に結びつき人間を絶対化するに至った時，そこに続いて生じて来るものは虚無と懐疑による自己不信の念に他ならなかった。この事は現代思想において，仮借ない誠実と純粋によって真の実在を求めようとする実存主義哲学の動向と深い関連を持つものである。この様な歴史的展望の中で当時の時代思潮を捉えてみると，人間の創造的活動の論拠をヘブライニズムやヘレニズムといった西洋思想の源流の中に求めながら，独自の神秘主義的宗教意識によって人間と神との結びつきを考察して，神の無限の創造性から派生したものとしての人間の想像力説を生み出したコールリッジ思想の独創性や先覚的特質が自ずと明らかであると言える。

　当時の政治的，社会的動乱に苦慮したコールリッジは，国家と国民の調和的発展の基礎となるべき観念を模索し，彼は教育の領域に強い関心を持つに至る。彼は独自の政治的理念に立った新たな教育施設の創設を提唱した。コ

ールリッジは制度や組織の改革に先だって，彼の生命哲学の具現としての国民教会[15] の設立によって国民を再教育して，統治者と被治者の双方の教化による有機的活動で社会全体を理念的に融合調和させることで，当時の社会的混乱や思想的苦難をはじめとする時代的危機を克服して独自の政治学を樹立しようとした。彼の国民教会の構想は彼の思想の独創性を示すものであり，単なる宗派的束縛から解放され，政治権力からも独立した自律自活の国民的教育制度で，ひたすら真の知識の追究と市民の教化に専念するものであった。このような構想の下で，国民の知的道徳的指導の役割を果たすべき国民教会の存在の必要性を力説することによって，彼は政教分離の立場を原則としながら，一般市民の意識的関心を個人から国民へと結びつけることで育成される民族的道徳感情としての国家精神の理念を主張したのである。それはヘーゲル的な絶対精神や単なる国家的規制を意味するのではなく，社会的経済的分化によって組織化され原子化された人間精神の不均衡や当時隆盛をきわめていた無政府主義に対抗して，国民全体の道徳的精神的成長を促すことで善への意識的関心と豊かな人間性を回復させて，国民全体の繁栄と幸福をもたらすことを目的とするものであった。

　このような社会的，政治的に不安定な世相を目前にし，すべての信仰が薄れてゆく革命の時代に生きたコールリッジにとって，あのキリスト教的中世の時代やイギリスの黄金時代となったエリザベス朝期の良き範例こそ，有益なる解決策を与えてくれるものであった。コールリッジの国民教会の理念は，過去に対する郷愁の感情に色どられた彼独自の歴史観から生じた回顧的な研究の結実と言える。何世紀もの距たりを越えて人間の本性そのものを把握する彼は，過去から教えを受けることによって人間は現在を改良すべきだとも述べている。[16]　一般的に言って，ロマン主義者の過去への郷愁の念は中世時代に集中することが多かった。当時の不安定な世相や精神的懐疑の中で，宗教がしだいに人間から離れて人間社会の基盤を揺さぶりかねない重大な損失を蒙っているという危惧の念が，コールリッジを国民教会の構想へと向かわしめたのである。明らかに彼の国民教会の理念は社会的，政治的安定を期待する彼の深い願望と結びついていた。過去において，中世期におけるヨーロッパ文化はすべて教会を中心として展開されていたという歴史的事実が認められるし，啓蒙思想の合理主義が中世の宗教的精神性に対して冷淡な解釈をしていたのに対し，コールリッジは愛国的な政治的省察の中で過去の人間

の敬虔さに対する讃嘆の念を深めて，宗教的要因こそ最大の考慮すべき事柄と認識するに至った。コールリッジの国民教会の特徴的なことは，政治上の過度の集権化や絶対主義に対抗し調和させる大きな中間的勢力となっている点である。このような働きは中世的政治構造における自由都市，組合，自治体などに類似した自律性によって果たされる。そして，当時の社会に絶えず拡大しつづけていた不信と宗教の争いや政治的無秩序，思想的混乱に対して必要不可欠な対抗的組織としての国民教会の構想をコールリッジは力説することになったのである。

(8)　国家と憲法の理念

　コールリッジは『フレンド』において，中国やアメリカ，ロシア，そしてイギリスでも等しく適合する憲法とは，あらゆる諸国民を画一化してしまう極度の単純化によって成立するもので，国の伝統や自然，そして，人間性そのものを無視していると批判している。[17] そして，このような憲法による普遍的社会を考察しうるという考え方に彼は嫌悪の情さえも示している。諸国民に独自の性格を与えて各々に異なった国民性を持たせているのは民族精神の顕現の結果であると彼は考えた。常に全体の相の中で物を捉えようとする彼のロマン主義的世界観は，イギリス国民の民族精神の伝統を歴史的展望において把握することに努めたのである。合理主義の思想が無視していた捉えがたい民族精神の観念こそ，コールリッジのロマン主義の政治的，社会的考察の基礎をなす重要なイデオロギーであった。また，フランス革命後のナポレオンの世界国家建設の野望は，ヨーロッパ文明全体の規格化という大きな脅威をもたらしていた。民族精神を主唱してイギリス国民の伝統とその権利を認め，自律的な政治的存在としての国家観を模索した彼の防衛的，文化保存的，愛国主義的な政治思想は，このような時代の趨勢を意識した彼独自のロマン主義理念の応戦であった。

　このために，コールリッジは国家と教会の制度に関する独自の理念を追究した。彼は自己の認識論において，概念と観念を厳しく区別している。[18] 共通している特性を分類する悟性的意識作用によって得られる概念は，あらゆる対象や印象の抽象化によって，特定の形態や様式のみを普遍化しようとする。これに対して，コールリッジにとって観念とは，たとえ明白な言葉に表現されなくとも，常に人間の思考過程の中に必然的に先在するものであ

り，明確に意識されなくとも生命的観念という究極目的の知識として確実に
存在し，人間の思想や行動に強い影響を与えるものであった。このような観
点から，コールリッジにとって，国家と憲法は高度な理念で捉えられ，"A
constitution is the attribute of a state, *i.e.* of a body politic, having
the principle of its unity within itself."[19] と考えられて，国家は独自
の統一原理を持つ政治体であると同時に，その憲法は現実の政治制度だけに
とどまらず，国民的共同体としての国家に眼ざめた国民意識の中に生命的な
観念として存在するものでなければならなかった。全国民的共同体としての
国家は，国民をひとつの共同体に結合させるための共通の統一原理を国民に
与えて，生命的な観念として国民意識を育成するものでなければならない。
多元性を内包する統一原理を持った国家とは，単一の組織として行動し得る
主権的存在であり，自律的で他のいかなるものにも追随しない共同体でなけ
ればならない。このような国家と憲法に与えられた統一原理は，有機的生命
体の諸機能の類推でもあり，有機的組織の存在に不可欠な独自の生命原理と
同様であった。コールリッジにとって，このような有機的生命原理の理念こ
そ国家の実在であって，具体的な政治機構や国民意識は，国家と憲法の理想
の客観的顕現でなければならず，社会契約説によるルソー的な国家とは異な
るものであった。コールリッジは国家の統一原理の具体的顕現としての憲法
を次のように説いている。

But a Constitution is an idea arising out of the idea of a state;
and because our whole history from Alfred onward demonstrates
the continued influence of such an idea, or ultimate aim, on the
minds of our fore-fathers,......we speak, and have a right to speak,
of the idea itself, as actually existing, *i.e.*, as a *principle*, existing
in the only way in which a principle can exist—in the minds and
consciences of the persons, whose duties it prescribes, and whose
rights it determines.[20]

　コールリッジの憲法は国家の理想から生じる理念であって，共同体として
の国家の現実的制度を統一し，国民の権利や義務を調整する原理である。こ
のような憲法の理念は，コールリッジ独自の歴史観に基づくもので，イギリ

ス国民の伝統や時代精神の中に反映されており，本来人間の本性そのものに由来するものであった。また，憲法の本質は多元性を内包する統一原理の具体的顕現であり，歴史を通して見られる社会構成原理としての均衡の原理を意味していた。

the *lex equilibrii*, the principle prescribing the means and conditions by and under which this balance is to be established and preserved, being the constitution of the state. It is the chief of many blessings derived from the insular character and circumstances of our country, that our social institutions have formed themselves out of our proper needs and interests; that long and fierce as the birth-struggle and the growing pains have been, the antagonist powers have been of our own system, and have been allowed to work out their final balance with less disturbance from external forces, than was possible in the Continental states. [21]

政治的共同体は生物の有機体と同様に，諸機能間に維持される継続的均衡によって全体の善を実現するのであり，このような全体の善に従うべき均衡の原理こそ政治体の憲法なのである。コールリッジにとって，諸力の究極的均衡が社会固有の必要性から歴史を通じて自己形成されて，社会の諸制度として達成されるために不可欠なものが憲法の理念であった。したがって，憲法の理念は歴史を通して敵対的に相反するさまざまな諸力の継続的均衡であり，その持続的保持を政治的統一原理とするものであった。当時の政治的社会的過渡期の激動に対処するために，政治の指針を過去に求めてイギリスの歴史の中に真の政治原理としての憲法を模索したことが次の一節にも示されている。

It is true, indeed, that from duties anterior to the formation of the contract, because they arise out of the very constitution of our humanity, which supposes the social state......The conception, therefore, of an original contract, is, we repeat, incapable of historic proof as a fact, and it is senseless as a theory. [22]

154

憲法の理念によって現実の多元性を是認しながら，有機的統一の原理を示そうとするコールリッジの政治体制の構想は，ルソー的な社会契約による同質的共同体ではなく，諸機能が個別性を失うことなく全体としての均衡調和を保持し得るものでなければならなかった。このために，契約の形成よりも先立つものとして，人間の本性から生じる義務感を彼は重視するのである。したがって，彼は当時の商業主義によって生じた人間の精神的不均衡や経済人の道徳的退廃に対して国民の国家意識の必要性を力説した。彼の主張する国家精神とは一般的善性への意識的関心を意味するもので，各個人を一国民へ結びつける道徳的感情であった。このような国家精神を育成するために，彼は政教分離の立場を固持しながら，国民の知的道徳的指導に専念する教育機関としての国民教会を構想したのである。

THE CLERISY of the nation, or national church, in its primary acceptation and original intention comprehended the learned of all denominations;—the sages and professors of the law and juris-prudence; of medicine and physiology; of music; of military and civil architecture; of the physical sciences. [23]

コールリッジの国民教会は，通常の教会や宗教組織を意味するものではなく，知的道徳的指導者達によって構成される教職機関であった。それは神学のみを目的とする単なる宗教団体ではなく，神学があらゆる学問に統一的生命を与えて国民的教育に従事することによって，国民の創造本能や生成的精神を育むことで一国の政治体制の基盤を作り上げようとするものであった。その最大の使命は国民に権利を理解させると同時に，その義務を果たさせるのに必要な知識の普及であった。したがって，国民教会は神学を文明人の知識の根源にすえて，言語学，歴史学，倫理学，哲学などのあらゆる種類の学者や研究者によって構成される教職団体であり，一国の文明の基礎となるべきすべての学問芸術に従事すると同時に，その知識の普及のために教育指導に専念すべきものであった。

(9)　ロマン主義政治思想の原理
さらに，国家と憲法の理念が果たすべき均衡の重要な要素としてコールリ

ッジは永続性と進歩をあげて次のように論じている。

Now, in every country of civilized men, acknowledging the rights
of property, and by means of determined boundaries and common
laws united into one people or nation, the two antagonist powers
or opposite interests of the state, under which all other state
interests are comprised, are those of PERMANENCE and of PRO-
GRESSION.[24]

永続性と進歩の間の適切な均衡は，国家と国民の創造と維持にとって必要
であり，文明と社会において人間が歴史を通じて達成せねばならない全体と
しての善という統一の構成に求められるものである。永続性と進歩の均衡は，
急進的革命思想や保守的反動主義の双方に反対したコールリッジの立場をよ
く説明するものである。永続性とは社会における法律，制度，習慣などを意
味しており，進歩は既定の社会構造を逸脱した不安定要素で社会に変化をも
たらすものである。この二つの要素の不断の相互作用が健全なる良い社会を
生み出すのに不可欠であるとコールリッジは主張する。また，永続性とは地
主や貴族階級の利益を代表し，進歩は商人や製造業者の利益を代表するもの
であった。進歩には知的道徳的資源も含まれており，文明や市民の権利や義
務と特別な関連を持つとされた。このような地主と商人という二大対立勢力
の均衡を維持しながら，国家の全体的利益という共通の全体的善のために相
互抑制作用が続けられねばならないのである。そして，国民教会が国家の永
続性と進歩に必要な基盤としての文明を確保し改善するのである。さらに，
コールリッジは国民教会を維持存続させるための基金として国民財産の制度
を提起している。国民財産は個人財産と相互関係を保ちながら，文芸の源泉
としての国民教会が学問研究と教育普及に専念することを可能にするのであ
る。財産所持によって保証された道徳的資質としての分別や誠実，自制心な
どを欠いた知性は，かえって社会に対する脅威となるとコールリッジは考え
ていた。財産所持は社会の不変的持続要素を意味しており，この裏づけを欠
いた単なる民主主義は均衡そのものを進歩の方へ片寄らせて調和を歪めるこ
とになりかねないのである。私有財産制は社会に安定感を与えるものであり，
財産の所有者達に経済的余裕をもたらし，国家に対する忠誠心と義務感を育

成して，責任ある行動をとらせるのに不可欠の資質を付与することになる。この点で彼は政治的権力を無産者層が獲得することに対して不信の念を抱いていたと言える。ある程度の道徳的資質を保証する財産所持によって，政治的知性や権力は。公正に振る舞われるべきであった。

エリザベス朝時代以来，国の神聖なる資産と考えられてきた教会は，神学上の教派のひとつとして国立諸共同体の一機関に限定されるに至り，教会は一宗教団体にとどまり，本来の宗教は教会とは無関係な議会の決定事項となっていた。教育は単なる知識の教え込みと同義語となり，自己欲望のための力となる学識のみを知識と考えて国民の教育組織を形成するに至っていた。政教分離の原則は守られず，すべての知識が感覚的な経験主義によって教えられ，実利だけを重んじる国民の富の機構ができあがっていた。このような風潮は人間の信仰心や道徳感情を衰退させて唯物主義と商業精神のみを不当に促進させたのである。コールリッジはイギリスの過去の道徳の歴史を省みて，その退廃ぶりを指摘し，真に文明と教養を国民に蘇生させるような健全な有機的生命体としての国家を取り戻すために，新たに再編成された国民教会こそが唯一の希望となると確信するのであった。

The proper *object* and end of the National Church is civilization with freedom; and the duty of its ministers, could they be contemplated merely and exclusively as officiaries of the *National* Church, would be fulfilled in the communication of that degree and kind of knowledge to all, the possession of which is necessary for all in order to their CIVILITY. By civility I mean all the qualities essential to a citizen, and devoid of which no people or class of the people can be calculated on by the rulers and leaders of the state for the conservation or promotion of its essential interests. [25]

コールリッジによれば，国家は多種多様の利益集団が対立し合うもので，健全な国家とは諸利益が適切に均衡し合った状態を意味していた。政治体としての国家において，永続性と進歩とが均衡を保たねばならず，さらに教会と政治権力とが均衡を維持することが必要であった。この均衡の決定基準こ

そコールリッジの国家と憲法の理念であった。したがって，議会が国民教会の独立を侵害することは憲法の理念に反することであり，政教分離の原則によって政治的分別と宗教的道徳とが混同されないようにすることが必要であった。議会の干渉を受けない国民教会は，政治権力から解放されて本来の目的のために職務を自律的に決定し実行する自治と独立を堅持することになる。永続性と進歩，国民教会と政治権力などの対立する要素の均衡が，国家の潜在力を生み出し，また同時に諸利益が均衡するためには，各種の活動力を抑制するだけの潜在力の蓄積が必要でもある。そして，この潜在力は社会の各集団に十分な自活を与えてのみ可能となる。国民教会によって代表される国家の自由な生命的活動と，適切に自己決定する組織化された政治体の諸力との均衡は，各組織に浸透する生命的潜在力と，各内容によって組織された現実の力との正しい対立調和によって生じるのである。[26] このような潜在力がなければ，国家に確固たる持続的調整はなく，一集団の専制的支配によって社会変化が生じるのみである。このような潜在力は国家と国民に社会的安定を与えるだけでなく，自由の本質を形成するものである。それ故に，イギリスの伝統が守ってきた立憲君主制こそ，いかなる民主政治体制よりも自由を保証し得るものだとコールリッジは説くのである。[27] 民主共和国や絶対君主国が真の自由を享受し得ないのは両極端が一致するように，国民の権力の委任がすべてなされてしまう点であるとして，コールリッジは "Extremes meet——an adage of inexhaustible exemplification. A democratic Republic and an Absolute Monarchy agree in this; that in both alike, the Nation, or People, delegates its whole power." [28] と述べて，イギリスが憲法によって一定の限度内で国民の権力を委任し議会の権力を抑制したために，過去一世紀半程の間，他のいかなる国よりも市民の自由な活動をより少なく制限して自由を享受してきた事を強調したのである。このように，コールリッジは伝統的立憲主義や政教分離の立場を堅持しながら，彼独自の国家と憲法の理念を構想して，相反する諸勢力の調和均衡によって，自由活発であると同時に永続的安定性を実現するような多様の統一原理に基づく新たな有機的政治体を求めて彼独自の生命哲学による考察を続けたのであった。

　コールリッジの国民教会の理念が示すものは，彼の政治思想の根底にあるものが宗教的感情であるということである。彼の理念においては，政教分離の原則に立ちながらも，教会が公共的社会的信条体系の支柱となって，ひた

すら教育の普及に専念しなければならなかった。なぜならば、啓蒙思想の論理が主張する楽観的な社会改革や人間観が、どれ程、合理性を強調してみても、人間の非合理的側面や人間の本性そのものに根深く潜んでいる悪の問題を完全に払拭することはできないのである。このために、コールリッジは人間の道徳的教育や教養の必要性を力説して国民教会の構想を説いたのであった。しかし、彼があくまでも政教分離を固持したのは、国家による教育事業の遂行が教育の国家的統制とは厳しく区別されねばならないことを痛感していたためであった。合理主義者たちの主張する独断的な理性万能、フランス革命家たちの教条的な政治理論によって構築されるユートピア、啓蒙思想の進歩に対する楽観的信仰、これらはすべて複雑な人間性を過度に単純化する傾向を持ち、弱小なる人間の理性を万能視する神不在の無神論的知性の産物であった。人間は知性や理性的側面のみならず、感情や情緒的作用によって生きるものであり、神を中心とする説明不可能な神秘的宗教意識によっても支配されるものである。コールリッジ独自の理性論はこの事に対する彼の考察の結実であった。理性と悟性の総合作用によって生きる人間の複雑な社会現象が、単なる合理主義的な啓蒙思想によって説明し切れるものではなかった。

　フランス革命が生み出した新たな画一的な中央集権的共和制は、旧い諸制度や地方自治を一掃し、伝統的な多元的階層社会の解体をもたらした。しかし、旧体制下の諸制度は、広範な地方自治によって各地域に権力を分散させ、権力の集中や国王の専制を阻止する作用を持つ有機的社会構成体を形成するものであった。各階層や社会集団によって構成された伝統的社会の多元的政治制度が崩壊した後に、中央集権化された官僚的国家体制が樹立された。伝統的社会の均衡的な政治体制に対して、新時代の合理的な中央集権的共和国は、単純な統治構造による画一的な体制であった。このために真の自由はその生命力を死滅させることになり、やがて軍事的独裁者ナポレオンの台頭を許すことになったのである。コールリッジが意味する自由とは、イギリスの伝統が長年にわたって築き上げてきた歴史的所産としての道徳的な、規律ある自由であった。そして合理主義的啓蒙思想家たちの主張する画一的理論に基づく抽象的な自由や新たな未来の理想社会の構想に対して彼は不信の念を抱いた。このために、彼はイギリスの伝統的な立憲君主制の中に潜在する国民的英知を発見しようとした。コールリッジにとって、真の共同社会とは過

去から幾世紀にもわたって生きつづけ漸次的成長を遂げてきた有機体に他ならず，合理主義者たちの説くような機械的存在ではなかった。

　すべての知識と学問を融合調和させる体系を模索し，人間の全経験を独自の思想の中に包含しようとする遠大な構想の下に，コールリッジは当時の社会的，政治的問題に対して自意識的で内省的な考察を続けていた。当時の現実の政党や権力のいずれにも組みせずに，社会的，政治的問題に対して詩的洞察や哲学，宗教，教育などの学問の諸分野から多角的な考察を加えた彼の論考は，難解な文体や微妙な表現法も原因して一般大衆には十分に理解されることがなかった。また，完成不可能とも思える彼の遠大な構想が，大衆の知的理解を拒絶するような深遠な形而上学的論理によって支えられていたことも事実である。この点について，『コールリッジ—社会の批評家—』の著者 J. コールマーは次の様な適切な発言をしている。

It was his firm conviction that men were 'made better, not only in consequence, but by the mode and in the process, of instruction.' His method of political education involved the growth and development of political consciousness. In this respect his political writings bear a close resemblance to his religious and philosophical works, where in the very process of reading the mind is stretched on a Procrustean bed until it can accommodate the ideas in their entirety. To read Coleridge's prose works with understanding is to undertake a severe mental and spiritual exercise, and like all forms of exercise it develops and strengthens the organs employed. In any age there are only a few who are prepared to make the effort. Coleridge recognized this but was undismayed. 'The public, indeed, have given no heed', he declared, 'but if only ten minds have been awakened by my Writings the intensity of the Benefit may well compensate for the narrowness of extension.' [29]

　コールリッジが自然復帰によるルソー的信条に批判的見解を表明し，一種の哲学的な貴族政治と特徴づけられる政治思想を展開したのもこの事と無縁ではなかった。高度な理念を所有し駆使できるのは常に少数の人間にだけ与

えられた特権である以上，彼はこの事を十分に認識した上で才能の貴族主義
を主張して知的エリートによる統治の正当性を説いたのであった。この様な
彼の反平等主義的な主張は，彼の知識人としての貴族的性格も原因している
が，当時の動乱の時代に対する彼なりの必然的な応戦でもあった。彼は当時
の思想家達による独善的な知識の横暴の現状に対しても厳しい批判の眼を向
けたし，節度を失った自由平等主義が生み出す同質的凡庸化の悪弊と衆愚政
治の危険性をも鋭く洞察していた。

　本来，人間の平等とは宗教的な神における基本的平等であり，法の下にお
ける平等と教育などの機会の平等であるべきである。ところが，近代民主主
義における過度の平等の主張は，個人的能力や資格から必然的に平等であり
得ないものまでも人為的に平等にし，平均化しようとする矛盾を含むもので，
人間の個性や自由を抑圧する危険性がある。このような水平化の圧力によっ
て出現する大衆社会は，同質的凡庸性の集団に下落するものであり，人間の
道徳的，知的発展を妨げて社会の進歩を破壊する傾向をもっている。さらに，
人為的平均化は自然発生的な事物の秩序や規律ある自由を歪め，伝統的な忠
誠心や義務感の対象を見失った多数者の圧制を生み出し，見識を失った大衆
による既成秩序破壊的な要求は，全体主義的権力を育成する社会的基盤とさ
えなり得るのである。本来，無制約的な自由など社会に存在し得るはずがな
く，自己規律的自由だけが存在し得るのである。現実に人間が享受する自由
は，節度ある道徳的抑制力によって自ずと範囲を決められてきた歴史的で社
会的な所産であり，革命思想家たちのいう人権などではなかった。それはイ
ギリスの伝統が歴史を通じて保証してきた民族的な自由の精神であり国民的
気質でもあった。コールリッジはイギリスの民族精神が保持してきた伝統的
立憲君主制の中に潜在する知恵と英知に信頼をおこうとした。それは多種多
様な諸集団と諸階級よりなる一種の有機体的な社会を構成していた。このよ
うな諸集団の機能的均衡が，社会と国家の生命力維持に重要な役割を果たし
ていた。彼の国民教会は常に社会の生命力維持のために統治者と被治者の双
方の教化によって有機的活動を促進するものであった。そして，統治階級は
常に少数者であるから，コールリッジは知的貴族階級によって統禦されて均
衡を保ったイギリスの伝統的立憲君主制の正統性を力説したのである。それ
は絶対君主制や民主主義の暴政の危険性から解放された一種の混合政治体制
である。コールリッジの政治的理念は，革命と反動との間で激動する当時の

イギリス社会の中で，イギリスの伝統が継承してきた潜在的知恵に適応するような無理のない社会変化の方向づけを模索した結果であった。社会変化が秩序と規律ある自由を保障するような真の意味での進歩となるように，彼は革命と反動との中間に自己の政治的理念の指針を見出そうとして，遠い過去からの有機的成長の所産であり幾世紀にもわたる全体的調和の歴史的結実としての立憲君主制にイギリス独自の民族精神のあり方を認識したのであった。

　なお，本稿の内容の一部を第49回関西コールリッジ研究会（昭和61年4月26日　立命館大学　末川会館）において，「コールリッジの政治的ロマン主義」と題して研究発表したことをお断りしておく。

注

(1)　E. L. Griggs(ed.) *Collected Letters of Samuel Taylor Coleridge* (Oxford, 1966) vol. I., pp. 354-5.

(2)　J. Colmer (ed.) *On the Constitution of the Church and State* (Routledge, 1976) pp. 13-5.

(3)　H. W. Garrod(ed.) *Coleridge* (Oxford, 1925) p. 22.

(4)　B. E. Rooke(ed.) *The Friend I* (Routledge, 1969) p. 299.

(5)　R. J. White(ed.) *Lay Sermons* (Routledge, 1972) pp. 206-7.

(6)　*Ibid.*, p. 194.

(7)　*Ibid.*, p. 216.

(8)　*Ibid.*, pp. 217-8.

(9)　*Ibid.*, p. 217.

(10)　B. E. Rooke(ed.) 前掲書，pp. 193-4.

(11)　R. J. White(ed.) 前掲書，pp. 63-4.

(12)　B. E. Rooke(ed.) 前掲書，pp. 172-3.

(13)　R. J. White(ed.) 前掲書，p. xliii., p. xxxvii. *cf.* p. 124.

(14)　J. Colmer(ed.) 前掲書，p. 19.

(15)　*Ibid.*, pp. 54-7.

(16)　K. Coburn(ed.) *The Philosophical Lectures Hitherto Unpublished* (London, 1949) p. 265.

(17) B. E. Rooke(ed.) 前掲書, p. 179.

(18) J. Colmer(ed.) 前掲書, pp. 12-3.

(19) *Ibid.*, p. 23.

(20) *Ibid.*, p. 19.

(21) *Ibid.*, p. 23.

(22) *Ibid.*, p. 15.

(23) *Ibid.*, p. 46.

(24) *Ibid.*, p. 24.

(25) *Ibid.*, p. 54.

(26) *Ibid.*, p. 95.

(27) *Ibid.*

(28) *Ibid.*, p. 96.

(29) J. Colmer, *Coleridge Critic of Society* (Oxford, 1959) p. 171.

第十一章　コールリッジとミル
──18世紀に対する反動──

(1)

　ジョン・スチュアート・ミル (John Stuart Mill) の思想的変遷はコールリッジと同じく大きく三期に分れる。1826年頃までの第一期のミルは純然たるベンサム主義者であり，自己愛を根底にして個人の利益が理論的に全体の利益となるように政治制度や法秩序が形成されねばならないと主張する哲学的急進思想家であった。この当時のミルはドイツ観念論の理想主義的認識に不信の念を抱き，終生ベンサム主義の合理的認識に忠実であると公言していた。倫理的傾向は根強かったが，経験主義を基盤とした理性に絶大なる信頼を置いた点で彼は反キリスト教的でもあった。しかし，彼は徐々にベンサム主義の欠陥を認識し始め，1826年秋の彼20歳の時に突如として激しい精神的憂愁に襲われ深刻な精神的危機を体験した。ベンサム主義の徹底した合理主義に対して，彼生来の豊かな感情の反発が生じたためであった。この時，彼は忠実なベンサム主義者として社会改革をするという彼の人生最大の目標に重大な疑念を抱くに至ったのである。ベンサムの冷徹な主知主義的学説の中には，豊かな人間愛の精神に基づく利他心が欠けていると考えられ，激しい知的訓練によって得た純粋理論には著しく感情が欠除していると認識するようになったのである。ベンサム主義から導入した人生の最高善としての幸福観を再検討する必要に迫られ，彼は新たな人生観に立った新たな思想的成長への模索を続けることになる。特に1832年の選挙法改正案通過の前後数年間が，ミルの思想上最も変化の著しかった時期と考えられている。このように，1826年以後の第二期のミルはベンサム主義の限界を自覚すると共に，相反する思想体系から新たな学説を吸収することによって，ベンサム主義を修正し自己の思想体系を自主的に形成することになったのである。コールリッジが同様の精神的危機を体験していた事を知って，ミルは深い親近感を抱いたのであり，相反する学説に対する思想上の寛容的精神もコールリッジから学んだと考えられ，この事がミルの思想に今まで以上の深度と幅を与えることになった。

　ベンサム主義の急進的思想が主知的に傾きすぎて，単に学説上の学派的主

張を強調するあまりに偏狭なものになっているという批判に対する解決策として，ミルは自己の学説に感情の陶冶を加えて広汎な学識を基盤として，一層自由闊達で充実した思想の可能性を模索するに至ったのである。根本的には終生ベンサム主義者であり続けたミルは，大言壮語を避けた適正な表現による正確な理論的思考というベンサム主義の不変の真理を維持しながら，詩や芸術をはじめとする個人の内面的教養の存在を幸福の実現にとって非常に重要なものと認識することになる。従来，自己愛を中心として急進思想を展開してきたことに対する反省の結果，ミルは自己滅却による利他心の必要性を痛感するようになり，コールリッジの思想やワーズワスの詩に触れて，詩歌や芸術による個人の教養や感情の陶冶の必要性を自覚するに至ったのである。このように，第二期のミルはしだいにコールリッジの著作に親しむようになった。そして，1851年以後のミルの第三期は，第一期のベンサム主義と第二期の思想的変化と発展が無理なく合一し完成した時期であったと言える。

(2)

ミルは「コールリッジ論」を1840年に，「ベンサム論」を1838年に自分が主筆となっていた機関誌ロンドン・ウェストミンスター評論に発表した。この二つの論文は共に彼の思想が最も充実発展した第二期に書かれたものである。両論文にはミルの思想的変遷が如実に示されており，最も顕著なベンサム主義の代弁者であった彼自身が，ベンサム主義に不満を抱き，19世紀末のイギリス思想界に極めて重要な先駆となったコールリッジ思想に深い共鳴を覚えるに至った過程を鮮明に物語っている。レイモンド・ウィリアムズもこの点に触れてイギリス思想史における三人の存在の重要性を指摘している。

The essays bring together what Mill called 'the two great seminal minds of England in their age', but the result, quite evident in a reading of the essays, is a bringing together not of two minds but of three. For to watch Mill being influenced by, and correcting, Bentham and Coleridge is absorbing and illuminating. We see not only the working of an individual and most able mind, but a process which has a general representative importance. Mill's attempt to absorb, and by discrimination and discarding to unify, the truths alike of the utilitarian and the idealist positions is, after all, a prologue to a very large part of the subsequent history of English thinking: in particular, to the greater part of English thinking about society and culture. [1]

ミルがコールリッジの思想の真髄に触れるようになったのは，コールリッジ主義者のジョン・スターリングを通じてであった。ドイツ観念論哲学から独自の解釈によって導入したコールリッジの認識論に反発を感じながらも，第二期のミルに特有の思想的寛容の精神から，コールリッジのロマン主義思想を保守主義哲学の中に位置づけて，ベンサムの急進思想の対極をなすものとして，その存在価値を重視するに至ったことが次の一節からも明らかである。

The influence of Coleridge, like that of Bentham, extends far beyond those who share in the peculiarities of his religious or philosophical creed. He has been the great awakener in this country of the spirit of philosophy, within the bounds of traditional opinions. He has been, almost as truly as Bentham, 'the great questioner of things established;' for a questioner needs not necessarily be an enemy. [2]

また，コールリッジの保守哲学の真髄には革新的要素が秘められていたことをミルは見抜いていたのである。この様に，精神的危機の体験によって得た思想的寛容や知的同情の精神が，新たな思想を導入することによって彼の哲学を充実したものに修正させた過程を示すと同時に，19世紀イギリス思想史全体を展望させる点で二論文は非常に重要である。コールリッジやミルが体験した合理主義的経験論と理想主義的観念論の対立と相克は，単に19世紀思想史だけでなく個人の内面世界の葛藤や思想史全体における両対極の価値観の歴史的隆替や変遷を意味していたのである。したがって，この両論文は単に思想領域の広汎なミルの研究や，19世紀思想の研究だけでなく，学問思想そのものの研究書としての普遍性を持つ点で現代的な意義と特質を有している。
　ミルの「コールリッジ論」は，政治，社会，哲学，宗教などに関するコールリッジの学説を幅広く論じて彼の全体像を明らかにしたものであり，コー

ルリッジに対する多面的な研究が一層盛んになっている現代においては，注目すべき存在意義を持っている。また，当時のイギリス思想界の代表的社会哲学者ベンサムに相反する対極的人物としてコールリッジを高く評価していることは，この論文の特徴でもある。ミルは社会思想家としてのコールリッジにベンサムに匹敵し得る程の重要性を与えようとしたのである。ベンサムが学者として静かな研究の生涯を送ったのに対して，コールリッジは起伏の激しい変化に富んだ生涯を送った。コールリッジが，詩人，批評家，哲学思想家としての多彩な才能を有しながら，その多くを浪費し学問体系として完成するまでには至らなかったのに対して，ベンサムは無駄のない効率的な生活の中で体系化した思想を著作として残している。コールリッジは豊かな詩人的感性と深遠な哲学的思索を合せ持ちながら，人生の早い時期よりその調和的融合に苦悩し，生来の激しい感情のために極端に陥りやすく，また豊富な多面的才能を能率的に運用していく意志力が性格的に欠如しているところがあった。若くして医学に夢中になれば周囲の者に医者として大成し得る程の能力を見せたし，思想界に傾倒すれば哲学者としてすぐれた能力を発揮し，一時は自分の子にハートレイと名付けた程にハートレイの経験主義的連想哲学に夢中になった。ミルと同じく激しい精神的危機に陥ると，ドイツ観念論哲学に光明を見出しカントの研究に没頭するに及んで，以前の経験主義哲学から離脱するに至った。ミルが基本的にはベンサム主義を固持し，その修正に努力したのに対して，コールリッジは思想的にも激しく動揺し変化に富んでいた。また，詩人としての絶頂期にはイギリス・ロマン派の代表的詩人となる名作を残した。その詩や哲学も異性への思慕にとって代わる時期もあった。若き日の熱情に燃えてサウジーと共に，アメリカに自由平等の理想的共同社会を構築しようとして失敗し，計画に必要であった婚姻の約束だけを忠実に履行し，終生夫婦間の不和に苦しむことになった。行動するよりは瞑想の中で沈思黙考したり，夢想世界に陶酔する性癖や，着実に現実世界に対処し得ない彼の性格的欠陥は，大学時代に多額の借金を背負うはめになったり，一時軍隊に入隊するという最も非現実的な行為にも如実に示されている。しかしながら，感情的に激しく変化する気質でありながら，誰とでも親しく交われる生来の温厚で利他的な性格を彼は持ち合わせていた。生来の気質的側面からも頭脳と感情の相克に苦しみ，ミルと同じ思想上の精神的危機をも体験していたコールリッジには，ミルが最も必要としていた思想的寛容の精神

が見られ，この様な事が彼の相反物融合の理論の切実な基盤ともなっていた。アリス D. スナイダーもこの点に注目して次の様に述べている。

Coleridge's philosophical sympathies were such as to make him particularly hospitable to the principle of the Reconciliation of Opposites. Although fundamentally an eclectic, hence quite inconsistent, he yet had certain fairly definite leanings which played no small part in determining his attitude toward this method of defining art. From a number of casual remarks it is evident that he was strongly impressed with the necessity of always emphasizing the positive rather than the negative. [3]

　思想上の寛容的精神が，相反物融合の理論を自己の考察の指針ともさせることになり，コールリッジは他の学説の否定的な部分よりも努めて肯定的な部分に着目しようとした。ミルの「コールリッジ論」の中には，この様なコールリッジ独自の思考様式の影響を受けたミルの思索が示されて興味深いものがある。

(3)

　ミルは「ベンサム論」において，ベンサムの思想の革新性と透徹した理論体系の一貫性を賞賛しながらも，その純粋論理による抽象的学説が複雑な社会の諸相に対応し切れないという限界を鋭敏に指摘している。彼はベンサムの功利主義社会思想を基本的には支持していたが，抽象的学説に偏向したベンサム主義には人間性や道徳に対する配慮が足りないと考え，功利主義の修正によるベンサム主義の再構築を主張した。代議民主制を中心としたベンサムの政治思想に関しても，民主主義による多数決の政治が単なる数的論理による多数者の圧制を生み，人間の画一化と個性の喪失による同質的凡庸化や衆愚政治を生み出す危険性を洞察して，ミルは言論の自由と個性の尊重を力説したのである。さらに，歴史観や民族意識に対する認識が不充分であったベンサム主義に対して，歴史観や民族意識に関する独自の哲学的基盤がなければ，いかなる政治思想も無益にすぎないと断定し，彼は自己の政治思想の新たな観点としたのである。それは哲学的急進思想の結末である心的無政府状態から脱却して，自己の思想に歴史と伝統との体系的統一と包括性を求め

ようとしたものであった。第一期のミルはベンサム主義の中心思想である功利の原理に基づく自然科学的な正確な論理によって，複雑な社会現象や人間の精神心理を因果関係だけで説明しようとしていた。しかし，自然科学的論理だけでは社会や人間の複雑な現象を説明できなかった。自然科学的方法論に偏向していた当時の思想界では，人間知性を探究するのに最も重要な精神と社会の法則に対する考察が非常に遅れていたために，ベンサム主義全盛の時代でさえ，すでに新たな思想を模索しようとする動きが存在していた。ベンサム主義の代表者であったミル自身が，この様な時代的要求を代弁する思想家ともなったのである。バジル・ウィリーもこの様な時代的背景と新たな思想の発生について次の様に述べて，ミルとコールリッジの密接な思想的関連を指摘している。

There was at this time a new spirit afloat, a sense that there were spiritual needs, and unseen realities, which had been unrecognized in the religious, ethical, political and aesthetic teachings of the immediate past. The new demand was for an interpretation of the whole range of human experience which should be richer, more deeply satisfying, than the old, dry, superficial rationalism. That Mill himself, whose mind had been cast in an eighteenth century mould, should have seen the one-sidedness of the tradition in which he had been nurtured, and recognized in Coleridge the necessary correctives, is a remarkable testimony both to his own open-mindedness and to the importance of Coleridge's influence. [4]

社会思想が根本的に哲学との接点を持たねばならないことは言うまでもなく，同一分野で対立する他の学説ばかりでなく，他の学問の諸分野との関連において考察されねばならない。学問が細分化する一方で，その学問研究が広く人類に貢献し得る理念にまで達するには，隣接する学問領域との関連の中で考察が進められねばならないのである。ミルに対するコールリッジの影響力は，当時の知識人に対するコールリッジの存在価値を証明するものとなっている。

当時の思想界における合理主義的経験論と理想主義的観念論の対立抗争の

中で，ベンサムとコールリッジを比較対照させることによって，自らの確固たる哲学的開明を模索したものとしてもミルの二論文の価値は非常に大きなものである。両者があらゆる点で相反する対極的な位置にいるが故に，お互いを相補うものとしてイギリス思想界になくてはならない思想家だとミルは次の様に論じている。

In every respect the two men are each other's 'completing counter-part': the strong points of each correspond to the weak points of the other. Whoever could master the premises and combine the methods of both, would possess the entire English philosophy of his age.[5]

　両者の思想に精通する者は現代イギリスの全哲学を有することになると述べたミル自身が，ベンサムの学者らしい静的生涯とコールリッジの激しい感情の反発による精神的危機の動的生涯を経験していた。このように，思想上の精神的危機を体験した後の第二期のミルによって書かれた二論文は，彼の両者に対する深い理解によって価値あるものとなっており，イギリス思想史の流れを眺望させるものとなっている。また，最も充実した時期のミルの思想の大要を示すものとしても二論文は，社会思想家ミルの集約的表現と言っても過言ではない。ベンサムが鋭利な知性と正確な思考方法によって，革新的思想の構築に優れた仕事を残したと認めながらも，包括的な幅広い配慮において欠けていたとミルは批判した。すなわち，鋭利な知性と思考方法によって注目すべき仕事を果たしながら，現実社会に対応するにはあまりに限定された狭小な材料しか提供できなかったが故に，ベンサムの得た真理は鋭利な半真理でしかなかったとミルは難じて，コールリッジの思想にはベンサムが持ち得なかった真理の半面があると主張したのである。そして，ベンサムの第一原理である最大多数の最大幸福の原理が単に量的幸福にのみ固執していたことを批判し，満足した豚であるよりも不満足な人間である方がよいという有名な言明に基づく質的幸福の原理を彼は追究するに至ったのである。
　第一期のミルは功利主義を基本とするベンサム的自由主義者であり，ベンサムに従って代議民主制を支持していた。しかし，ベンサムが君主制を悪政の根源とし国家を必要悪と考えていたのに対し，ミルは貴族階級や僧侶達を

170

社会的進歩の障害と考えていた。第二期に入ってコールリッジの思想に親しむにつれて，大幅な修正を加えて国家の職能を積極的に認めるに至った。また，徐々に自己の経済的自由主義に理念的要素を加えるようになり，物質的自由主義の原理は道徳や社会に関する哲学的考察を包含して精神科学的なものに変化するようになった。

「コールリッジ論」の中でミルはドイツ的コールリッジ主義と18世紀イギリス哲学との社会思想を比較検討し，コールリッジ思想独自の歴史哲学を偉大な功績として評価している。そして，コールリッジ思想の真価が充分に認められなかった理由として，当時のイギリス思想界が偏狭な派閥的意識によって支配されていたことを指摘し，人類の発展のためにも他の学説に真摯に耳を傾ける思想的寛容の精神こそ最も望まれることだと彼は力説している。精神面における思想上の自由主義によって言論の自由を保証することが，真理の把握に絶対的に不可欠である。コールリッジの思想内容をベンサム主義との対照において詳細に検討した結果，両者が対立しながらも互いに相手の補完者であるが故に，進歩の力の両極としてコールリッジの思想がベンサムの学説と共に必要であったとミルは断言したのである。さらに，ミルはコールリッジの政治と教会に関する理論，国家職能論，土地所有権論などを列挙しながら検討を加え，自分自身の見解も示しつつ最後にコールリッジの道徳哲学，宗教哲学を取り上げて，彼に思想的寛容の精神があったからこそ，学問の諸分野を通じて幅広く材料を収集し新たな学説となる視点を提示できたのだと論じている。

社会思想の目的は人類を幸福へ導く進歩的要素と有機的に結合した安定的政治社会建設のための必要条件を考察することである。コールリッジが独自の歴史哲学の立場から，この様な本来の目的にかなった社会思想を構想したことを最大の功績としてミルは注目して，無視されていた過去の文化や制度を歴史哲学の見地から再評価し，その存在意義を誠実な態度で考察したと最大限の賛辞を呈している。コールリッジが先導したドイツ的コールリッジ主義の業績について彼は次の様に絶賛している。

They thus produced, not a piece of party advocacy, but a philosophy of society, in the only form in which it is yet possible, that of a philosophy of history; not a defence of particular ethical or religious doctrines, but a contribution, the largest made by any class of thinkers, towards the philosophy of human culture.

The brilliant light which has been thrown upon history during the last half century, has proceeded almost wholly from this school.[6]

コールリッジは歴史哲学の立場から，すでに過去において容認されてきた諸制度や信条の真の意味を問い，そこに存在する真理の発見に努めたのである。そして，コールリッジの歴史哲学に見られた過去の文化や制度に対する尊重の念を知ることによって，ミル自身が自らの思想的寛容の精神を一層深めたことが，彼の絶賛の言葉に示されていると言うことができる。このように，コールリッジが既成の事物を自明のこととはせずに，その真の意味を問うことによって独自の哲学を構想し真理の発見に努力したことを賞賛しているのは，他ならぬミル自身が思想的寛容の精神を自分のものとしていたことを明白に示すものである。

コールリッジの青年層に対する当時の影響力を考えてみると，著書以外に彼独特の人間的魅力について触れなければならない。社会思想に関するコールリッジの著作は特に断片的なものが多く，体系的な論述として残されていない事や，今日のように完全な全集が出版されていなかった事を考えると，社会思想や哲学について当時の青年層に与えた影響力は，彼の個性豊かな人間性と魅力的な講話や談話によるところが多かったと言える。クライスツ・ホスピタル校以来の友人であったラムは，コールリッジの弁論術には不思議な独特の詩的魅力があったと述べている。

Great in his writings, he was greatest in his conversation. In him was disproved that old maxim, that we should allow every one his share of talk. He would talk from morn to dewy eve, nor cease till far midnight, yet who ever would interrupt him—who would obstruct that continuous flow of converse, fetched from Helicon or Zion? He had the tact of making the unintelligible seem plain. Many who read the abstruser parts of his *Friend* would complain that his works did not answer to his spoken wisdom. They were identical. But he had a tone in oral delivery, which seemed to convey sense to those who were otherwise imperfect recipients. [7]

　また，晩年に至ってハイゲイトのギルマン医師の下で静かな余生を送ることになっても，コールリッジを訪れる青年は絶えることがなく，詩と宗教と哲学に溢れんばかりの彼の講話は若者達に深い感銘を与えていたのである。ハズリットもコールリッジの談話が著作以上の豊かな魅力に満ちていたことを次の様に語っている。

If our author's poetry is inferior to his conversation, his prose is utterly abortive. Hardly a gleam is to be found in it of the brilliancy and richness of those stores of thought and language that he pours out incessantly, when they are lost like drops of water in the ground. [8]

　コールリッジの人間的魅力や厖大な読書による学識は，晩年に至っても失われることなく，青年達との直接的な談話においては思想と言葉の不思議な融合による豊かな知性と感性の輝きを見せていた。老年に入っても若々しい思索を続けた鋭敏な知性を持ち，繊細な詩人の感性をも失わなかった天才であったが，彼は生来の利他的でおおらかな性格のために，学識を誇示するような利己主義的知識人とはならず，常に他人の学説にも喜んで耳を傾け，自己の思想を伝授することに熱意を示したのである。カーライル，ラスキン，スターリングなどはコールリッジ思想の影響を大いに受けて，後のイギリス思想界の代表的存在となった人達であった。

(4)

　コールリッジに対する全体像の研究が深められるにつれて，学問の派閥的限界を越えて多面的な領域に哲学的思索を残し，示唆と含蓄に富んだ先覚者的洞察によって後世の思想界に一つの指針を投げかけた人物として，その多大な影響力が評価されるに至って，彼は重要な現代的意義を持つ思想家として認識されようとしている。その影響力は宗教問題や哲学上の学説に対して信条を同じくする人々の範囲を越えて広がっており，イギリスの思想界の知的領域を押し広げることに貢献した人物として，コールリッジの存在は無視

できないものとなっている。ミルが指摘した様に，彼は英国の伝統的な哲学
精神の偉大な覚醒者であり，伝統として承認されて自明となった既成の事物
に対する偉大な探究者であった。「コールリッジ論」の中で，ミルはベンサ
ムとの真理探究の方法論の相違に触れて，ベンサムが伝統的な古い意見や承
認された事実に対してその真理を問題にしたのに対して，コールリッジはそ
の意味の何であるかを探究したと論じている。すなわち，ベンサムが伝統的
事物の外側から真理を探究したのに対して，コールリッジは伝統の内部から
既存の事物の真の意味を考察したのである。最初に承認された事物が，その
後各時代の人々によって信頼され伝統とされてきたのは如何なる事情による
ものかを見きわめることが，コールリッジの社会思想の思索の原点であった。
ベンサムは彼自身の研究成果である真理と一致するかどうかによって事物の
真偽を判断したが，コールリッジにとっては，いかなる事物にしろ幾時代も
の間，人々によって伝統として受容されてきた事実自体の中に考察し説明さ
れるべき問題があった。ベンサムが貴族，僧侶，法律家などの各階層の利己
的利害を原因として簡単に処理した問題に対して，それが長く伝統となり習
慣となって保持されてきた事実が，コールリッジにとって単なる誤謬として
片付けてしまえない問題を内包していた。この様に，彼は知性と感情の錯綜
した複雑な人間社会を鋭い洞察力で見抜いていたのである。J.コールマーも
コールリッジのすぐれた見識に触れて次の様に述べている。

His profound understanding of individual and group psychology
which is everywhere in evidence in his works has, more than any
other single quality, guaranteed their survival and constitutes their
chief claim to attention today. This rare insight into the human
mind and patterns of social behaviour, the 'System of our Nature'
as he called it in an unpublished sermon in 1799, enabled him to
reject convincingly all political systems that either ignored 'the
facts of the mind' or were built on a false psychology of man.[9]

　単に伝統として受容されてきた意見でも，最初の創始者にとっては，当時
の社会の現実の問題に対する苦心の解決策として産出した結果を言葉にした
ものであるとコールリッジは考えた。ある信条や意見が長く存続し伝統とし

174

て受容されるに至ったという事実は，それが人心にうったえかける適合性を
持っていたことを示している。また，考察によって仮りに何の真理もそこに
見出せないとしても，それが人心を満足させてきたという事実の中に，人間
性の自然的要求や普遍的心理を引き出すことができる。この様な自然的要求
や心理に本能的利己心や軽信が大きな場所を占めていたとしても，コールリ
ッジにとっては，それで全部ではなかったのである。人間の心理に対するコ
ールリッジの鋭い洞察力は，彼の社会思想を独自の価値あるものにしている
と言える。

　しかし，ベンサムが伝統的な事物に存在する真理を把握しないという思想
上の不備があるのに対して，コールリッジは伝統の外側にあって伝統と対立
する真理を見落す可能性があるとミルは論じるのである。したがって，両者
はお互いが見過ごした多くの真理を発見することになる。両者はお互いに相
手にはない原理と前提によって，相手が見落した真理を見つめていた。両者
共に卓越した哲学者でありながら，真理探究において対極的な方法論を持つ
が故に，相互の補完者でもあった。この二人は相反する立場にありながら，
時代と国家に対して哲学の必要性を身をもって強調した点で共通していた。
彼等はあらゆる事象を哲学の原理をもって観察し，その根拠を調べた。理論
と実践の一致に努めて，鋭敏な思索で常に証拠によって確認しなければ何事
も自明の真理とは受け入れず，あらゆる学問の基礎が精神の哲学におかれね
ばならないと認めた点でも相一致していた。この基礎を確立し，その上に体
系的学説を構想するために，両者それぞれの立場で生涯を捧げて努力したの
であった。彼等の観察対象や方法が異っていたにしても，各々が真正な論理
的方法による真実の観察と純粋な経験としての研究成果を残したのである。
その成果はお互いに矛盾し相反し合うものではなく，お互いに補足し合うも
のである。しかし，ベンサムが自己の哲学大系の創始者であったのに対して，
コールリッジ思想の本質的な部分は，すでにドイツ観念論哲学者達が先鞭を
着けたものであった。したがって，コールリッジは観念論思想の創始者であ
るというよりは，彼独自の独創性によって解釈した特異な形態によってドイ
ツの学説をイギリスに導入し，イギリスにおける先験的観念論の中心的な源
泉となったと言うことができる。

　政治世界においてお互いに牽制し抑制し合う権力が不可欠である様に，思
想界においても対立する学説が相互の発展にとって不可欠なのである。コー

ルリッジ思想に見られる相反物融合の理論や相反する勢力の必要性に関する
明晰な洞察は，彼の哲学的寛容の精神や公平無私な理解力の不動の基盤であ
り，思想上の寛容の精神が反対論者に対する単なる無関心に陥ることのない
唯一の条件でもあった。人間と社会の研究において最も困難な問題は，虚偽
を真理と見誤ることよりも真理の一部分を全体と誤認する性急で偏狭な態度
である。コールリッジもミルも共通して主張していることは，思想界の論争
においてほとんどの場合，お互いが否定し合う点において誤っており，お互
いが肯定する点において正当であるが故に，寛容の精神をもって自己の学説
に相手の見解を付け加えることが可能となれば，その学説ははるかに完全な
ものとなるということであった。実例として，ミルは文明と人間との関係に
対する相反する典型的な見解を示している。文明の人類に対する貢献を評価
する学説は，感覚的快楽による娯楽が増加したこと，学問や知識の発展によ
り古い迷信が取り除かれたこと，交通手段が便利になったこと，社会全体が
優雅になったこと，戦争が少なくなり弱肉強食の傾向が制限されたこと，多
くの人々の団結によって偉大な事業が達成されたこと，以上の様な理由によ
って文明を讃美するのである。これに対して他の学説は，この様な文明の利
益によって支払うことになった高価な代償に注目する。すなわち，予想以上
に個人の活力が減退したことや独立心が喪失したこと，人工の生産物にたよ
って生きる奴隷的な生活様式が生れたこと，わずかな苦痛に対しても逃避的
な態度を取り始めたこと，人生が単調で刺激のない日々で満たされるように
なったこと，個性的人間が減少して無味乾燥の人間が増加したこと，機械的
に仕事を処理することで全生涯を埋めつくすような日常性の谷間の中で人間
本来の理解力が死滅しつつあること，自然界に生きる人間本来の多様な能力
を失いつつあること，貧富の差や甚だしい社会的不平等が道徳観念の退廃を
生んでいること，生活必需品は原始的な人間の場合と変わらないのに，文明
人は原始的な人間の自由と刺激的な生活を失って，無数の束縛を受けて苦し
んでいる事実，この様な事例を取り上げて，原始林の野蛮人の生活は文明人
の生活よりも望ましいものであり，文明が必ずしも人類に利するものではな
いと結論づけるのである。文明の讃美者に対する独立自尊の礼讃者という反
目は，現在を讃美する者と過去を礼讃する者との対立でもある。このように
完全に相背馳する所説は，お互いの建設的で積極的な部分のみが全て真理で
ある。半真理でしかない所説のいずれかを真理の全体と性急に考えることは

176

容易であるが，両者の真理を融合した完全な学説を構築することは丹念なる研究による努力が必要である。

この様に非常に錯綜した人間と社会の問題の決定が，無教育な人々に求められることの危険性，さらに，無教養な人々の無知から生れる迷信的な畏怖の念，無教育な人々が彼等よりも優れた教養の持主達の指導者としての権能を持つと思い込むこと，この様な現象が社会に与える悪影響をコールリッジは鋭い観察力と洞察力によって見抜いていた。一般大衆よりもさらに優秀な知徳を有する学者達によって構成されるエリート集団が，社会を指導する必要性をコールリッジと同じくミルも痛感していた。しかし，教養を高めるためには余暇が必要であり，余暇は上流階級が享受しているものに他ならず，知的洗練や道徳的卓越に到達するための条件を他の誰よりも所持しているのである。そこで，コールリッジはエリート集団によって運営される彼独自の国民教会の理念を中心とした貴族政体を主張した。しかしながら，通例，人間は貴族階級といえども他人の利益よりは自分の利己的衝動を優先させるであろうし，このことが歴史上のあらゆる政治体制の破滅の原因ともなったのである。したがって，貴族階級の人々もまた，一般大衆と同じく彼等の受ける教育によって，すなわち，彼等よりもすぐれた知徳の者によって，啓蒙される必要性をコールリッジは認めていた。彼の主張する国民教会を中心とした貴族政体の実体は，国民自らが治者となり自らの利己心を抑制し得るような理想的民主政治を意味していた。ミルはこのようなコールリッジの国民教会を中心とした政治理念を高く評価したのである。

(5)

ドイツ的コールリッジ主義は18世紀哲学に対する反動であり，機械主義的世界観に対する人間精神の反抗を示すものであった。合理主義的経験論の散文的現実性に対して，それは先験的観念論の詩的有機性を主張した。また，急進的革新に対する存在論の保守であり，無神論に対する宗教哲学であり，抽象的純粋論理に対して具体的な歴史哲学となった。このように，イギリスにおいてコールリッジが先導者となったドイツ的コールリッジ主義は，あらゆる点で18世紀哲学とは反対の方向へ進んだが，相反する学説に真理と認められる部分を否定することの最も少ない思想的寛容の精神を持っていた。人間知性と認識対象に関する18世紀の哲学的考察においては，すべての知識は

経験による概念から成立しているとするロックの理論が支配的であった。ア
リストテレスを源流とするこの様な経験論哲学によれば，自然界に存在する
あらゆる事物は，感覚によって認知されるか，その類推によって推断される
ものに他ならず，それ以外のものは不可知であり，先天的な知識が存在し得
る可能性などないとされていた。先験的観念論が主張するような精神の内官
的作用によって認識される直観的真理の存在をことごとく否定していたので
ある。経験論によれば，感覚や精神作用によって得た事物が，知識の唯一の
根源であり唯一の材料に他ならなかった。カントやシェリングのドイツ哲学
とリード以来のイギリス哲学を代表するコールリッジは，この様な理論に見
られる裁断的主知主義と偏狭な合理主義に反論した。彼は物自体の本質を精
神作用がある限界内において知覚する能力を持つと主張した。そして，カン
トと共通の哲学用語を使用して，人間知性の機能を悟性と理性に峻別し独自
の解釈を加えた。悟性が現象界を認知してさまざまな概念を形成するのに対
して，理性は直観によって事物の本質を認知して感覚的知覚では把握できな
いさまざまな真理を認識する能力を持つとされた。この様な先天的能力は生
得的に発揮されるというよりは，経験によって喚起されるものである。しか
し，単なる経験の模写ではないので，経験自体は直観的精神作用の原型とは
なり得ず，その精神作用を喚起する機縁となるにすぎないのである。自然界
における諸現象は，先天的な法則に従っており，万象の原因でもあり支配的
法則でもある不可視なものの観念を人間の精神に喚起するのである。したが
って，コールリッジによれば，人間が眼を持っていることを知る前に，すで
に事物を見ているという事実によって，眼が先在したからこそ事物を見るこ
とができたと理解するのと同様に，不可視なるものが先在してはじめて，現
象界の認識が可能になったことを我々は理解するのである。経験を機縁とし
て人間の精神は先天的な知覚を発揮するが，コールリッジはそれ自体経験の
主題でもなく経験の対象でもない真理として，宗教や道徳的原則，数学的原
理，物理学的法則などをあげている。これらの原理や法則は，経験と一致す
る必然性をもつが，経験によって完全には説明され得ない真理である。もし
これらの真理を完全に認識し得るならば，人間は観察したすべてを説明し，
観察されないすべての事象を予言する能力をもつことになるとコールリッジ
は考えたのである。
　当時の経験論と観念論の間の論争は，一方が人間を野獣と見なす感覚論に

しかすぎないと非難されると，他方は人間を狂人と見なす神秘論であると罵
倒されるといった情況であった。この様な非難の応酬の中で，お互いが論敵
の議論に知的欠陥や道徳観の欠如，宗教的信条の不在などを指摘して，相手
の学説に対して寛大な態度を取ろうとしなかったことが，当時のイギリス思
想界を不毛と退廃に導くことになったとコールリッジもミルも共通して憂慮
の念を表明しているのである。観念論の立場から見ると，あらゆる知識は経
験によって生れる概念であるとするロックの理論は，論理的帰結として無神
論に到達することになる。ヒュームをはじめとする懐疑論者が経験による神
の存在の証明が不可能だと主張したのは当然の成り行きと言える。経験主義
哲学の主張する感覚論も人間の道徳的本性を動物的感覚の本能的衝動に下落
させ，道徳意識を衰退させるものだと観念論の学説は反論するのである。ま
た，それは非科学的な経験万能主義に他ならず，単なる事実の羅列に終始し
てその本質を解明しようとはしないと難じ，事物の存在を認識すると同時に，
その存在の必然性を示すさまざまな法則が顕現していることを説明し得て，
はじめて事実の解明がなされたことになると批判したのである。このように，
先験的観念論哲学者達はロック，ハートレイ，ベンサムなどの学説に対して
反駁した。これに対して，ロックを代表とする感覚的経験論哲学者達は，想
像や夢想を哲学の対象とする熱狂的神秘主義者に他ならないのが先験的観念
論者達であり，彼等は真理判定に必要な正しい観察をしないと非難するので
ある。そして，放埓な夢想を純粋理性による直観的真理だとするような原理
を構築しようとしているのにすぎず，仮りにベーメやスウェーデンボルグの
ような個人的啓示の真理を除外してみても，多数者の夢想を真理判定の基準
にしていることに変わりがないと主張するのである。多数の夢想者の力によ
って，理性による直観的認識という強力な偏見を経験から独立した真理とし
て述べているにすぎないとし，それは証拠を必要としない真理であり，論理
的形式によって表現できないために信じられねばならない強制的真理だと経
験論者達は批判して，先験的観念論者は自己の先天的真理に不動の権威を要
求し，否定する者に対しては天与の真観的能力を失った者として，その精神
的腐敗を罵倒していると非難したのであった。この様な敵対するだけの不毛
の論争を避けるためにも，論敵の学説をも公平に取り扱い興味を抱き得るだ
けの知的欲求を持つことが，思想的進歩にとって肝要であるとミルもコール
リッジも口をそろえて強調している。なぜならば，相手の意見を理解しよう

とする前に，否定的に批評する態度こそ人類の愚劣な偏見と無能ぶりを示す
に他ならないからである。

　ミルはこの様な人間の知識の源泉に関する相反する二種類の思想の対立に
触れて，それが深く心理の奥底の問題にかかわっているために速断はできな
いとしながらも，結局，真理はロックやベンサムの側に存在すると述べて，
基本的にはベンサム主義の立場を支持している。ミルによれば，物自体の本
質や法則，すなわち，経験の対象である現象界の背後に存在する神秘的な法
則は，人間に認識し得ないものであった。彼は経験と経験からの推論によっ
て得られるもの以外の何かが人間の知識の対象であり得る根拠も可能性もな
いと断定している。また，経験以外の何らかの源泉によって説明しようとす
る観念や能力が，人間精神に存在するという根拠はどこにも存在しないとも
述べている。したがって，コールリッジやドイツ観念論哲学者達が自らの学
説に論理的正確さを与え，具体的な経験による真理と矛盾させないために作
り出した彼等独自の特殊な用語の必要性も効用もミルは認めず，単に思想の
核心を曖昧なものにしただけだと難じている。このように，ミルは特殊な用
語も効用がなく精神科学としては誤っているとしながらも，その学説の最も
価値のない部分においてさえ，それが決して無駄に思索されたものではない
と述べるのである。なぜならば，ロックの哲学が最も軽薄なコンディアック
学派の感覚論の体系によってヨーロッパ全土に普及した事実のために，その
学説には根本的な修正が必要であると彼は認識していたからであった。彼に
とって，それは人間の精神のすべての状態を分析して，あらゆる現象をすべ
て単に感覚に帰着させて満足していた体系にすぎなかったからである。それ
は何事も説明せず区別せず，何ものにも到達しない言葉の上だけの概念のみ
を作っている不毛の哲学にすぎなかった。ミルはこの様な哲学を一掃しては
じめて，真の精神の哲学の時代が出現する徴候となると力説している。また，
ロックの学説は人間の知性以外は何も取り扱わず，その限定された領域にお
いてさえ，その体系の端初というべきものであったために，その欠陥が誇張
して批判されて多くの弱点をさらす結果となったとミルは論じている。ロッ
クの純粋に論理学的な部分はかえり見られず，懐疑論的な部分のみが強調さ
れた中で，ロックの原理に従って分析的な部分についての改良によって，人
間精神の説明に注目すべき拡張を果たした後継者がハートレイであった。後
年，コールリッジが先験的観念論の立場の哲学的学説を唱える以前は，熱狂

的なハートレイ主義者であった事に注目しなくてはならない。コールリッジはロックの哲学の最高の形態にも熟知していたことになるのである。彼がハートレイの学説に心酔し詳しく考察の眼を向けながらも，そこにとどまらなかったことはハートレイの哲学でもなお解決し得なかった困難な問題があったことの明白な根拠となる。このように，経験論の最高の形態から観念論の真髄に至るまで熟知して人間と社会の関係を考察した彼の著作は，敵対する学説の思想家でさえ，自分の所説を完成させるための材料を見出すことのできる豊かな宝庫とも言えるのである。

(6)

　18世紀後半の思想界は，イギリスでは時代の流行の哲学と伝統的な思想や制度との間に妥協折衷がなされた結果，哲学的運動は沈滞して腐敗した旧思想のみがあり，ヨーロッパ大陸では新思想の無謀な放縦があって，真の意味での旧時代の思想や制度を忠実に温存している者はいなかったのである。これが18世紀哲学に対する反動の必然性の土壌となった。正当な政治体制の下で適切な法律や規則の範囲内で，人間の利己心を抑制して社会的結合を存続させる条件が考察されねばならなかった。法律や政治体制に対する服従が習慣となって永続的に確立されていながら，しかも国民に活力と勇気が残されている様な国家には，常に必要条件がみたされていなければならないとミルもコールリッジも考えていた。すなわち，第一に国民に対して終生継続される教育的組織が存在することである。社会の目的と考えられる事柄に個人的衝動を服従させ，社会的な行動方針に留意する習慣的能力を持つような自制的訓練を継続的におこなうことであった。社会の目的に合致するようなあらゆる感情を鼓舞するように人間を教育することであり，古代諸国家においては，行政全体がこの様な目的のための訓練機関であった。そして，近代国家のイギリス国民においては，この様な訓練が宗教的教育によってなされねばならないとしている。歴史を見ても自制的訓練が弛緩するにつれて無政府的状態になろうとする傾向が顕著である。利己的目的のための闘争が国家を内部より瓦解させ，社会的害悪に対処する活力を取り去ってしまうのである。あるいは，専制政府の奴隷となったり，外部からの侵略者によって滅亡したのである。さらに，永続的な政治社会の第二の条件として，民主政体にしろ君主制にしても国民の間に恭順や忠節の感情が存在しなければならないこと

である。すなわち，国民合意の下に不変で永久的な価値観が，不動の権利として国家組織の中に共通の信念になって存在していなければならない。古代国家においては，この様な感情が国家を守護する神に結びつくことがあった。あるいは，卓越した能力を持つ指導者や正当と認められた法律，古来からの儀式などに強固に結びつけられていた。また，単に端初的段階にすぎないにしても，この感情が個人的自由や社会的平等の原理に結びつくこともあり得るのである。いずれにしても，歴史上長期間存続した政治社会には，この様な不動のものが確立されていたと言える。すべての国民が神聖にして不動のものと認識していた共通の意識があった。利害や感情の対立のない社会というのは存在し得ないし，国家が長期間にわたって内的紛争をまぬがれることも困難であるが故に，国民すべてにとって議論を超越した神聖な存在が必要であったのである。国家の平和的存続のためには，内部紛争の原因となる利害関係がどの様なものであるにしても，社会的結合の根本的原理に影響を与えないことが必要である。存続する政治社会のための第三の条件は，社会や国家の構成員の間に強力な結合の原理がなければならないと考えられている。すなわち，国民相互が社会的結合の価値を認め，共通の国民を構成していることを認識することである。同一の政治社会の構成員として，国民相互間に共通の利益の感情がなければならない。それは外国に対する反感や無関心によって他国を排斥する狭量な愛国精神を意味するのではない。それは同情の原理であって敵意の原理ではないとミル自身が次の様に強調している。

We mean a principle of sympathy, not of hostility; of union, not of separation. We mean a feeling of common interest among those who live under the same government, and are contained within the same natural or historical boundaries. [10]

古代国家が永続した例は，この様な感情によって強く国民が結合していたからであった。ミルは近代の実例として，イングランド，フランス，オランダ，スイスなどをあげているが，イングランドとアイルランドの関係は，この様な感情が欠落した最悪の例だと指摘している。コールリッジもこの問題に触れて，イングランドがアイルランドに対して負っている正義の負債を弁済しなくてはならないと批判し，古代国家の統治政策を科学的に研究して永

続的な結合の原理を実現すべきだと述べている。

The time approaches, I trust, when our political economists may study the science of the *provincial* policy of the ancients in detail, under the auspices of hope, for immediate and practical purposes. [11]

　文明の進歩によって知識が増加した近代においては，古い制度や信条を存続させる場合でも別の形態を作り出す工夫が必要となる。単に過去の制度によって社会の再構成を計画することは無益であり，理論と実践における幅広い視野と洞察力，鋭い観察と創意工夫によって，さらに新たな学説に基づく制度が研究構想されねばならないのである。18世紀哲学者達は過去に対する公平な評価を持たず，単に効力を失っているとの理由だけで過去の事物の歴史的な価値を認めなかったために，この事の成就にはまだ時期尚早であった。現在では効力を失っている腐蝕した制度信条も，かつては文明社会の進展に貢献したものであり，歴史と伝統の中で現在の人間と社会の中に存在しているのである。また，18世紀哲学者達が非難した過去の思想の中の多くの誤謬にも，見落せない重要な真理が存在していたのであるから，多くの真理を誤謬と混同し，社会的結合力を無視した新たな社会建設の計画はすべて失敗に終ったのである。

　この様な18世紀哲学の動向に対する反動として，コールリッジは従来看過されてきた真理に注目して，18世紀哲学者達が成し遂げなかった事を考察したのである。彼は18世紀哲学の動向を批判し，過去の思想の真理を熱心に擁護したが，単に既存の事実を弁護するだけならば，当時のトーリー党の保守主義者達が安易に成し得たことである。ドイツ的コールリッジ主義の功績はこの様な論争が意味する根本的原理に注目し考察を加えたことであったとミルは論じているのである。

But the peculiarity of the Germano-Coleridgian school is, that they saw beyond the immediate controversy, to the fundamental principles involved in all such controversies. They were the first (except a solitary thinker here and there) who inquired with any comprehensiveness or depth, into the inductive laws of the existence and

growth of human society....They thus produced, not a piece of
party advocacy, but a philosophy of society, in the only form in
which it is yet possible, that of a philosophy of history; not a
defence of particular ethical or religious doctrines, but a contri-
bution, the largest made by any class of thinkers, towards the phi-
losophy of human culture.(12)

　このように，コールリッジを代表とするイギリスの反動学派は，政治社会
の発展的存続に関する諸法則を広い視野から奥深くまで考察した最初の功労
者であった。さらにミルが指摘している様に，政治的社会存続のための三つ
の必要条件を本質的原理として認識した最初の人々であり，特定政党の擁護
論や党利党略としてでなく，包括的な広い視野から問題の周辺にある副次的
な諸相についてもベーコン的哲学探究心で論考した最初の学派として評価さ
れねばならない。コールリッジ学派は唯一の存続的政治社会の形態を歴史哲
学の中で考察し，独自の社会思想を生み出したが，それが特定の倫理的教義
や宗教的宗派の擁護論ではなく，人類の歴史的遺産としての文化の伝統に対
して，歴史哲学の立場から今までになかった偉大な貢献を果たしたのであっ
た。フランス革命前の哲学者が過去の社会制度や信条を人類の進歩の障害と
考えて，歴史に対して侮蔑の念を抱き，真理を見つめようとせずに真理でな
いものに注目していたのに対し，コールリッジ学派は歴史上に投げかけられ
た燦然たる光明であったとミルは断言している。この様なコールリッジ学派
から優れた思想家が生まれ，歴史は哲学的意味を持って，過去の事実は人間
社会の進歩における明瞭な位置を与えられ，想像力にとってロマンスとなり，
現在を維持する原動力であると同時に未来を予言する唯一の手段ともなった
のである。
　コールリッジは政治的社会の存続と進歩の源泉として，国民的教育の必要
性を説いた。国民的教育は自制的訓練であることによって社会永続の原因と
なり，同時に国民が能力を積極的に発揮することで社会の進歩の源泉となる
のである。コールリッジにおける人間の内的教養の育成と国民性の形成に関
する考察は，18世紀哲学に対する反動学派の運動の先駆的価値を持つもので
あった。国民的教育のために構想された彼の国民教会の理念は，彼の独創的
な見解であった。国民教会に関する彼の見解は，制度の理念的原理を意味し

ており，その組織体系は必ずしも特定の宗教団体を意味するものではなかった。すなわち，コールリッジの国民教会は文明社会の進歩発展のために，国土の一部に対する権利を基金として保有することにより資金を与えられて，学問知識の普及と研究という使命を果たすべく運営されるものである。その基金は教会の財産ではなく国民財産である。国民教会を運営するエリート集団は，知識を拡大伸展させて学問の利益を育成し，その知識を伝達する教師としての役割を国民に対して果たさねばならない。このために，国土の主要な場所には必ず指導的役割をする教師を駐在させるように派遣しなければならないとされた。コールリッジは単なる宗教団体ではない国民教会の理念を強調して次の様に説明している。

But we affirm, that in the spiritual purpose of the word, and as understood in reference to a future state, and to the abiding essential interest of the individual as a person, and not as the citizen, neighbour, or subject, religion may be an indispensable ally, but is not the essential constitutive end of that national institute, which is unfortunately, at least improperly, styled a church—a name which, in its best sense is exclusively appropriate to the church of Christ. (13)

　国民教会における僧職団体とは，法律，医学，数学，建築学，音楽などの専門家によって構成される学者エリート集団であった。このように，国民教会の僧職団体とは研究教職集団を意味し，神学の他に文明社会に必要な高等学問のすべてを研究教育するものであった。中でも神学は最高位にあり，神学は単に宗教を示すものでなく，言語研究，民族国家の歴史的考察と記録，論理学，国民の権利と義務に関する倫理学的考察などが包含されており，最後に人間の知識に対する最高の科学としての哲学も含まれていた。このように神学は学問の最高位にあるとされるが，国民教会の目的の一部分にすぎず，神学者は国民教会の学者や僧侶の一部分を形成するのみであるとされた。そして，神学が優位を占めているのは，文明社会における人間の知識の根源であるからだとコールリッジは強調している。

The Theologians took the lead, because the SCIENCE of Theology
was the root and the trunk of the knowledges that civilized man,
because it gave unity and the circulating sap of life to all other
sciences, by virtue of which alone they could be contemplated as
forming, collectively, the living tree of knowledge. It had the
precedency, because, under the name theology, were comprised all
the main aids, instruments, and materials of NATIONAL EDUCATION. [14]

　また，国民財産はコールリッジによれば，文明の継続的助長という本来の
目的から逸脱して，単に物質的利益を目的として使用されると，必ず国民に
大きな損害を与えることになる。宗教は単に文明の一手段という理由で他の
ものと同じ資格で基金に関係するにすぎないのであって，いかなる特定の宗
教組織にも捧げられるものではないのである。なぜならば，国民教会にとっ
てキリスト教は一つの幸運な偶然事であって，キリスト教が国民教会の活動
に資するところが多くとも決して国民教会の本質的な要素とはならないとコ
ールリッジは力説しているのである。コールリッジの宗教に対する見解は，
彼が教化する重要な内容と密接に関連し合っているもので，単に教会の宗派
的主張を述べたものではなかった。この様に，コールリッジは国民教会の構
想を明らかにすることによって，当時の現実の教会に対して痛烈な風刺を投
げかけたと言える。コールリッジの教会の理念と現実のイギリス教会とはそ
れ程に大きな相違があった。コールリッジの国民教会では，教師が組織の中
で最初の階級となり，義務履行と業績に従って牧師職を継ぐことを許される
のであり，教会という言葉が単に僧侶階級のみを意味することは，第一の根
本的背教とされた。この様なコールリッジの思想は教会の内部からの改革運
動を決定的なものとし，大学や若い牧師を中心とした広教会派の運動を先導
するものとなったのである。また，学問研究や知識の普及のために基金を与
えられるべき団体が必要なことを構想として打ち出したのは，コールリッジ
の注目すべき業績であった。
　また，コールリッジは教育論に劣らず，憲法論においても独創的な見解を
示している。彼はイギリスの歴史を考察すれば，祖先の精神の中や過去の政
治制度の中に，憲法の理念が存在し不断の作用を続けてきたことがわかり，
この憲法の理念を実現するために絶えまない進歩がなされてきた事実が示さ

れていると主張し，そして，それは現在の組織の中にも，権利と義務をもつ
人々の精神に現実に存在している原理であると力説するのである。コールリ
ッジによれば，この憲法の理念は政治体制を批判する時の究極的な基準とも
なり，これによって国家の代議制の構成様式を見きわめることが可能となる
のである。それは英国固有の必要性によって形成された基本原理であり，対
立する諸勢力が最終的均衡としての組織を構築するのに貢献したのである。
すなわち，コールリッジは文明国家においては，持続と進歩という国家的利
益の二大勢力の対立が存在すると説く。持続の利益は国家の保守的勢力であ
り土地に深く関連している。他方，進歩の利益は国家の革新的勢力であり，
商業者階級や自由業者階級に関連するものである。コールリッジの説く国家
的利益としての進歩とは，政治社会における生活の向上や必要な教育と知識
の普及による国家の進歩を意味するもので，あらゆる動産的な個人の財産の
代表であり，個人的利益の代表である。持続の利益は地主によって代表され，
進歩の利益は動産や学識の代表者によって擁護される。コールリッジによれ
ば，持続の利益は貴族院によって代表され，進歩の利益は下院の多数者によ
って代表されるべきであったが，地主の利益を抑制するために大地主に対す
る有効な平衡力として選出された議員たちが，地主階級の政治的勢力の大半
によって構成されている現状を彼は痛烈に批判した。この様な所説に触れて，
ミルは優れた議会改革論者としてのコールリッジに注目して，堕落したホイ
ッグ党よりもはるかに革新的であり，それがトーリー党の原理となるならば，
根本的諸制度にも改革を実現し得るだろうと賞讃しているのである。コール
リッジの学説が政治哲学の体系に達していないにしても，その原理は他に比
類ない価値を持つとされた。これに対して，ベンサムの学説が体系化されて
いるにしても，政治の目的である一般的利益と一致する利益をもつ者が統治
権を持つべきであるとするベンサムの学説の中の一般的利益の概念は，構成
諸要素に分析しないかぎり実態のはっきりしない複雑な概念であり，基礎原
理として考察するには非論理的であるとミルは述べているのである。ミルに
よれば，政治社会に不可欠な一般的利益や一般的幸福を構成する諸要素の分
類は，まだ完成されるに至っておらず，ベンサムの「民法原理」は有効な業
績と認められるにしても，社会的利益を持続と進歩の相対立する要素に分類
したコールリッジの理論の方が，不完全の余地を残しながらも現実に対処し
得る独創的見解であるとされている。またコールリッジの学説には，当時の

トーリー党を慄然とさせる改革的論調が見られる。彼は当時の英国政府の国家政策を" State-policy, a Cyclops with one eye, and that in the back of the head!" [(15)] と呼び，その処置を" series of anachronisms, or a truckling to events substituted for the science, that should command them. " [(16)] と非難しており，またトーリー主義やイギリス教会主義に対する非難の言葉は，彼の『文学的遺稿』の中にも散在しているのである。これに対して，共和政時代の人々に対しては，彼は" the stars of that narrow interspace of blue sky between the black clouds of the first and second Charles's reigns. " [(17)] と称讚している。そして，コールリッジを保守主義の中に位置づけたミル自身も，コールリッジの所説の革新的要素を認めているのである。

　土地の所有権に固有の信託物の観念を復活したこともコールリッジの学説の特徴であり，土地は生活基盤として人類の幸福に影響を与える自然の賜物であるから，人が労働によって生みだしたものに対して所有権を行使するのと同様に，絶対的な意味において土地を所有権の目的と考えることはできないとしたのであった。土地所有権が公共的目的のための一つの公共的機能であったヨーロッパ初期の制度のようなものへと修正されていくことになるだろうと認め，ミルはコールリッジの学説に讚同している。この様に土地所有権という重大な国家的変革の問題に哲学的承認を与えたイギリス最初の思想家としてもミルはコールリッジを高く評価した。道徳と宗教に関しても，コールリッジほど真摯な思索と非宗派的な心で包容的な思想を残した人物はいなかったと言える。徳の目的とは人々の幸福であり，幸福とは快楽の継続の総量に他ならないという彼の発言は，功利主義者も顔色なからしめる程だとミルも感心しているが，中でもコールリッジの最大の目的は，宗教と哲学の融合であった。キリスト教の啓示には哲学が発見し得なかった事柄を多く含んでいるが，その啓示を証明することがコールリッジにとって哲学の使命であった。哲学によって神学に到達しようとする彼の試みに無理があるとしても，コールリッジにとって，真理を真心から愛することは，霊的に真理を所有することでもあった。いかなる意味において聖書が神の言葉となり得るのか，敬虔ではあるが不完全な人間の言葉を通じて，いかにして統一的精神が生じるのかという問題を彼は人生の後半を通じて考察することに専念したのであった。この様な聖書と霊感に関する思索は，『探究する精神の告白』に収録されている。神の啓示は聖書作者の精神を鼓吹したが，それ以上のことは人

間的能力に委ねたとコールリッジは信じた。聖書に対する批評の自由を確保
するためにも彼は熱心にこの事を説いた。人を萎縮させるような迷信的影響
のために，優れた知性の持ち主でさえも，無能と思える程の愚劣な神学的思
索を残しているにもかかわらず，コールリッジの精神はこの様な悪弊から免
れていたとミルも指摘している。真理探究のためには，思想に自由を与える
こと，結果を怖れることなく真理を愛するが故に不断の思索を続けること，
神の罰に対する迷信的恐怖心や聖書の盲目的崇拝によって思索が麻痺されて
はならないことが必要だとコールリッジは考えていた。彼は聖書を書いた者
の霊感と，その字句すべてが全能の神の意図だとする主張との間に厳格な区
別をして，理性を活動させて思索する時の障害となる不必要な恐怖心をとり
除こうとしたのである。旧約と新約の原文すべての字句が神聖なる絶対的真
理だとする意見は，聖書自体が支持し得ないことであると彼は明言し，その
ような主張の中にこそ，不信心な迷信が存在するに他ならないと力説した。
創世紀第一章全体の明瞭な意味を釈明しようとして失敗し，それが信じられ
得るものにするために，何らかの意味を発見するまではしばらく信じないで
おくのが賢明だとするような態度を見る時，聖書が伝えようとはしなかった
意味を学ぼうとしたり，聖書の啓示にとって必要でない字義通りの真理をあ
らゆる叙述に認めようとすることは無益であるとコールリッジは考えたので
ある。聖書の卓越した特質を無視している一般人の不信心と，キリスト教精
神に背反する聖書解釈法によって理性を犠牲にする信仰を教化する当時の教
会関係者達との間の唯一の解決策として，彼は批評精神の自由を確保するこ
との必要性を唱えたのであった。このように，保守主義者が忘れ自由主義者
は気づきもしなかった真理を忘却から再び救い出すことによって，コールリ
ッジの保守主義は単なる保守主義ではなく，時には自由主義的急進派よりも
優れた自由主義を示すものであった。政治や宗教の組織が，すでに存在して
いる構成分子によって成立している以上，現実社会と大きく相違することは
不可能であり，大きな財産の所有者は必然的に保守主義者であり，彼等を外
において重要な改革を実行することは，現実的に不可能であることを考えれ
ば，コールリッジの思想に見られたように，保守主義の正当な側面を熱心に
力説し，公共の機関としての能力を証明することによって，現存する体制を
弁護し改善しようとする人物こそ，自分の学説に現実を接近させることに誰
よりも熱心となっているのに他ならないのである。

注

(1) Raymond Williams, *Culture and Society* (The Hogarth Press, 1987) p.49.

(2) F.R. Leavis (ed.) *Mill on Bentham and Coleridge* (Cambridge University Press, 1980) p.99.

(3) Alice D. Snyder, *The Critical Principle of the Reconciliation of Opposites as Employed by Coleridge* (ANN ARBOR, 1918) p.11.

(4) Basil Willey, *Nineteenth Century Studies* (Chatto & Windus, 1955) p.2.

(5) F. R. Leavis (ed.) 前掲書, p.102.

(6) *Ibid.*, p.130.

(7) H. W. Garrod (ed.) *Coleridge* (Oxford, 1925) p.24.

(8) *Ibid.*, p.16. *cf.* R.W.Armour and R.F.Howes (ed.) *Coleridge the Talker* の中にも次の様な評言が見られ, 座談家としてのコールリッジに注目して貴重な資料を提供している。
Coleridge, we believe, should be placed in the same category with Dr. Johnson, as a man greater than his published works, who thought of literature not as an end in itself but as a means of disseminating ideas, and found oral discourse the only completely satisfactory medium for self-expression. (Oxford, 1940) Preface, p. viii.

(9) John Colmer, *Coleridge—Critic of Society—*(Oxford, 1959) p.178.

(10) F.R. Leavis (ed.) 前掲書, p.124.

(11) John Colmer (ed.) *On the Constitution of the Church and State* (Routledge, 1976) p.152.

(12) F.R. Leavis (ed.) 前掲書, pp.129-30.

(13) John Colmer (ed.) 前掲書, p.45.

(14) *Ibid.*, pp.47-8.

(15) *Ibid.*, p.66.

(16) *Ibid.*, p.67.

(17) *Ibid.*, p.96.

190

BIBLIOGRAPHY

（本書で引用あるいは言及したものだけに限定する）

1. Primary Sources

Coburn Kathleen (ed.) *The Notebooks of Samuel Taylor Coleridge* (Princeton, 1957)

_____, *Inquiring Spirit* (Routledge, 1951)

_____, *The Philosophical Lectures Hitherto Unpublished* (London, 1949)

Coleridge, S. T., *Specimens of Table Talk* (London, 1835)

_____, *Table Talk and Omniana* (Oxford, 1917)

Coleridge, H. Nelson (ed.) *Confessions of An Inquiring Spirit* (London, 1840)

_____, *Literary Remains* (London, 1836-9) 4 vols.

Colmer, J (ed.) *On the Constitution of the Church and State* (Routledge, 1976)

Coleridge, Hartley (ed.) *Coleridge Poetical Works* (Oxford, 1974)

_____, *Anima Poetae* (London, 1895)

Griggs, E. Leslie (ed.) *Collected Letters of Samuel Taylor Coleridge* (Oxford, 1956-71) 6 vols.

Garrod, H. W. (ed.) *Coleridge* (Oxford, 1925)

Jones, Edmund D (ed.) *English Critical Essays Nineteenth Century* (Oxford, 1971)

Richards I.A. (ed.) *The Portable Coleridge* (The Viking Press, 1975)

Raysor, T.M. (ed.) *Shakespearean Criticism* (Dent, 1960) 2 vols.

_____, *Coleridge's Miscellaneous Criticism* (Cambridge, 1936)

Rooke, B.E. (ed.) *The Friend I* (Routledge, 1969)

Shawcross, John (ed.) *Biographia Literaria* (Oxford, 1907) 2 vols.

Spencer, H.J. (ed.) *Imagination in Coleridge* (Macmillan, 1978)

Patton, L and Peter, M (ed.) *Lectures 1795 On Politics and Religion* (Routledge, 1969)

White, R.J. (ed.) *Lay Sermons* (Routledge, 1974)

2. Secondary Sources

Abrams, M. H., *The Mirror and the Lamp* (Oxford, 1976)

Armour, R.W. and Howes, R.F. (ed.) *Coleridge the Talker* (Oxford, 1940)

Barth, Robert, *The Symbolic Imagination* (Princeton, 1977)

Barfield, O., *What Coleridge Thought* (Oxford, 1972)

Bowra, Maurice, *The Romantic Imagination* (Oxford, 1973)

Carey, J. and Fowler, A. (ed.) *The Poems of John Milton* (London, 1968)

Carter, K. Codell (ed.) *Enquiry Concerning Political Justice* (Oxford, 1971)

Cornwell, Ethel, *The Still Point* (Rutgers University Press, 1962)

Clayborough, Arthur, *The Grotesque in English Literature* (Oxford, 1965)

Colmer, J., *Coleridge—Critic of Society—* (Oxford, 1959)

Coburn, K., *Self-Conscious Imagination* (Oxford, 1974)

Elwin, Malcolm (ed.) *The Essays of Elia* (London, 1952)

Gillman, James, *The Life of Samuel Taylor Coleridge* (London, 1838)

Hough, Graham, *The Romantic Poets* (Hutchinson, 1978)

House, Humphrey, *Coleridge the Clark Lectures, 1951-2* (London, 1953)

Hutchinson, Thomas (ed.) *Wordsworth Poetical Works* (Oxford, 1974)

Leavis, F.R. (ed.) *Mill on Bentham and Coleridge* (Cambridge, 1980)

Mckenzie, G., *Organic Unity in Coleridge* (University of California Press, 1939)

Orsini, G.N.G., *Coleridge and German Idealism* (Southern Illinois University, 1969)

Page, Frederick (ed.) *Letters of John Keats* (Oxford, 1954)

Selincourt, Ernest de (ed.) *Wordsworth The Prelude* (Oxford, 1975)

Smith, N.K. (trans.) *Critique of Pure Reason* (London, 1950)

Snyder, Alice D., *The Critical Principle of the Reconciliation of Opposites as Employed by Coleridge* (Ann Arbor, 1918)

Tillyard, E.M.W., *Poetry and its Background* (Chatto & Windus, 1972)

Walsh, William, *Coleridge The Work and The Relevance* (Chatto & Windus, 1973)

Watson, George, *The Literary Critics* (Penguin, 1663)

Williams, Raymond, *Culture and Society* (The Hogarth Press, 1987)

Willey, Basil, *Nineteenth Century Studies* (Chatto & Windus, 1955)

なお，紙面の都合により，日本の研究書に直接触れることはできなかったが，下記のものはいずれも日本におけるコールリッジ研究の草分け的存在である。

工藤好美，『コールリッヂ研究』（岩波書店　昭和6年）

加藤龍太郎，『コウルリジの文学論』（研究社　昭和36年）

＿＿＿＿＿，『コウルリジの言語哲学』（荒竹出版　昭和56年）

岡本昌夫，『想像力説の研究』（南雲堂　昭和42年）

＿＿＿＿＿，『コールリッジ評伝と研究』（あぽろん社　昭和40年）

桂田利吉，『コウルリッジ研究』（法政大学出版局　昭和44年）

また，最近上梓されたものに次のものがある。

高山信雄，『コウルリッジ研究』（こびあん書房　昭和59年）

山田豊，『詩人コールリッジ』（山口書店　昭和61年）

その他の邦文参考文献及び翻訳書は下記の通りである。

白井厚，『ウィリアム・ゴドウィン研究』（未来社　昭和47年）

竹原良文（共），『フランス革命と近代政治思想の転回』（草薙書房　昭和48年）

飯坂良明（共），『イギリス政治思想史』（木鐸社　昭和49年）

十河佑貞，『フランス革命思想の研究』（東海大学出版会　昭和51年）

塩尻公明（訳），『ベンサムとコールリッヂ』（有斐閣　昭和14年）

桂田利吉（訳），『シェイクスピア論』（岩波書店　昭和14年）

＿＿＿＿＿，『文学評伝』（法政大学出版局　昭和51年）

斉藤勇　大和資雄（訳），『コウルリヂ詩選』（岩波文庫　昭和30年）

河原宏　浅沼和典（訳），『近代精神の形成』（早稲田大学出版部　昭和35年）

斉藤敏（訳），『西洋近代政治思想』（理想社　昭和38年）

岡地嶺（訳），『フランス革命と英国の思想・文学』（中央大学出版部　昭和57年）

あ と が き

「ベンサム論」の中で，ミルはコールリッジとベンサムを現代イギリスの二人の偉大な伝播的思想家と呼んでいる。その後，彼等二人の思想のいずれかに学ばなかったイギリス思想界の重要人物は，皆無であると断言している。この二人は保守とか革新といった名称で区別することが無意味な程の偉大な業績を残したとも述べている。日常性の中での外面的要求や，実務的利益にほとんど役立たないとして敬遠され無視されている思弁哲学が，本当はこの世の価値観や社会体制さえも大きく左右するものであることを大衆に教示するのに生涯を捧げ，イギリス思想界に一つの革命的役割を果たした点でも彼等両者は特に共通していると言える。コールリッジの探究する精神は，単に文学だけにとどまることがなかった。したがって，詩や芸術に哲学が無用であるとか，文学に宗教的知識は不用だとか，政治理論や社会思想の探究は文学研究の妨げになるといった狭量な議論は，コールリッジ学においては無縁である。ミルが広い視野に立って，コールリッジの全体像の本質をよく捉え，単なる文学研究家以上に適確にその思想の真髄を歴史的眺望によって論究したことは，実によくこの事を示す証左となっている。本来，英語のLiteratureがいかに広義の意味を持っていたかを，専門領域で細分化され分断された知性は，自戒の意味を込めて再考しなくてはならないと言えるのである。

　ミルの「コールリッジ論」の原文をすべて本書に収録したのも，この様な見地によるものであり，研究者が味読するにも格好の内容を持つと考えたからである。なお，本書を構成する各章の論文の初出は，下記の通りである。

INTRODUCTION—コールリッジの理性と想像力—

　　　　　　　　　　イギリス・ロマン派研究　第9，10合併号　（昭和61年 3月）

第一章　「クブラ・カーン」とコールリッジ

　　　　　　　　　　　　姫路学院レビュー　第6号　（昭和58年 8月）

第二章　老水夫の実像

　　　　　　　　　　姫路学院女子短期大学紀要　第10号　（昭和58年 3月）

第三章　コールリッジとワーズワス

　　　　　　　　　　姫路学院女子短期大学紀要　第11号　（昭和59年 3月）

第四章　コールリッジの詩論

　本書を構成する論文の内容は，おりに触れてイギリス・ロマン派学会や関西コールリッジ研究会でも発表したものであり，会員の方々の貴重な御意見には大いに啓発されたものであった。岡本昌夫先生（同志社女子大学名誉教授，関西コールリッジ研究会会長）や，石川重俊先生(元甲南大学教授)，田村謙二先生（京都産業大学教授）からは，具体的な批評もいただき激励されたものである。また，和泉敬子先生（尚絅女学院短期大学教授）からは貴重な論文を多数御恵贈いただいたことを付記しておく。

　最後に，本書を出版するに当たって，大へんお世話になった内田能嗣先生（帝塚山学院大学教授）に厚くお礼を申し上げたい。また，参考文献や資料などで御協力をいただいた西園寺明治先生（熊本商科大学教授）の御好意にも感謝したい。さらに，牛島盛光先生（熊本商科大学教授，熊本商科大学・熊本短期大学出版会委員長）からは格別の御配慮を賜り，本書の出版助成金を受けることができたことも明記しておかねばならない。そして，出版を快く承諾して下さり，本書の企画に理解を示していただいた千城出版社長の先生允彦氏には深甚の謝意を表するものである。

　　　　　1988年 10月　　　熊本市島崎にて　　　高　瀬　彰　典

APPENDIX Mill* on Coleridge

The name of Coleridge is one of the few English names of our
time which are likely to be oftener pronounced, and to become
symbolical of more important things, in proportion as the inward
workings of the age manifest themselves more and more in outward
facts. Bentham excepted, no Englishman of recent date has left 5
his impress so deeply in the opinions and mental tendencies of those
among us who attempt to enlighten their practice by philosophical
meditation. If it be true, as Lord Bacon affirms, that a knowledge
of the speculative opinions of the men between twenty and thirty
years of age is the great source of political prophecy, the existence 10
of Coleridge will show itself by no slight or ambiguous traces in
the coming history of our country; for no one has contributed
more to shape the opinions of those among its younger men, who
can be said to have opinions at all.

The influence of Coleridge, like that of Bentham, extends far 15
beyond those who share in the peculiarities of his religious or
philosophical creed. He has been the great awakener in this country
of the spirit of philosophy, within the bounds of traditional opinions.
He has been, almost as truly as Bentham, 'the great questioner
of things established;' for a questioner needs not necessarily be an 20
enemy. By Bentham, beyond all others, men have been led to ask

themselves, in regard to any ancient or received opinion, Is it true? and by Coleridge, What is the meaning of it? The one took his stand *outside* the received opinion, and surveyed it as an entire stranger to it; the other looked at it from within, and endeavoured to see it with the eyes of a believer in it; to discover by what apparent facts it was at first suggested, and by what appearances it has ever since been rendered continually credible—has seemed, to a succession of persons, to be a faithful interpretation of their experience. Bentham judged a proposition true or false as it accorded or not with the result of his own inquiries; and did not search very curiously into what might be meant by the proposition, when it obviously did not mean what he thought true. With Coleridge, on the contrary, the very fact that any doctrine had been believed by thoughtful men, and received by whole nations or generations of mankind, was part of the problem to be solved, was one of the phenomena to be accounted for. And as Bentham's short and easy method of referring all to the selfish interests of aristocracies, or priests, or lawyers, or some other species of impostors, could not satisfy a man who saw so much farther into the complexities of the human intellect and feelings—he considered the long or extensive prevalence of any opinion as a presumption that it was not altogether a fallacy; that, to its first authors at least, it was the result of a struggle to express in words something which had a reality to them, though perhaps not to many of those who have since received the doctrine by mere tradition. The long duration of a belief, he thought, is at least proof of an adaptation in it to some portion or other of the human mind; and if, on digging down to the root, we do not find, as is generally the case, some truth, we shall find some natural want or requirement of human nature which the doctrine in question is fitted to satisfy: among which wants the instincts of selfishness and of credulity 5 have a place, but by no means an exclusive one. From this difference in the points of view of the two philosophers, and from the too rigid adherence of each to his own, it was to be expected that Bentham should continually miss the truth which is in the traditional opinions, and Coleridge that which is out of them, and 10 at variance with them. But it was also likely that each would find, or show the way to finding, much of what the other missed.

It is hardly possible to speak of Coleridge, and his position among his contemporaries, without reverting to Bentham: they are connected by two of the closest bonds of association—resemblance, 15 and contrast. It would be difficult to find two persons of philosophic eminence more exactly the contrary of one another. Compare their modes of treatment of any subject, and you might fancy them inhabitants of different worlds. They seem to have scarcely a principle or a premise in common. Each of them sees scarcely 20 anything but what the other does not see. Bentham would have regarded Coleridge with a peculiar measure of the good-humoured contempt with which he was accustomed to regard all modes of philosophizing different from his own. Coleridge would probably have made Bentham one of the exceptions to the enlarged and liberal 25 appreciation which (to the credit of *his* mode of philosophizing)

he extended to most thinkers of any eminence, from whom he
differed. But contraries, as logicians say, are but *quæ in eodem
genere maxime distant*, the things which are farthest from one
another in the same kind. These two agreed in being the men
5 who, in their age and country, did most to enforce, by precept
and example, the necessity of a philosophy. They agreed in making
it their occupation to recall opinions to first principles; taking no
proposition for granted without examining into the grounds of it,
and ascertaining that it possessed the kind and degree of evidence
10 suitable to its nature. They agreed in recognising that sound
theory is the only foundation for sound practice, and that whoever
despises theory, let him give himself what airs of wisdom he may,
is self-convicted of being a quack. If a book were to be compiled
containing all the best things ever said on the rule-of-thumb
15 school of political craftsmanship, and on the insufficiency for
practical purposes of what the mere practical man calls experience,
it is difficult to say whether the collection would be more indebted
to the writings of Bentham or of Coleridge. They agreed, too, in
perceiving that the groundwork of all other philosophy must be
20 laid in the philosophy of the mind. To lay this foundation deeply
and strongly, and to raise a superstructure in accordance with it,
were the objects to which their lives were devoted. They employed,
indeed, for the most part, different materials; but as the materials
of both were real observations, the genuine product of experience—
25 the results will in the end be found not hostile, but supplementary,
to one another. Of their methods of philosophizing, the same

thing may be said: they were different, yet both were legitimate logical processes. In every respect the two men are each other's 'completing counterpart': the strong points of each correspond to the weak points of the other. Whoever could master the premises and combine the methods of both, would possess the entire English 5 philosophy of his age. Coleridge used to say that every one is born either a Platonist or an Aristotelian: it may be similarly affirmed, that every Englishman of the present day is by implication either a Benthamite or a Coleridgian; holds views of human affairs which can only be proved true on the principles either of Bentham or of 10 Coleridge. In one respect, indeed, the parallel fails. Bentham so improved and added to the system of philosophy he adopted, that for his successors he may almost be accounted its founder; while Coleridge, though he has left on the system he inculcated, such traces of himself as cannot fail to be left by any mind of original 15 powers, was anticipated in all the essentials of his doctrine by the great Germans of the latter half of the last century, and was accompanied in it by the remarkable series of their French expositors and followers. Hence, although Coleridge is to Englishmen the type and the main source of that doctrine, he is the creator 20 rather of the shape in which it has appeared among us, than of the doctrine itself.

The time is yet far distant when, in the estimation of Coleridge, and of his influence upon the intellect of our time, anything like unanimity can be looked for. As a poet, Coleridge has taken his 25 place. The healthier taste, and more intelligent canons of poetic criticism, which he was himself mainly instrumental in diffusing, have at length assigned to him his proper rank, as one among the great, and (if we look to the powers shown rather than to the amount of actual achievement) among the greatest, names in our

5 literature, But as a philosopher, the class of thinkers has scarcely yet arisen by whom he is to be judged. The limited philosophical public of this country is as yet too exclusively divided between those to whom Coleridge and the views which he promulgated or defended are everything, and those to whom they are nothing. A

10 true thinker can only be justly estimated when his thoughts have worked their way into minds formed in a different school; have been wrought and moulded into consistency with all other true and relevant thoughts; when the noisy conflict of half-truths, angrily denying one another, has subsided, and ideas which seemed

15 mutually incompatible, have been found only to require mutual limitations. This time has not yet come for Coleridge. The spirit of philosophy in England, like that of religion, is still rootedly sectarian. Conservative thinkers and Liberals, transcendentalists and admirers of Hobbes and Locke, regard each other as out of the pale

20 of philosophical intercourse; look upon each other's speculations as vitiated by an original taint, which makes all study of them, except for purposes of attack, useless, if not mischievous. An error much the same as if Kepler had refused to profit by Ptolemy's or Tycho's observations, because those astronomers believed that the

25 sun moved round the earth; ar as if Priestley and Lavoisier, because they differed on the doctrine of phlogiston, had rejected

each other's chemical experiments. It is even a still greater error than either of these. For, among the truths long recognised by Continental philosophers, but which very few Englishmen have yet arrived at, one is, the importance, in the present imperfect state of mental and social science, of antagonist modes of thought: 5 which, it will one day be felt, are as necessary to one another in speculation, as mutually checking powers are in a political constitution. A clear insight, indeed, into this necessity is the only rational or enduring basis of philosophical tolerance; the only condition under which liberality in matters of opinion can be 10 anything better than a polite synonym for indifference between one opinion and another.

All students of man and society who possess that first requisite for so difficult a study, a due sense of its difficulties, are aware that the besetting danger is not so much of embracing falsehood 15 for truth, as of mistaking part of the truth for the whole. It might be plausibly maintained that in almost every one of the leading controversies, past or present, in social philosophy, both sides were in the right in what they affirmed, though wrong in what they denied; and that if either could have been made to 20 take the other's views in addition to its own, little more would have been needed to make its doctrine correct. Take for instance the question how far mankind have gained by civilization. One observer is forcibly struck by the multiplication of physical comforts; the advancement and diffusion of knowledge; the decay of superstition; 25 the facilities of mutual intercourse; the softening of manners; the decline of war and personal conflict; the progressive limitation of the tyranny of the strong over the weak; the great works accomplished throughout the globe by the co-operation of multitudes: and he becomes that very common character, the worshipper of ⁵ 'our enlightened age.' Another fixes his attention, not upon the value of these advantages, but upon the high price which is paid for them; the relaxation of individual energy and courage; the loss of proud and self-relying independence; the slavery of so large a portion of mankind to artificial wants; their effeminate shrinking ¹⁰ from even the shadow of pain; the dull unexciting monotony of their lives, and the passionless insipidity, and absence of any marked individuality, in their characters; the contrast between the narrow mechanical understanding, produced by a life spent in executing by fixed rules a fixed task, and the varied powers of ¹⁵ the man of the woods, whose subsistence and safety depend at each instant upon his capacity of extemporarily adapting means to ends; the demoralizing effect of great inequalities in wealth and social rank; and the sufferings of the great mass of the people of civilized countries, whose wants are scarcely better provided for ²⁰ than those of the savage, while they are bound by a thousand fetters in lieu of the freedom and excitement which are his compensations. One who attends to these things, and to these exclusively, will be apt to infer that savage life is preferable to civilized; that the work of civilization should as far as possible be undone; and from ²⁵ the premises of Rousseau, he will not improbably be led to the practical conclusions of Rousseau's disciple, Robespierre. No two thinkers can be more entirely at variance than the two we have supposed—the worshippers of Civilization and of Independence, of the present and of the remote past. Yet all that is positive in the opinions of either of them is true; and we see how easy it would be to choose one's path, if either half of the truth were the whole of it, 5 and how great may be the difficulty of framing, as it is necessary to do, a set of practical maxims which combine both.

So again, one person sees in a very strong light the need which the great mass of mankind have of being ruled over by a degree of intelligence and virtue superior to their own. He is deeply impressed 10 with the mischief done to the uneducated and uncultivated by weaning them of all habits of reverence, appealing to them as a competent tribunal to decide the most intricate questions, and making them think themselves capable, not only of being a light to themselves, but of giving the law to their superiors in culture. 15 He sees, further, that cultivation, to be carried beyond a certain point, requires leisure; that leisure is the natural attribute of a hereditary aristocracy; that such a body has all the means of acquiring intellectual and moral superiority; and he needs be at no loss to endow them with abundant motives to it. An aristocracy 20 indeed, being human, are, as he cannot but see, not exempt, any more than their inferiors, from the common need of being controlled and enlightened by a still greater wisdom and goodness than their own. For this, however, his reliance is upon reverence for a Higher above them, sedulously inculcated and fostered by the course of 25 their education. We thus see brought together all the elements of a conscientious zealot for an aristocratic government, supporting and supported by an established Christian church. There is truth, and important truth, in this thinker's premises. But there is a thinker of a very different description, in whose premises there is an equal portion of truth. This is he who says, that an average man, even an average member of an aristocracy, if he can postpone the interests of other people to his own calculations or instincts of self-interest, will do so; that all governments in all ages have done so, as far as they were permitted, and generally to a ruinous extent; and that the only possible remedy is a pure democracy, in which the people are their own governors, and can have no selfish interest in oppressing themselves.

Thus it is in regard to every important partial truth; there are always two conflicting modes of thought, one tending to give to that truth too large, the other to give it too small, a place: and the history of opinion is generally an oscillation between these extremes. From the imperfection of the human faculties, it seldom happens that, even in the minds of eminent thinkers, each partial view of their subject passes for its worth, and none for more than its worth. But even if this just balance exist in the mind of the wiser teacher, it will not exist in his disciples, less in the general mind. He cannot prevent that which is new in his doctrine, and on which, being new, he is forced to insist the most strongly, from making a disproportionate impression. The impetus necessary to overcome the obstacles which resist all novelties of opinion, seldom fails to carry the public mind almost as far on the contrary side

of the perpendicular. Thus every excess in either direction deter-
mines a corresponding reaction; improvement consisting only in
this, that the oscillation, each time, departs rather less widely
from the centre, and an ever-increasing tendency is manifested to
settle finally in it.   5

Now the Germano-Coleridgian doctrine is, in our view of the
matter, the result of such a reaction. It expresses the revolt of
the human mind against the philosophy of the eighteenth century.
It is ontological, because that was experimental; conservative,
because that was innovative; religious, because so much of that was 10
infidel; concrete and historical, because that was abstract and
metaphysical; poetical, because that was matter-of-fact and prosaic.
In every respect it flies off in the contrary direction to its prede-
cessor; yet faithful to the general law of improvement last noticed,
it is less extreme in its opposition, it denies less of what is true 15
in the doctrine it wars against, than had been the case in any
previous philosophic reaction; and in particular, far less than when
the philosophy of the eighteenth century triumphed, and so
memorably abused its victory, over that which preceded it.

                                                                    20

We may begin our consideration of the two systems either at
one extreme or the other; with their highest philosophical gener-
alizations, or with their practical conclusions. The former seems
preferable, because it is in their highest generalities that the
difference between the two systems is most familiarly known.   25

Every consistent scheme of philosophy requires as its starting-

point, a theory respecting the sources of human knowledge, and
the objects which the human faculties are capable of taking
cognizance of. The prevailing theory in the eighteenth century,
on this most comprehensive of questions, was that proclaimed by
5 Locke, and commonly attributed to Aristotle—that all knowledge
consists of generalizations from experience. Of nature, or anything
whatever external to ourselves, we know, according to this theory,
nothing, except the facts which present themselves to our senses,
and such other facts as may, by analogy, be inferred from these.
10 There is no knowledge *à priori*; no truths cognizable by the
mind's inward light, and grounded on intuitive evidence. Sensation,
and the mind's consciousness of its own acts, are not only the
exclusive sources. but the sole materials of our knowledge. From
this doctrine, Coleridge, with the German philosophers since Kant
15 (not to go farther back) and most of the English since Reid,
strongly dissents. He claims for the human mind a capacity, within
certain limits, of perceiving the nature and properties of 'Things
in themselves.' He distinguishes in the human intellect two
faculties, which, in the technical language common to him with
20 the Germans, he calls Understanding and Reason. The former
faculty judges of phenomena, or the appearances of things, and
forms generalizations from these: to the latter it belongs, by direct
intuition, to perceive things, and recognise truths, not cognizable
by our senses. These perceptions are not indeed innate, nor could
25 ever have been awakened in us without experience; but they are
not copies of it: experience is not their prototype, it is only the

occasion by which they are irresistibly suggested. The appearances
in nature excite in us, by an inherent law, ideas of those invisible
things which are the causes of the visible appearances, and on
whose laws those appearances depend: and we then perceive that
these things must have pre-existed to render the appearances 5
possible; just as (to use a frequent illustration of Coleridge's) we
see, before we know that we have eyes; but when once this is
known to us, we perceive that eyes must have pre-existed to enable
us to see. Among the truths which are thus known *à priori*, by
occasion of experience, but not themselves the subjects of experi- 10
ence, Coleridge includes the fundamental doctrines of religion and
morals, the principles of mathematics, and the ultimate laws even
of physical nature; which he contends cannot be proved by experi-
ence, though they must necessarily be consistent with it, and
would, if we knew them perfectly, enable us to account for all 15
observed facts, and to predict all those which are as yet unobserved.

It is not necessary to remind any one who concerns himself with
such subjects, that between the partisans of these two opposite doc-
trines there reigns a *bellum internecinum*. Neither side is sparing in
the imputation of intellectual and moral obliquity to the perceptions, 20
and of pernicious consequences to the creed, of its antagonists.
Sensualism is the common term of abuse for the one philosophy,
mysticism for the other. The one doctrine is accused of making
men beasts, the other lunatics. It is the unaffected belief of
numbers on one side of the controversy, that their adversaries are 25
actuated by a desire to break loose from moral and religious

obligation; and of numbers on the other that their opponents are either men fit for Bedlam, or who cunningly pander to the interests of hierarchies and aristocracies, by manufacturing super-fine new arguments in favour of old prejudices. It is almost needless to say that those who are freest with these mutual accusations, are seldom those who are most at home in the real intricacies of the question, or who are best acquainted with the argumentative strength of the opposite side, or even of their own. But without going to these extreme lengths, even sober men on both sides take no charitable view of the tendencies of each other's opinions.

It is affirmed that the doctrine of Locke and his followers, that all knowledge is experience generalized, leads by strict logical consequence to atheism: that Hume and other sceptics were right when they contended that it is impossible to prove a God on grounds of experience; and Coleridge (like Kant) maintains positively, that the ordinary argument for a Deity, from marks of design in the universe, or, in other words, from the resemblance of the order in nature to the effects of human skill and contrivance, is not tenable. It is further said that the same doctrine annihilates moral obligation; reducing morality either to the blind impulses of animal sensibility. or to a calculation of prudential consequences, both equally fatal to its essence. Even science. it is affirmed, loses the character of science in this view of it, and becomes empiricism; a mere enumeration and arrangement of facts, not explaining nor accounting for them: since a fact is only then accounted for. when we are made to see in it the manifestation of laws, which, as soon as they are perceived at all, are perceived to be *necessary*. These are the charges brought by the transcendental philosophers against the school of Locke, Hartley, and Bentham. They in their turn allege that the transcendentalists make imagination, and not observation, the criterion of truth; that they lay down principles under which a man may enthrone his wildest dreams in the chair of philosophy, and impose them on mankind as intuitions of the pure reason: which has, in fact, been done in all ages, by all manner of mystical enthusiasts. And even if, with gross inconsistency, the private revelations of any individual Behmen or Swedenborg be disowned, or, in other words, outvoted (the only means of discrimination which, it is contended the theory admits of), this is still only substituting, as the test of truth, the dreams of the majority for the dreams of each individual. Whoever form a strong enough party may at any time set up the immediate perceptions of *their* reason, that is to say, any reigning prejudice, as a truth independent of experience; a truth not only requiring no proof, but to be believed in opposition to all that appears proof to the mere understanding; nay, the more to be believed, because it cannot be put into words and into the logical form of a proposition without a contradiction in terms: for no less authority than this is claimed by some transcendentalists for their *à priori* truths. And thus a ready mode is provided, by which whoever is on the strongest side may dogmatize at his ease, and instead of proving his propositions, may rail at all who deny them, as bereft of 'the vision and the faculty divine,' or blinded to its plainest revelations by a corrupt heart.

This is a very temperate statement of what is charged by these two classes of thinkers against each other. How much of either representation is correct, cannot conveniently be discussed in this place. In truth, a system of consequences from an opinion, drawn by an adversary, is seldom of much worth. Disputants are rarely sufficiently masters of each other's doctrines, to be good judges what is fairly deducible from them, or how a consequence which seems to flow from one part of the theory may or may not be defeated by another part. To combine the different parts of a doctrine with one another, and with all admitted truths, is not indeed a small trouble, nor one which a person is often inclined to take for other people's opinions. Enough if each does it for his own, which he has a greater interest in, and is more disposed to be just to. Were we to search among men's recorded thoughts for the choicest manifestations of human imbecility and prejudice, our specimens would be mostly taken from their opinions of the opinions of one another. Imputations of horrid consequences ought not to bias the judgment of any person capable of independent thought. Coleridge himself says (in the 25th Aphorism of his 'Aids to Reflection'), 'He who begins by loving Christianity better than truth, will proceed by loving his own sect or church better than Christianity, and end in loving himself better than all.'

As to the fundamental difference of opinion respecting the sources of our knowledge (apart from the corollaries which either party may have drawn from its own principle, or imputed to its opponent's), the question lies far too deep in the recesses of psychology for us to discuss it here. The lists having been open ever since the dawn of philosophy, it is not wonderful that the two parties should have been forced to put on their strongest armour, both of attack and of defence. The question would not so long have remained a question, if the more obvious arguments on either side had been unanswerable. Each party has been able to urge in its own favour numerous and striking facts, to reconcile which with the opposite theory has required all the metaphysical resources which that theory could command. It will not be wondered at, then, that we here content ourselves with a bare statement of our opinion. It is, that the truth, on this much-debated question, lies with the school of Locke and of Bentham. The nature and laws of Things in themselves, or of the hidden causes of the phenomena which are the objects of experience, appear to us radically inaccessible to the human faculties. We see no ground for believing that anything can be the object of our knowledge except our experience, and what can be inferred from our experience by the analogies of experience itself; nor that there is any idea, feeling, or power in the human mind, which, in order to account for it, requires that its origin should be referred to any other source. We are therefore at issue with Coleridge on the central idea of his philosophy; and we find no need of, and no use for, the peculiar technical terminology which he and his masters the Germans have introduced into philosophy, for the double purpose of giving logical precision to doctrines which we do not admit, and of marking a relation between those abstract doctrines and many concrete experimental truths, which this language, in our judgment, serves not to elucidate, but to disguise and obscure. Indeed, but for these peculiarities of language, it would be difficult to understand how the reproach of mysticism (by which nothing is meant in common parlance but unintelligibleness) has been fixed upon Coleridge and the Germans in the minds of many, to whom doctrines substantially the same, when taught in a manner more superficial and less fenced round against objections, by Reid and Dugald Stewart, have appeared the plain dictates of 'common sense,' successfully asserted against the subtleties of metaphysics.

Yet, though we think the doctrines of Coleridge and the Germans, in the pure science of mind, erroneous, and have no taste for their peculiar terminology, we are far from thinking that even in respect of this, the least valuable part of their intellectual exertions, those philosophers have lived in vain. The doctrines of the school of Locke stood in need of an entire renovation: to borrow a physiological illustration from Coleridge, they require, like certain secretions of the human body, to be reabsorbed into the system and secreted afresh. In what form did that philosophy generally prevail throughout Europe? In that of the shallowest set of doctrines which perhaps were ever passed off upon a cultivated age as a complete psychological system—the ideology of Condillac and his school; a system which affected to resolve all the phenomena of the human mind into sensation, by a process which essentially

consisted in merely *calling* all states of mind, however heteroge-
neous, by that name; a philosophy now acknowledged to consist
solely of a set of verbal generalizations, explaining nothing,
distinguishing nothing, leading to nothing. That men should begin
by sweeping this away, was the first sign that the age of real 5
psychology was about to commence. In England the case, though
different, was scarcely better. The philosophy of Locke, as a
popular doctrine, had remained nearly as it stood in his own book;
which, as its title implies, did not pretend to give an account of
any but the intellectual part of our nature; which, even within 10
that limited sphere, was but the commencement of a system, and
though its errors and defects as such have been exaggerated
beyond all just bounds, it did expose many vulnerable points to
the searching criticism of the new school. The least imperfect
part of it, the purely logical part, had almost dropped out of sight. 15
With respect to those of Locke's doctrines which are properly
metaphysical; however the sceptical part of them may have been
followed up by others, and carried beyond the point at which he
stopped; the only one of his successors who attempted, and
achieved, any considerable improvement and extension of the 20
analytical part, and thereby added anything to the explanation of
the human mind on Locke's principles, was Hartley. But Hartley's
doctrines, so far as they are true, were so much in advance of
the age, and the way had been so little prepared for them by the
general tone of thinking which yet prevailed, even under the 25
influence of Locke's writings, that the philosophic world did not

deem them worthy of being attended to. Reid and Stewart were allowed to run them down uncontradicted: Brown, though a man of a kindred genius, had evidently never read them; and but for the accident of their being taken up by Priestley, who transmitted them as a kind of heirloom to his Unitarian followers, the name of Hartley might have perished, or survived only as that of a visionary physician, the author of an exploded physiological hypothesis. It perhaps required all the violence of the assaults made by Reid and the German school upon Locke's system, to recall men's minds to Hartley's principles, as alone adequate to the solution, upon that system, of the peculiar difficulties which those assailants pressed upon men's attention as altogether insoluble by it. We may here notice that Coleridge, before he adopted his later philosophical views, was an enthusiastic Hartleian; so that his abandonment of the philosophy of Locke cannot be imputed to unacquaintance with the highest form of that philosophy which had yet appeared. That he should pass through that highest form without stopping at it, is itself a strong presumption that there were more difficulties in the question than Hartley had solved. That anything has since been done to solve them we probably owe to the revolution in opinion, of which Coleridge was one of the organs; and even in abstract metaphysics, his writings, and those of his school of thinkers, are the richest mine from whence the opposite school can draw the materials for what has yet to be done to perfect their own theory.

If we now pass from the purely abstract to the concrete and

practical doctrines of the two schools, we shall see still more clearly the necessity of the reaction, and the great service rendered to philosophy by its authors. This will be best manifested by a survey of the state of practical philosophy in Europe, as Coleridge and his compeers found it, towards the close of the last century. 5

The state of opinion in the latter half of the eighteenth century was by no means the same on the Continent of Europe and in our own island; and the difference was still greater in appearance than it was in reality. In the more advanced nations of the Continent, the prevailing philosophy had done its work completely: 10 it had spread itself over every department of human knowledge; it had taken possession of the whole Continental mind: and scarcely one educated person was left who retained any allegiance to the opinions or the institutions of ancient times. In England, the native country of compromise, things had stopped far short of 15 this; the philosophical movement had been brought to a halt in an early stage, and a peace had been patched up by concessions on both sides, between the philosophy of the time and its tradi-tional institutions and creeds. Hence the aberrations of the age were generally, on the Continent, at that period, the extravagances 20 of new opinions; in England, the corruptions of old ones.

To insist upon the deficiencies of the Continental philosophy of the last century, or, as it is commonly termed, the French philosophy, is almost superfluous. That philosophy is indeed as unpopular in this country as its bitterest enemy could desire. If 25 its faults were as well understood as they are much railed at, criticism might be considered to have finished its work, But that this is not yet the case, the nature of the imputations currently made upon the French philosophers, sufficiently proves; many of these being as inconsistent with a just philosophic comprehension of their system of opinions, as with charity towards the men themselves. It is not true, for example, that any of them denied moral obligation, or sought to weaken its force. So far were they from meriting this accusation, that they could not even tolerate the writers who, like Helvetius, ascribed a selfish origin to the feelings of morality, resolving them into a sense of interest. Those writers were as much cried down among the *philosophes* themselves, and what was true and good in them (and there is much that is so) met with as little appreciation, then as now. The error of the philosophers was rather that they trusted too much to those feelings; believed them to be more deeply rooted in human nature than they are; to be not so dependent, as in fact they are, upon collateral influences. They thought them the natural and spontaneous growth of the human heart; so firmly fixed in it, that they would subsist unimpaired, nay invigorated, when the whole system of opinions and observances with which they were habitually intertwined was violently torn away.

To tear away was, indeed, all that these philosophers, for the most part, aimed at: they had no conception that anything else was needful. At their millennium, superstition, priestcraft, error and prejudice of every kind, were to be annihilated; some of them gradually added that despotism and hereditary privileges must share the same fate; and, this, accomplished, they never for a moment suspected that all the virtues and graces of humanity could fail to flourish, or that when the noxious weeds were once rooted out, the soil would stand in any need of tillage.

In this they committed the very common error, of mistaking, the state of things with which they had always been familiar, for the universal and natural condition of mankind. They were accustomed to see the human race agglomerated in large nations, all (except here and there a madman or a malefactor) yielding obedience more or less strict to a set of laws prescribed by a few of their own number, and to a set of moral rules prescribed by each other's opinion; renouncing the exercise of individual will and judgment, except within the limits imposed by these laws and rules; and acquiescing in the sacrifice of their individual wishes when the point was decided against them by lawful authority; or persevering only in hopes of altering the opinion of the ruling powers. Finding matters to be so generally in this condition, the philosophers apparently concluded that they could not possibly be in any other; and were ignorant, by what a host of civilizing and restraining influences a state of things so repugnant to man's self-will and love of independence has been brought about, and how imperatively it demands the continuance of those influences as the condition of its own existence. The very first element of the social union, obedience to a government of some sort, has not been found so easy a thing to establish in the world. Among a timid and spiritless race, like the inhabitants of the vast plains of tropical

countries, passive obedience may be of natural growth; though even there we doubt whether it has ever been found among any people with whom fatalism, or in other words, submission to the pressure of circumstances as the decree of God, did not prevail as
5 a religious doctrine. But the difficulty of inducing a brave and warlike race to submit their individual *arbitrium* to any common umpire, has aways been felt to be so great, that nothing short of supernatural power has been deemed adequate to overcome it; and such tribes have always assigned to the first institution of civil
10 society a divine origin. So differently did those judge who knew savage man by actual experience, from those who had no acquaintance with him except in the civilized state. In modern Europe itself, after the fall of the Roman empire, to subdue the feudal anarchy and bring the whole people of any European nation into
15 subjection to government (although Christianity in the most concentrated form of its influence was co-operating in the work) required thrice as many centuries as have elapsed since that time.

Now if these philosophers had known human nature under any other type than that of their own age, and of the particular
20 classes of society among whom they lived, it would have occurred to them, that wherever this habitual submission to law and government has been firmly and durably established, and yet the vigour and manliness of character which resisted its establishment have been in any degree preserved, certain requisites have existed,
25 certain conditions have been fulfilled, of which the following may be regarded as the principal.

First: There has existed, for all who were accounted citizens,—
for all who were not slaves, kept down by brute force,—a system
of *education*, beginning with infancy and continued through life,
of which, whatever else it might include, one main and incessant
ingredient was *restraining discipline*, To train the human being ₅
in the habit, and thence the power, of subordinating his personal
impulses and aims, to what were considered the ends of society;
of adhering, against all temptation, to the course of conduct which
those ends prescribed; of controlling in himself all the feelings
which were liable to militate against those ends, and encouraging ₁₀
all such as tended towards them; this was the purpose, to which
every outward motive that the authority directing the system
could command, and every inward power or principle which its
knowledge of human nature enabled it to evoke, were endeavoured
to be rendered instrumental. The entire civil and military policy ₁₅
of the ancient commonwealths was such a system of training: in
modern nations its place has been attempted to be supplied prin-
cipally by religious teaching. And whenever and in proportion as
the strictness of the restraining discipline was relaxed, the natural
tendency of mankind to anarchy reasserted itself; the State became ₂₀
disorganized from within; mutual conflict for selfish ends, neutral-
ized the energies which were required to keep up the contest
against natural causes of evil; and the nation, after a longer or
briefer interval of progressive decline, became either the slave of
a despotism, or the prey of a foreign invader.   ₂₅

The second condition of permanent political society has been

found to be, the existence, in some form or other, of the feeling
of allegiance, or loyalty. This feeling may vary in its objects, and
is not confined to any particular form of government; but whether
in a democracy or in a monarchy, its essence is always the same;
5 viz. that there be in the constitution of the State *something* which
is settled, something permanent, and not to be called in question;
something which, by general agreement, has a right to be where
it is, and to be secure against disturbance, whatever else may
change. This feeling may attach itself, as among the Jews (and
10 indeed in most of the commonwealths of antiquity), to a common
God or gods, the protectors and guardians of their State. Or it
may attach itself to certain persons, who are deemed to be,
whether by divine appointment, by long prescription, or by the
general recognition of their superior capacity and worthiness, the
15 rightful guides and guardians of the rest. Or it may attach itself
to laws; to ancient liberties, or ordinances. Or finally (and this is
the only shape in which the feeling is likely to exist hereafter)
it may attach itself to the principles of individual freedom and
political and social equality, as realized in institutions which as
20 yet exist nowhere, or exist only in a rudimentary state. But in
all political societies which have had a durable existence, there
has been some fixed point; something which men agreed in holding
sacred; which, wherever freedom of discussion was a recognised
principle, it was of course lawful to contest in theory, but which
25 no one could either fear or hope to see shaken in practice; which,
in short (except perhaps during some temporary crisis), was in

the common estimation placed beyond discussion. And the necessity
of this may easily be made evident. A State never is, nor, until
mankind are vastly improved, can hope to be, for any long time
exempt from internal dissension; for there neither is, nor has ever
been, any state of society in which collisions did not occur between 5
the immediate interests and passions of powerful sections of the
people. What, then, enables society to weather these storms, and
pass through turbulent times without any permanent weakening
of the securities for peaceable existence? Precisely this—that how-
ever important the interests about which men fall out, the conflict
did not affect the fundamental principles of the system of social 10
union which happened to exist; nor threaten large portions of the
community with the subversion of that on which they had built
their calculations, and with which their hopes and aims had become
identified. But when the questioning of these fundamental princi- 15
ples is (not the occasional disease, or salutary medicine, but) the
habitual condition of the body politic, and when all the violent
animosities are called forth, which spring naturally from such a
situation, the State is virtually in a position of civil war; and can
never long remain free from it in act and fact.   20

The third essential condition of stability in political society, is
a strong and active principle of cohesion among the members of
the same community or state. We need scarcely say that we do
not mean nationality, in the vulgar sense of the term; a senseless
antipathy to foreigners; an indifference to the general welfare of 25
the human race, or an unjust preference of the supposed interests

222

of our own country; a cherishing of bad peculiarities because
they are national; or a refusal to adopt what has been found good
by other countries. We mean a principle of sympathy, not of
hostility; of union, not of separation. We mean a feeling of
5 common interest among those who live under the same government,
and are contained within the same natural or historical boundaries.
We mean, that one part of the community do not consider them-
selves as foreigners with regard to another part; that they set a
value on their connexion; feel that they are one people, that
10 their lot is cast together, that evil to any of their fellow-country-
men is evil to themselves; and do not desire selfishly to free
themselves from their share of any common inconvenience by
severing the connexion. How strong this feeling was in those
ancient commonwealths which attained any durable greatness,
15 every one knows. How happily Rome, in spite of all her tyranny,
succeeded in establishing the feeling of a common country among
the provinces of her vast and divided empire, will appear when
any one who has given due attention to the subject shall take
the trouble to point it out.[1] In modern times the countries which

20 [1] We are glad to quote a striking passage from Coleridge on this very
subject. He is speaking of the misdeeds of England in Ireland; towards
which misdeeds this Tory, as he is called (for the Tories, who neglected
him in his lifetime, show no little eagerness to give themselves the credit
of his name after his death), entertained feelings scarcely surpassed by
25 those which are excited by the masterly exposure for which we have
recently been indebted to M. de Beaumont.
'Let us discharge,' he says, 'what may well be deemed a debt of justice
from every well-educated Englishman to his Roman Catholic fellow-subjects
of the Sister Island. At least, let us ourselves understand the true cause

have had that feeling in the strongest degree have been the most
powerful countries; England, France, and, in proportion to their

of the evil as it now exists. To what and to whom is the present state of
Ireland mainly to be attributed? This should be the question: and to this
I answer aloud, that it is mainly attributable to those who, during a period 5
of little less than a whole century, used as a substitute what Providence
had given into their hand as an opportunity; who chose to consider as
superseding the most sacred duty, a code of law, which could be excused
only on the plea that it enabled them to perform it. To the sloth and
improvidence, the weakness and wickedness, of the gentry, clergy, and 10
governors of Ireland, who persevered in preferring intrigue, violence, and
selfish expatriation to a system of preventive and remedial measures, the
efficacy of which had been warranted for them alike by the whole provin-
cial history of ancient Rome, *cui pacare subactos summa erat sapientia*,
and by the happy results of the few exceptions to the contrary scheme 15
unhappily pursued by their and our ancestors.

'I can imagine no work of genius that would more appropriately decorate
the dome or wall of a Senate-house, than an abstract of Irish history from
the landing of Strongbow to the battle of the Boyne, or to a yet later
period, embodied in intelligible emblems—an allegorical history-piece design- 20
ed in the spirit of a Rubens or a Buonarotti and with the wild lights,
portentous shades, and saturated colours of a Rembrandt, Caravaggio, and
Spagnoletti. To complete the great moral and political lesson by the
historic contrast, nothing more would be required than by some equally
effective means to possess the mind of the spectator with the state and 25
condition of ancient Spain, at less than half a century from the final
conclusion of an obstinate and almost unremitting conflict of two hundred
years by Agrippa's subjugation of the Cantabrians, *omnibus Hispaniæ
populis devictis et pacatis*. At the breaking up of the Empire the West
Goths conquered the country, and made division of the lands. Then came 30
eight centuries of Moorish domination. Yet so deeply had Roman wisdom
impressed the fairest characters of the Roman mind, that at this very hour,
if we except a comparatively insignificant portion of Arabic derivatives,
the natives throughout the whole Peninsula speak a language less differing
from the *Romana rustica*, or provincial Latin of the times of Lucan and 35
Seneca, than any two of its dialects from each other. The time approaches,
I trust, when our political economists may study the science of the provin-
cial policy of the ancients in detail, under the auspices of hope, for
immediate and practical purposes.'   —*Church and State*, p. 161.

territory and resources, Holland and Switzerland; while England
in her connexion with Ireland, is one of the most signal examples
of the consequences of its absence. Every Italian knows why Italy
is under a foreign yoke; every German knows what maintains
despotism in the Austrian empire; the evils of Spain flow as much
from the absence of nationality among the Spaniards themselves,
as from the presence of it in their relations with foreigners; while
the completest illustration of all is afforded by the republics of
South America, where the parts of one and the same state adhere
so slightly together, that no sooner does any province think itself
aggrieved by the general government, than it proclaims itself a
separate nation.

These essential requisites of civil society the French philosophers
of the eighteenth century unfortunately overlooked. They found,
indeed, all three—at least the first and second, and most of what
nourishes and invigorates the third—already undermined by the
vices of the institutions, and of the men, that were set up as the
guardians and bulwarks of them. If innovators, in their theories,
disregarded the elementary principles of the social union, Conser-
vatives, in their practice, had set the first example. The existing
order of things had ceased to realize those first principles: from
the force of circumstances, and from the short-sighted selfishness
of its administrators, it had ceased to possess the essential condi-
tions of permanent society, and was therefore tottering to its fall.
But the philosophers did not see this. Bad as the existing system
was in the days of its decrepitude, according to them it was still

worse when it actually did what it now only pretended to do. Instead of feeling that the effect of a bad social order in sapping the necessary foundations of society itself, is one of the worst of its many mischiefs, the philosophers saw only, and saw with joy, that it was sapping its own foundations. In the weakening of all 5 government they saw only the weakening of bad government; and thought they could not better employ themselves than in finishing the task so well begun—in discrediting all that still remained of restraining discipline, because it rested on the ancient and decayed creeds against which they made war; in unsettling everything 10 which was still considered settled, making men doubtful of the few things of which they still felt certain; and in uprooting what little remained in the people's minds of reverence for anything above them. of respect to any of the limits which custom and prescription had set to the indulgence of each man's fancies or 15 inclinations, or of attachment to any of the things which belonged to them as a nation, and which made them feel their unity as such.

Much of all this was, no doubt, unavoidable, and not justly matter of blame. When the vices of all constituted authorities, 20 added to natural causes of decay, have eaten the heart out of old institutions and beliefs, while at the same time the growth of knowledge, and the altered circumstances of the age, would have required institutions and creeds different from these even if they had remained uncorrupt, we are far from saying that any degree 25 of wisdom on the part of speculative thinkers could avert the political catastrophes, and the subsequent moral anarchy and unsettledness, which we have witnessed and are witnessing. Still less do we pretend that those principles and influences which we have spoken of as the conditions of the permanent existence of the social union, once lost, can ever be, or should be attempted to be, revived in connexion with the same institutions or the same doctrines as before. When society requires to be rebuilt, there is no use in attempting to rebuild it on the old plan. By the union of the enlarged views and analytic powers of speculative men with the observation and contriving sagacity of men of practice, better institutions and better doctrines must be elaborated; and until this is done we cannot hope for much improvement in our present condition. The effort to do it in the eighteenth century would have been premature, as the attempts of the Economistes (who, of all persons then living, came nearest to it, and who were the first to form clearly the idea of a Social Science), sufficiently testify. The time was not ripe for doing effectually any other work than that of destruction. But the work of the day should have been so performed as not to impede that of the morrow. No one can calculate what struggles, which the cause of improvement has yet to undergo, might have been spared if the philosophers of the eighteenth century had done anything like justice to the Past. Their mistake was, that they did not acknowledge the historical value of much which had ceased to be useful, nor saw that institutions and creeds, now effete, had rendered essential services to civilization, and still filled a place in the human mind, and in the arrangements of society, which could not without great peril be left vacant. Their mistake was, that they did not recognise in many of the errors which they assailed, corruptions of important truths, and in many of the institutions most cankered with abuse, necessary elements of civilized society, though in a form and ves- 5 ture no longer suited to the age; and hence they involved, as far as in them lay, many great truths in a common discredit with the errors which had grown up around them. They threw away the shell without preserving the kernel; and attempting to new-model society without the binding forces which hold society 10 together, met with such success as might have been anticipated.

Now we claim, in behalf of the philosophers of the reactionary school—of the school to which Coleridge belongs—that exactly what we blame the philosophers of the eighteenth century for not doing, they have done. 15

Every reaction in opinion, of course brings into view that portion of the truth which was overlooked before. It was natural that a philosophy which anathematized all that had been going on in Europe from Constantine to Luther, or even to Voltaire, should be succeeded by another, at once a severe critic of the new 20 tendencies of society, and an impassioned vindicator of what was good in the past. This is the easy merit of all Tory and Royalist writers. But the peculiarity of the Germano-Coleridgian school is, that they saw beyond the immediate controversy, to the funda-mental principles involved in all such controversies. They were 25 the first (except a solitary thinker here and there) who inquired with any comprehensiveness or depth, into the inductive laws of the existence and growth of human society. They were the first to bring prominently forward the three requisites which we have enumerated, as essential principles of all permanent forms of social

5 existence; as principles, we say, and not as mere accidental advantages inherent in the particular polity or religion which the writer happened to patronize. They were the first who pursued, philosophically and in the spirit of Baconian investigation, not only this inquiry, but others ulterior and collateral to it. They

10 thus produced, not a piece of party advocacy, but a philosophy of society, in the only form in which it is yet possible, that of a philosophy of history; not a defence of particular ethical or religious doctrines, but a contribution, the largest made by any class of thinkers, towards the philosophy of human culture.

15 The brilliant light which has been thrown upon history during the last half century, has proceeded almost wholly from this school. The disrespect in which history was held by the *philosophes* is notorious; one of the soberest of them, D'Alembert we believe, was the author of the wish that all record whatever of

20 past events could be blotted out. And indeed the ordinary mode of writing history, and the ordinary mode of drawing lessons from it, were almost sufficient to excuse this contempt. But the *philosophes* saw, as usual, what was not true, not what was. It is no wonder that they who looked on the greater part of what had

25 been handed down from the past, as sheer hindrances to man's attaining a well-being which would otherwise be of easy attain-

ment, should content themselves with a very superficial study of history. But the case was otherwise with those who regarded the maintenance of society at all, and especially its maintenance in a state of progressive advancement, as a very difficult task actually achieved, in however imperfect a manner, for a number of centuries, 5 against the strongest obstacles. It was natural that they should feel a deep interest in ascertaining how this had been effected; and should be led to inquire, both what were the requisites of the permanent existence of the body politic, and what were the conditions which had rendered the preservation of these permanent 10 requisites compatible with perpetual and progressive improvement. And hence that series of great writers and thinkers, from Herder to Michelet, by whom history, which was till then 'a tale told by an idiot, full of sound and fury, signifying nothing,' has been made a science of causes and effects; who, by making the facts 15 and events of the past have a meaning and an intelligible place in the gradual evolution of humanity, have at once given history, even to the imagination, an interest like romance, and afforded the only means of predicting and guiding the future, by unfolding the agencies which have produced and still maintain the Present.[1] 20

[1] There is something at once ridiculous and discouraging in the signs which daily meet us, of the Cimmerian darkness still prevailing in England (wherever recent foreign literature or the speculations of the Coleridgians have not penetrated) concerning the very existence of the views of general history, which have been received throughout the Continent of 25 Europe for the last twenty or thirty years. A writer in Blackwood's Magazine, certainly not the least able publication of our day, nor this the least able writer in it, lately announced, with all the pomp and heraldry of triumphant genius, a discovery which was to disabuse the world

The same causes have naturally led the same class of thinkers to do what their predecessors never could have done, for the philosophy of human culture. For the tendency of their speculations compelled them to see in the character of the national education

5 existing in any political society, at once the principal cause of its permanence as a society, and the chief source of its progressiveness: the former by the extent to which that education operated as a system of restraining discipline; the latter by the degree in which it called forth and invigorated the active faculties. Besides,

10 not to have looked upon the culture of the inward man as the problem of problems, would have been incompatible with the belief which many of these philosophers entertained in Christianity, and the recognition by all of them of its historical value, and the prime part which it has acted in the progress of mankind. But

15 here, too, let us not fail to observe, they rose to principles, and did not stick in the particular case. The culture of the human being had been carried to no ordinary height, and human nature had exhibited many of its noblest manifestations, not in Christian countries only, but in the ancient world, in Athens, Sparta, Rome;

20 of an universal prejudice, and create 'the philosophy of Roman history.' This is, that the Roman empire perished not from outward violence, but from inward decay; and that the barbarian conquerors were the renovators, not the destroyers of its civilization. Why, there is not a schoolboy in France or Germany who did not possess this writer's discovery before him;

25 the contrary opinion has receded so far into the past, that it must be rather a learned Frenchman or German who remembers that it was ever held. If the writer in Blackwood had read a line of Guizot (to go no further than the most obvious sources), he would probably have abstained from making himself very ridiculous, and his country, so far as depends

30 upon him, the laughing-stock of Europe.

nay, even barbarians, as the Germans, or still more unmitigated
savages, the wild Indians, and again the Chinese, the Egyptians, the
Arabs, all had their own education, their own culture; a culture
which, whatever might be its tendency upon the whole, had been
successful in some respect or other. Every form of polity, every 5
condition of society, whatever else it had done, had formed its type
of national character. What that type was, and how it had been
made what it was, were questions which the metaphysician might
overlook, the historical philosopher could not. Accordingly, the
views respecting the various elements of human culture and the 10
causes influencing the formation of national character, which
pervade the writings of the Germano-Coleridgian school, throw
into the shade everything which had been effected before, or which
has been attempted simultaneously by any other school. Such
views are, more than anything else, the characteristic feature of 15
the Goethian period of German literature; and are richly diffused
through the historical and critical writings of the new French
school, as well as of Coleridge and his followers.

In this long, though most compressed, dissertation on the Conti- 20
nental philosophy preceding the reaction, and on the nature of the
reaction, so far as directed against that philosophy, we have
unavoidably been led to speak rather of the movement itself, than of
Coleridge's particular share in it; which, from his posteriority in date,
was necessarily a subordinate one. And it would be useless, even did 25
our limits permit, to bring together from the scattered writings

of a man who produced no systematic work, any of the fragments which he may have contributed to an edifice still incomplete, and even the general character of which, we can have rendered very imperfectly intelligible to those who are not acquainted with the theory itself. Our object is to invite to the study of the original sources, not to supply the place of such a study. What was peculiar to Coleridge will be better manifested, when we now proceed to review the state of popular philosophy immediately preceding him in our own island; which was different, in some material respects, from the contemporaneous Continental philosophy.

In England, the philosophical speculations of the age had not, except in a few highly metaphysical minds (whose example rather served to deter than to invite others), taken so audacious a flight, nor achieved anything like so complete a victory over the counteracting influences, as on the Continent. There is in the English mind, both in speculation and in practice, a highly salutary shrinking from all extremes. But as this shrinking is rather an instinct of caution than a result of insight, it is too ready to satisfy itself with any medium, merely because it is a medium, and to acquiesce in a union of the disadvantages of both extremes instead of their advantages. The circumstances of the age, too, were unfavourable to decided opinions. The repose which followed the great struggles of the Reformation and the Commonwealth; the final victory over Popery and Puritanism, Jacobitism and Republicanism, and the lulling of the controversies which kept speculation and spiritual consciousness alive; the lethargy which

came upon all governors and teachers, after their position in society
became fixed; and the growing absorption of all classes in material
interests—caused a state of mind to diffuse itself, with less of deep
inward workings, and less capable of interpreting those it had,
than had existed for centuries. The age seemed smitten with an 5
incapacity of producing deep or strong feeling, such as at least
could ally itself with meditative habits. There were few poets, and
none of a high order; and philosophy fell mostly into the hands
of men of a dry prosaic nature, who had not enough of the mate-
rials of human feeling in them to be able to imagine any of its 10
more complex and mysterious manifestations; all of which they
either left out of their theories, or introduced them with such
explanations as no one who had experienced the feelings could
receive as adequate. An age like this, an age without earnestness,
was the natural era of compromises and half-convictions. 15

To make out a case for the feudal and ecclesiastical institutions
of modern Europe was by no means impossible: they had a mean-
ing, had existed for honest ends, and an honest theory of them
might be made. But the administration of those institutions had
long ceased to accord with any honest theory. It was impossible 20
to justify them in principle, except on grounds which condemned
them in practice; and grounds of which there was at any rate
little or no recognition in the philosophy of the eighteenth century.
The natural tendency, therefore, of that philosophy, everywhere but
in England, was to seek the extinction of those institutions. In 25
England it would doubtless have done the same, had it been strong

enough: but as this was beyond its strength, an adjustment was come to between the rival powers. What neither party cared about, the *ends* of existing institutions, the work that was to be done by teachers and governors, was flung overboard. The wages
5 of that work the teachers and governors did care about, and those wages were secured to them. The existing institutions in Church and State were to be preserved inviolate, in outward semblance at least, but were required to be, practically, as much a nullity as possible. The Church continued to 'rear her mitred front in courts
10 and palaces,' but not as in the days of Hildebrand or Becket, as the champion of arts against arms, of the serf against the seigneur, peace against war, or spiritual principles and powers against the domination of animal force. Nor even (as in the days of Latimer and John Knox) as a body divinely commissioned to train the
15 nation in a knowledge of God and obedience to his laws, whatever became of temporal principalities and powers, and whether this end might most effectually be compassed by their assistance or by trampling them under foot. No; but the people of England liked old things, and nobody knew how the place might be filled which
20 the doing away with so conspicuous an institution would leave vacant, and *quieta ne movere* was the favourite doctrine of those times; therefore, on condition of not making too much noise about religion, or taking it too much in earnest, the church was supported, even by philosophers—as a 'bulwark against fanaticism,' a
25 sedative to the religious spirit, to prevent it from disturbing the harmony of society or the tranquillity of states. The clergy of the

establishment thought they had a good bargain on these terms, and kept its conditions very faithfully.

The State, again, was no longer considered, according to the old ideal, as a concentration of the force of all the individuals of the nation in the hands of certain of its members, in order to the accomplishment of whatever could be best accomplished by systematic co-operation. It was found that the State was a bad judge of the wants of society; that it in reality cared very little for them; and when it attempted anything beyond that police against crime, and arbitration of disputes, which are indispensable to social existence, the private sinister interest of some class or individual was usually the prompter of its proceedings. The natural inference would have been that the constitution of the State was somehow not suited to the existing wants of society; having indeed descended, with scarcely any modifications that could be avoided, from a time when the most prominent exigencies of society were quite different. This conclusion, however, was shrunk from; and it required the peculiarities of very recent times, and the speculations of the Bentham school, to produce even any considerable tendency that way. The existing Constitution, and all the arrangements of existing society, continued to be applauded as the best possible. The celebrated theory of thethree powers was got up, which made the excellence of our Constitution consist in doing less harm than would be done by any other form of government. Government altogether was regarded as a necessary evil, and was required to hide itself, to make itself as little felt as possible. The cry of the people was not 'help us', 'guide us', 'do for us the things we cannot do, and instruct us, that we may do well those which we can'—and truly such requirements from such rulers would have been a bitter jest: the cry was 'let us alone.' Power to decide questions of *meum* and *tuum*, to protect society from open violence, and from some of the most dangerous modes of fraud, could not be withheld; these functions the Government was left in possession of, and to these it became the expectation of the public that it should confine itself.

Such was the prevailing tone of English belief in temporals; what was it in spirituals? Here too a similar system of compromise had been at work. Those who pushed their philosophical speculations to the denial of the received religious belief, whether they went to the extent of infidelity or only of heterodoxy, met with little encouragement: neither religion itself, not the received forms of it, were at all shaken by the few attacks which were made upon them from without. The philosophy, however, of the time, made itself felt as effectually in another fashion; it pushed its way *into* religion. The *à priori* arguments for a God were first dismissed. This was indeed inevitable. The internal evidences of Christianity shared nearly the same fate; if not absolutely thrown aside, they fell into the background, and were little thought of. The doctrine of Locke, that we have no *innate* moral sense, perverted into the doctrine that we have no moral sense at all, made it appear that we had not any capacity of judging from the doctrine itself, whether it was worthy to have come from a right-

eous Being. In forgetfulness of the most solemn warnings of the
Author of Christianity, as well as of the Apostle who was the
main diffuser of it through the world, belief in his religion was
left to stand upon miracles—a species of evidence which, according
to the universal belief of the early Christians themselves, was by 5
no means peculiar to true religion: and it is melancholy to see on
what frail reeds able defenders of Christianity preferred to rest,
rather than upon that better evidence which alone gave to their
so-called evidences any value as a collateral confirmation. In the
interpretation of Christianity, the palpablest *bibliolatry* prevailed: 10
if (with Coleridge) we may so term that superstitious worship of
particular texts, which persecuted Galileo, and, in our own day,
anathematized the discoveries of geology. Men whose faith in
Christianity rested on the literal infallibility of the sacred volume,
shrank in terror from the idea that it could have been included 15
in the scheme of Providence that the human opinions and mental
habits of the particular writers should be allowed to mix with
and colour their mode of conceiving and of narrating the divine
transactions. Yet this slavery to the letter has not only raised
every difficulty which envelopes the most unimportant passage in 20
the Bible, into an objection to revelation, but has paralysed many
a well-meant effort to bring Christianity home, as a consistent
scheme, to human experience and capacities of apprehension; as if
there was much of it which it was more prudent to leave *in*
nubibus, lest, in the attempt to make the mind seize hold of it as 25
a reality, some text might be found to stand in the way. It might

238

have been expected that this idolatry of the words of Scripture would at least have saved its doctrines from being tampered with by human notions; but the contrary proved to be the effect; for the vague and sophistical mode of interpreting texts, which was
5 necessary in order to reconcile what was manifestly irreconcilable, engendered a habit of playing fast and loose with Scripture, and finding in, or leaving out of it, whatever one pleased. Hence, while Christianity was, in theory and in intention, received and submitted to, with even 'prostration of the understanding' before
10 it, much alacrity was in fact displayed in *accommodating* it to the received philosophy, and even to the popular notions of the time. To take only one example, but so signal a one as to be *instar omnium*. If there is any one requirement of Christianity less doubtful than another, it is that of being spiritually-minded; of loving
15 and practising good from a pure love, simply because it is good. But one of the crotchets of the philosophy of the age was, that all virtue is self-interest; and accordingly, in the text-book adopted by the Church (in one of its universities) for instruction in moral philosophy, the reason for doing good is declared to be, that God
20 is stronger than we are, and is able to damn us if we do not. This is no exaggeration of the sentiments of Paley, and hardly even of the crudity of his language.

Thus, on the whole, England had neither the benefits, such as they were, of the new ideas nor of the old. We were just sufficient-
25 ly under the influences of each, to render the other powerless. We had a Government, which we respected too much to attempt

to change it, but not enough to trust it with any power, or look
to it for any services that were not compelled. We had a Church,
which had ceased to fulfil the honest purposes of a church, but
which we made a great point of keeping up as the pretence or
simulacrum of one. We had a highly spiritual religion (which we
were instructed to obey from selfish motives), and the most mec-
hanical and worldly notions on every other subject; and we were
so much afraid of being wanting in reverence to each particular
syllable of the book which contained our religion, that we let its
most important meanings slip through our fingers, and entertained
the most grovelling conceptions of its spirit and general purposes.
This was not a state of things which could recommend itself to
any earnest mind. It was sure in no great length of time to call
forth two sorts of men—the one demanding the extinction of the
institutions and creeds which had hitherto existed; the other, that
they be made a reality: the one pressing the new doctrines to their
utmost consequences; the other reasserting the best meaning and
purposes of the old. The first type attained its greatest height in
Bentham; the last in Coleridge.

We hold that these two sorts of men, who seem to be, and
believe themselves to be, enemies, are in reality allies. The powers
they wield are opposite poles of one great force of progression.
What was really hateful and contemptible was the state which
preceded them, and which each, in its way, has been striving now
for many years to improve. Each ought to hail with rejoicing the
advent of the other. But most of all ought an enlightened Radical

or Liberal to rejoice over such a Conservative as Coleridge. For such a Radical must know, that the Constitution and Church of England, and the religious opinions and political maxims professed by their supporters, are not mere frauds, nor sheer nonsense—have not been got up originally, and all along maintained, for the sole purpose of picking people's pockets; without aiming at, or being found conducive to, any honest end during the whole process. Nothing, of which this is a sufficient account, would have lasted a tithe of five, eight, or ten centuries, in the most improving period and (during much of that period) the most improving nation in the world. These things, we may depend upon it, were not always without much good in them, however little of it may now be left: and Reformers ought to hail the man as a brother Reformer who points out what this good is; what it is which we have a right to expect from things established—which they are bound to do for us, as the justification of their being established: so that they may be recalled to it and compelled to do it, or the impossibility of their any longer doing it may be conclusively manifested. What is any case for reform good for, until it has passed this test? What mode is there of determining whether a thing is fit to exist, without first considering what purposes it exists for, and whether it be still capable of fulfilling them?

We have not room here to consider Coleridge's Conservative philosophy in all its aspects, or in relation to all the quarters from which objections might be raised against it. We shall consider it with relation to Reformers, and especially to Benthamites. We would assist them to determine whether they would have to do with Conservative philosophers or with Conservative dunces; and whether, since there are Tories, it be better that they should learn their Toryism from Lord Eldon, or even Sir Robert Peel, or from Coleridge.

Take, for instance, Coleridge's view of the grounds of a Church Establishment. His mode of treating any institution is to investigate what he terms the Idea of it, or what in common parlance would be called the principle involved in it. The idea or principle of a national church, and of the Church of England in that character, is, according to him, the reservation of a portion of the land, or of a right to a portion of its produce, as a fund—for what purpose? For the worship of God? For the performance of religious ceremonies? No; for the advancement of knowledge, and the civilization and cultivation of the community. This fund he does not term Church-property, but 'the nationalty,' or national property. He considers it as destined for 'the support and maintenance of a permanent class or order, with the following duties. A certain smaller number were to remain at the fountain-heads of the humanities, in cultivating and enlarging the knowledge already possessed, and in watching over the interests of physical and moral science; being likewise the instructors of such as constituted, or were to constitute, the remaining more numerous classes of the order. The members of this latter and far more numerous body were to be distributed throughout the country, so as not to leave even the smallest integral part or division without a resident

242

guide, guardian, and instructor; the objects and final intention of
the whole order being these—to preserve the stores and to guard
the treasures of past civilization, and thus to bind the present
with the past; to perfect and add to the same, and thus to connect
5 the present with the future; but especially to diffuse through the
whole community, and to every native entitled to its laws and
rights, that quantity and quality of knowledge which was indis-
pensable both for the understanding of those rights, and for the
performance of the duties correspondent; finally, to secure for the
10 nation, if not a superiority over the neighbouring states, yet an
equality at least, in that character of general civilization, which
equally with, or rather more than, fleets, armies, and revenue,
forms the ground of its defensive and offensive power.'

This organized body, set apart and endowed for the cultivation
15 and diffusion of knowledge, is not, in Coleridge's view, necessarily
a religious corporation. 'Religion may be an indispensable ally, but
is not the essential constitutive end, of that national institute,
which is unfortunately, at least improperly, styled the Church; a
name which, in its best sense, is exclusively appropriate to the
20 Church of Christ......The *clerisy* of the nation, or national church
in its primary acceptation and original intention, comprehended
the learned of all denominations, the sages and professors of the
law and jurisprudence, of medicine and physiology, of music, of
military and civil architecture, with the mathematical as the
25 common organ of the preceding; in short, all the so-called liberal
arts and sciences, the possession and application of which constitute

the civilization of a country, as well as the theological. The last
was, indeed, placed at the head of all; and of good right did it
claim the precedence. But why? Because under the name of the-
ology or divinity were contained the interpretation of languages,
the conservation and tradition of past events, the momentous 5
epochs and revolutions of the race and nation, the continuation
of the records, logic, ethics, and the determination of ethical sci-
ence, in application to the rights and duties of men in all their
various relations, social and civil; and lastly, the ground-knowledge,
the *prima scientia*, as it was named,—philosophy, or the doctrine 10
and discipline of ideas.

'Theology formed only a part of the objects, the theologians
formed only a portion of the clerks or clergy, of the national Church.
The theological order had precedency indeed, and deservedly;
but not because its members were priests, whose office was to 15
conciliate the invisible powers, and to superintend the interests that
survive the grave; nor as being exclusively, or even principally,
sacerdotal or templar, which, when it did occur, is to be considered
as an accident of the age, a misgrowth of ignorance and oppression,
a falsification of the constitutive principle, not a constituent part 20
of the same. No; the theologians took the lead, because the science
of theology was the root and the trunk of the knowledge of
civilized man: because it gave unity and the circulating sap of
life to all other sciences, by virtue of which alone they could be
contemplated as forming collectively the living tree of knowledge. 25
It had the precedency because, under the name theology, were

comprised all the main aids, instruments, and materials of national education, the *nisus formativus* of the body politic, the shaping and informing spirit, which, educing or eliciting the latent man in all the natives of the soil, trains them up to be citizens of the country, free subjects of the realm. And, lastly, because to divinity belong those fundamental truths which are the common groundwork of our civil and our religious duties, not less indispensable to a right view of our temporal concerns than to a rational faith respecting our immortal well-being. Not without celestial observations can even terrestrial charts be accurately constructed.'—*Church and State*, chap. v.

The nationalty, or national property, according to Coleridge, 'cannot rightfully, and without foul wrong to the nation never has been, alienated from its original purposes,' from the promotion of 'a continuing and progressive civilization,' to the benefit of individuals, or any public purpose of merely economical or material interest. But the State may withdraw the fund from its actual holders, for the better execution of its purposes. There is no sanctity attached to the means, but only to the ends. The fund is not dedicated to any particular scheme of religion, nor even to religion at all; religion has only to do with it in the character of an instrument of civilization, and in common with all the other instruments. 'I do not assert that the proceeds from the nationalty cannot be rightfully vested, except in what we now mean by clergymen and the established clergy. I have everywhere implied the contrary......In relation to the national church, Christianity, or the Church of Christ, is a blessed accident, a providential boon, a grace of God......As the olive tree is said in its growth to fertilize the surrounding soil, to invigorate the roots of the vines in its immediate neighbourhood, and to improve the strength and flavour of the wines; such is the relation of the Christian and the national Church. But as the olive is not the same plant with the vine, or with the elm or poplar (that is, the State) with which the vine is wedded; and as the vine, with its prop, may exist, though in less perfection, without the olive, or previously to its implantation; even so is Christianity, and *à fortiori* any particular scheme of theology derived, and supposed by its partisans to be deduced, from Christianity, no essential part of the being of the national Church, however conducive or even indispensable it may be to its well-being.'—chap. vi.

What would Sir Robert Inglis, or Sir Robert Peel, or Mr. Spooner say to such a doctrine as this? Will they thank Coleridge for this advocacy of Toryism? What would become of the three years' debates on the Appropriation Clause, which so disgraced this country before the face of Europe? Will the ends of practical Toryism be much served by a theory under which the Royal Society might claim a part of the Church property with as good right as the bench of bishops, if, by endowing that body like the French Institute, science could be better promoted? a theory by which the State, in the conscientious exercise of its judgment, having decided that the Church of England does not fulfil the object for which the nationalty was intended, might transfer its endowments to

any other ecclesiastical body, or to any other body not ecclesias-
tical, which it deemed more competent to fulfil those objects;
might establish any other sect, or all sects, or no sect at all, if
it should deem that in the divided condition of religious opinion
5 in this country, the State can no longer with advantage attempt
the complete religious instruction of its people, but must for the
present content itself with providing secular instruction, and such
religious teaching, if any, as all can take part in; leaving each
sect to apply to its own communion that which they all agree in
10 considering as the keystone of the arch? We believe this to be
the true state of affairs in Great Britain at the present time. We
are far from thinking it other than a serious evil. We entirely
acknowledge, that in any person fit to be a teacher, the view he
takes of religion will be intimately connected with the view he
15 will take of all the greatest things which he has to teach. Unless
the same teachers who give instruction on those other subjects,
are at liberty to enter freely on religion, the scheme of education
will be, to a certain degree, fragmentary and incoherent. But the
State at present has only the option of such an imperfect scheme,
20 or of entrusting the whole business to perhaps the most unfit body
for the exclusive charge of it that could be found among persons
of any intellectual attainments, namely, the established clergy as
at present trained and composed. Such a body would have no
chance of being selected as the exclusive administrators of the
25 nationalty, on any foundation but that of divine right; the ground
avowedly taken by the only other school of Conservative philoso-

phy which is attempting to raise its head in this country—that of the new Oxford theologians.

Coleridge's merit in this matter consists, as it seems to us, in two things. First, that by setting in a clear light what a national church establishment ought to be, and what, by the very fact of its existence, it must be held to pretend to be, he has pronounced the severest satire upon what in fact it is. There is some difference, truly, between Coleridge's church, in which the schoolmaster forms the first step in the hierarchy, 'who, in due time, and under condition of a faithful performance of his arduous duties, should succeed to the pastorate,' and the Church of England such as we now see. But to say the Church, and mean only the clergy, 'constituted', according to Coleridge's conviction, 'the first and fundamental apostasy.'[1] He, and the thoughts which have proceeded from him, have done more than would have been effected in thrice the time by Dissenters and Radicals, to make the Church ashamed of the evil of her ways, and to determine that movement of improvement from within, which has begun where it ought to begin, at the Universities and among the younger clergy, and which, if this sect-ridden country is ever to be really taught, must proceed *pari passu* with the assault carried on from without.

Secondly, we honour Coleridge for having rescued from the discredit in which the corruptions of the English Church had involved everything connected with it, and for having vindicated against Bentham and Adam Smith and the whole eighteenth century,

[1] 'Literary Remains,' vol. iii. p.386.

the principle of an endowed class, for the cultivation of learning, and for diffusing its results among the community. That such a class is likely to be behind, instead of before, the progress of knowledge, is an induction erroneously drawn from the peculiar circumstances

5 of the last two centuries, and in contradiction to all the rest of modern history. If we have seen much of the abuses of endowments, we have not seen what this country might be made by a proper administration of them, as we trust we shall not see what it would be without them. On this subject we are entirely at one

10 with Coleridge, and with the other great defender of endowed establishments, Dr. Chalmers; and we consider the definitive establishment of this fundamental principle, to be one of the permanent benefits which political science owes to the Conservative philosophers.

15 Coleridge's theory of the Constitution is not less worthy of notice than his theory of the Church. The Delolme and Blackstone doctrine, the balance of the three powers, he declares he never could elicit one ray of common sense from, no more than from the balance of trade.[1] There is, however, according to him, an Idea

20 of the Constitution, of which he says—

'Because our whole history, from Alfred onwards, demonstrates the continued influence of such an idea, or ultimate aim, in the minds of our forefathers, in their characters and functions as public men, alike in what they resisted and what they claimed;

25 in the institutions and forms of polity which they established, and

[1] 'The Friend,' first collected edition (1818), vol. ii. p. 75.

with regard to those against which they more or less successfully contended; and because the result has been a progressive, though not always a direct or equable, advance in the gradual realization of the idea; and because it is actually, though (even because it is an idea) not adequately, represented in a correspondent scheme of means really existing; we speak, and have a right to speak, of the idea itself as actually existing, that is, as a principle existing in the only way in which a principle can exist—in the minds and consciences of the persons whose duties it prescribes, and whose rights it determines.'[1] This fundamental idea 'is at the same time the final criterion by which all particular frames of government must be tried: for here only can we find the great constructive principles of our representative system: those principles in the light of which it can alone be ascertained what are excrescences, symptoms of distemperature, and marks of degeneration, and what are native growths, or changes naturally attendant on the progressive development of the original germ, symptoms of immaturity, perhaps, but not of disease; or, at worst, modifications of the growth by the defective or faulty, but remediless or only gradually remediable, qualities of the soil and surrounding elements.'[2]

Of these principles he gives the following account:—

'It is the chief of many blessings derived from the insular character and circumstances of our country, that our social institutions have formed themselves out of our proper needs and interests;

[1] 'Church and State,' p.18.
[2] Ib. p.19.

250

that long and fierce as the birth-struggle and growing pains have
been, the antagonist powers have been of our own system, and
have been allowed to work out their final balance with less dis-
turbance from external forces than was possible in the Continental
5 States... Now, in every country of civilized men, or acknowledging
the rights of property, and by means of determined boundaries
and common laws united into one people or nation, the two antag-
onist powers or opposite interests of the State, under which all
other State interests are comprised, are those of *permanence* and
10 of *progression.*'

The interest of permanence, or the Conservative interest, he
considers to be naturally connected with the land, and with landed
property. This doctrine, false in our opinion as an universal prin-
ciple, is true of England, and of all countries where landed
15 property is accumulated in large masses.

'On the other hand,' he says, 'the progression of a State, in the
arts and comforts of life, in the diffusion of the information and
knowledge useful or necessary for all; in short, all advances in
civilization, and the rights and privileges of citizens, are especially
20 connected with, and derived from, the four classes,—the mercantile,
the manufacturing, the distributive, and the professional.'[1] (We
must omit the interesting historical illustrations of this maxim.)
'These four last-mentioned classes I will designate by the name of
the Personal Interest, as the exponent of all moveable and personal
25 possessions, including skill and acquired knowledge, the moral and

[1] 'Church and State,' pp.23-4.

intellectual stock in trade of the professional man and tht artist, no less than the raw materials, and the means of elaborating, transporting, and distributing them.'[1]

The interest of permanence, then, is provided for by a represen- tation of the landed proprietors; that of progression, by a repre- 5 sentation of personal property and of intellectual acquirement: and while one branch of the Legislature, the Peerage, is essentially given over to the former, he considers it a part both of the general theory and of the actual English constitution, that the representatives of the latter should form 'the clear and effectual 10 majority of the Lower House;' or if not, that at least, by the added influence of public opinion, they should exercise an effective preponderance there. That 'the very weight intended for the effectual counterpoise of the great landholders' has 'in the course of events, been shifted into the opposite scale;' that the members 15 for the towns 'now constitute a large proportion of the political power and influence of the very class of men whose personal cupidity and whose partial views of the landed interest at large they were meant to keep in check;'—these things he acknowledges: and only suggests a doubt, whether roads, canals, 20 machinery, the press, and other influences favourable to the popular side, do not constitute an equivalent force to supply the deficiency.[2]

How much better a Parliamentary Reformer, then, is Coleridge,

---

[1] 'Church and State,' p.29.
[2] Ib. pp.31-2.

than Lord John Russell, or any Whig who stickles for maintaining this unconstitutional omnipotence of the landed interest. If these became the principles of Tories, we should not wait long for further reform, even in our organic institutions. It is true Coleridge
5 disapproved of the Reform Bill, or rather of the principle, or the no-principle, on which it was supported. He saw in it (as we may surmise) the dangers of a change amounting almost to a revolution, without any real tendency to remove those defects in the machine, which alone could justify a change so extensive. And that this is
10 nearly a true view of the matter, all parties seem to be now agreed. The Reform Bill was not calculated materially to improve the general composition of the Legislature. The good it has done, which is considerable, consists chiefly in this, that being so great a change, it has weakened the superstitious feeling against great
15 changes. Any good, which is contrary to the selfish interest of the dominant class, is still only to be effected by a long and arduous struggle: but improvements, which threaten no powerful body in their social importance or in their pecuniary emoluments, are no longer resisted as they once were, because of their greatness
20 —because of the very benefit which they promised. Witness the speedy passing of the Poor Law Amendment and the Penny Postage Acts.

Meanwhile, though Coleridge's theory is but a mere commencement, not amounting to the first lines of a political philosophy,
25 has the age produced any other theory of government which can stand a comparison with it as to its first principles? Let us take,

for example, the Benthamic theory. The principle of this may be said to be, that since the general interest is the object of government, a complete control over the government ought to be given to those whose interest is identical with the general interest. The authors and propounders of this theory were men of extraordinary intellectual powers, and the greater part of what they meant by it is true and important. But when considered as the foundation of a science, it would be difficult to find among theories proceeding from philosophers one less like a philosophical theory, or, in the works of analytical minds, anything more entirely unanalytical. What can a philosopher make of such complex notions as 'interest' and 'general interest,' without breaking them down into the elements of which they are composed? If by men's interest be meant what would appear such to a calculating bystander, judging what would be good for a man during his whole life, and making no account, or but little, of the gratification of his present passions, his pride, his envy, his vanity, his cupidity, his love of pleasure, his love of ease—it may be questioned whether, in this sense, the interest of an aristocracy, and still more that of a monarch, would not be as accordant with the general interest as that of either the middle or the poorer classes; and if men's interest, in this understanding of it, usually governed their conduct, absolute monarchy would probably be the best form of government. But since men usually do what they like, often being perfectly aware that it is not for their ultimate interest, still more often that it is not for the interest of their posterity; and when they do believe that the object they are seeking is permanently good for them, almost always overrating its value; it is necessary to consider, not who are they whose permanent interest, but who are they whose immediate interests and habitual feelings, are likely to be most in accordance with the end we seek to obtain. And as that end (the general good) is a very complex state of things, comprising as its component elements many requisites which are neither of one and the same nature, nor attainable by one and the same means—political philosophy must begin by a classification of these elements, in order to distinguish those of them which go naturally together (so that the provision made for one will suffice for the rest), from those which are ordinarily in a state of antagonism, or at least of separation, and require to be provided for apart. This preliminary classification being supposed, things would, in a perfect government, be so ordered, that corresponding to each of the great interests of society, there would be some branch or some integral part of the governing body, so constituted that it should not be merely deemed by philosophers, but actually and constantly deem itself, to have its strongest interests involved in the maintenance of that one of the ends of society which it is intended to be the guardian of. This, we say, is the thing to be aimed at, the type of perfection in a political constitution. Not that there is a possibility of making more than a limited approach to it in practice. A government must be composed out of the elements already existing in society, and the distribution of power in the constitution cannot vary much or long from the distribution of it in society itself. But wherever the circumstances of society allow any choice, wherever wisdom and contrivance are at all available, this, we conceive, is the principle of guidance; and whatever anywhere exists is imperfect and a failure, just so far as it recedes from this type.

Such a philosophy of government, we need hardly say, is in its infancy: the first step to it, the classification of the exigencies of society, has not been made. Bentham, in his 'Principles of Civil Law,' has given a specimen, very useful for many other purposes, but not available, nor intended to be so, for founding a theory of representation upon it. For that particular purpose we have seen nothing comparable as far as it goes, notwithstanding its manifest insufficiency, to Coleridge's division of the interests of society into the two antagonist interests of Permanence and Progression. The Continental philosophers have, by a different path, arrived at the same division; and this is about as far, probably, as the science of political institutions has yet reached.

In the details of Coleridge's political opinions there is much good, and much that is questionable, or worse. In political economy especially he writes like an arrant driveller, and it would have been well for his reputation had he never meddled with the subject.[1] But this department of knowledge can now take care of

---

[1] Yet even on this subject he has occasionally a just thought, happily expressed; as this: 'Instead of the position that all things find, it would be less equivocal and far more descriptive of the fact to say, that things are always finding their level; which might be taken as the paraphrase or ironical definition of a storm.'—'Second Lay Sermon,' p.403.

itself. On other points we meet with far-reaching remarks, and a
tone of general feeling sufficient to make a Tory's hair stand on
end. Thus, in the work from which we have most quoted, he
calls the State policy of the last half-century 'a Cyclops with
one eye, and that in the back of the head'—its measures 'either
a series of anachronisms, or a truckling to events instead of the
science that should command them.'[1] He styles the great Common-
wealthsmen 'the stars of that narrow interspace of blue sky
between the black clouds of the First and Second Charles's reigns.'[2]
The 'Literary Remains' are full of disparaging remarks on many
of the heroes of Toryism and Church-of-Englandism. He sees, for
instance, no difference between Whitgift and Bancroft, and Bonner
and Gardiner, except that the last were the most consistent—that
the former sinned against better knowledge;[3] and one of the most
poignant of his writings is a character of Pitt, the very reverse
of panegyrical.[4] As a specimen of his practical views, we have
mentioned his recommendation that the parochial clergy should
begin by being schoolmasters. He urges 'a different division and
subdivision of the kingdom' instead of 'the present barbarism,
which forms an obstacle to the improvement of the country of
much greater magnitude than men are generally aware.'[5] But we
must confine ourselves to instances in which he has helped to

[1] 'Church and State,' p.69.
[2] Ib. p.102.
[3] 'Literary Remains,' vol. ii. p. 388.
[4] Written in the Morning Post, and now (as we rejoice to see) reprinted
in Mr. Gillman's biographical memoir.
[5] 'Literary Remains,' p.56.

bring forward great principles, either implied in the old English opinions and institutions, or at least opposed to the new tendencies.

For example, he is at issue with the *let alone* doctrine, or the theory that governments can do no better than to do nothing; a doctrine generated by the manifest selfishness and incompetence of modern European governments, but of which, as a general theory, we may now be permitted to say, that one half of it is true and the other half false. All who are on a level with their age now readily admit that government ought not to *interdict* men from publishing their opinions, pursuing their employments, or buying and selling their goods, in whatever place or manner they deem the most advantageous. Beyond suppressing force and fraud, governments can seldom, without doing more harm than good, attempt to chain up the free agency of individuals. But does it follow from this that government cannot exercise a free agency of its own?—that it cannot beneficially employ its powers, its means of information, and its pecuniary resources (so far surpassing those of any other association, or of any individual), in promoting the public welfare by a thousand means which individuals would never think of, would have no sufficient motives to attempt, or no sufficient powers to accomplish? To confine ourselves to one, and that a limited view of the subject: a State ought to be considered as a great benefit society, or mutual insurance company, for helping (under the necessary regulations for preventing abuse) that large proportion of its members who cannot help themselves.

'Let us suppose', says Coleridge, 'the negative ends of a State already attained, namely, its own safety by means of its own strength, and the protection of person and property for all its members; there will then remain its positive ends:—1. To make the means of subsistence more easy to each individual: 2. To secure to each of its members the hope of bettering his own condition or that of his children: 3. The development of those faculties which are essential to his humanity, that is, to his rational and moral being.'[1]

In regard to the two former ends, he of course does not mean that they can be accomplished merely by making laws to that effect; or that, according to the wild doctrines now afloat, it is the fault of the government if every one has not enough to eat and drink. But he means that government can do something directly, and very much indirectly, to promote even the physical comfort of the people; and that if, besides making a proper use of its own powers, it would exert itself to teach the people what is in theirs, indigence would soon disappear from the face of the earth.

Perhaps, however, the greatest service which Coleridge has rendered to politics in his capacity of a Conservative philosopher, though its fruits are mostly yet to come, is in reviving the idea of a *trust* inherent in landed property. The land, the gift of nature, the source of subsistence to all, and the foundation of everything that influences our physical well-being, cannot be

[1] 'Second Lay Sermon,' p.414.

considered a subject of *property*, in the same absolute sense in which men are deemed proprietors of that in which no one has any interest but themselves—that which they have actually called into existence by their own bodily exertion. As Coleridge points out, such a notion is altogether of modern growth.

'The very idea of individual or private property in our present acceptation of the term, and according to the current notion of the right to it, was originally confined to moveable things; and the more moveable, the more susceptible of the nature of property.'[1]

By the early institutions of Europe, property in land was a public function, created for certain public purposes, and held under condition of their fulfilment; and as such, we predict, under the modifications suited to modern society, it will again come to be considered. In this age, when everything is called in question, and when the foundation of private property itself needs to be argumentatively maintained against plausible and persuasive sophisms, one may easily see the danger of mixing up what is not really tenable with what is—and the impossibility of maintaining an absolute right in an individual to an unrestricted control, a *jus utendi et abutendi*, over an unlimited quantity of the mere raw material of the globe, to which every other person could originally make out as good a natural title as himself. It will certainly not be much longer tolerated that agriculture should be carried on

[1] 'Second Lay Sermon,' p. 414.

(as Coleridge expresses it) on the same principles as those of trade; 'that a gentleman should regard his estate as a merchant his cargo, or a shopkeeper his stock;'[1] that he should be allowed to deal with it as if it only existed to yield rent to him, not food to the numbers whose hands till it; and should have a right, and a right possessing all the sacredness of property, to turn them out by hundreds and make them perish on the high road, as has been done before now by Irish landlords. We believe it will soon be thought, that a mode of property in land which has brought things to this pass, has existed long enough.

We shall not be suspected (we hope) of recommending a general resumption of landed possessions, or the depriving any one, without compensation of anything which the law gives him. But we say that when the State allows any one to exercise ownership over more land than suffices to raise by his own labour his subsistence and that of his family, it confers on him power over other human beings—power affecting them in their most vital interests; and that no notion of private property can bar the right which the State inherently possesses, to require that the power which it has so given shall not be abused. We say, also, that, by giving this direct power over so large a portion of the community, indirect power is necessarily conferred over all the remaining portion; and this, too, it is the duty of the State to place under proper control. Further, the tenure of land, the various rights connected with it, and the system on which its cultivation is carried on, are points

[1] 'Second Lay Sermon,' p. 414.

of the utmost importance both to the economical and to the moral well-being of the whole community. And the State fails in one of its highest obligations, unless it takes these points under its particular superintendence; unless, to the full extent of its power, it takes means of providing that the manner in which land is 5 held, the mode and degree of its division, and every other peculiarity which influences the mode of its cultivation, shall be the most favourable possible for making the best use of the land: for drawing the greatest benefit from its productive resources, for securing the happiest existence to those employed on it, and for 10 setting the greatest number of hands free to employ their labour for the benefit of the community in other ways. We believe that these opinions will become, in no very long period, universal throughout Europe. And we gratefully bear testimony to the fact, that the first among us who has given the sanction of philosophy 15 to so great a reform in the popular and current notions, is a Conservative philosopher.

Of Coleridge as a moral and religious philosopher (the character which he presents most prominently in his principal works), there is neither room, nor would it be expedient for us to speak more 20 than generally. On both subjects, few men have ever combined so much earnestness with so catholic and unsectarian a spirit. 'We have imprisoned,' says he, 'our own conceptions by the lines which we have drawn in order to exclude the conceptions of others. *J'ai trouvé que la plupart des sectes ont raison dans une bonne* 25 *partie de ce qu'elles avancent, mais non pas tant en ce qu'elles nient.*[1] That almost all sects, both in philosophy and religion, are right in the positive part of their tenets, though commonly wrong in the negative, is a doctrine which he professes as strongly as the eclectic school in France. Almost all errors he holds to be 5 'truths misunderstood', 'half-truths taken as the whole', though not the less, but the more dangerous on that account.[2] Both the theory and practice of enlightened tolerance in matters of opinion, might be exhibited in extracts from his writings more copiously than in those of any other writer we know; though there are a 10 few (and but a few) exceptions to his own practice of it. In the theory of ethics, he contends against the doctrine of general consequences, and holds that, *for man,* 'to obey the simple unconditional commandment of eschewing every act that implies a self-contradiction'—so to act as to 'be able, without involving 15 any contradiction, to will that the maxim of thy conduct should be the law of all intelligent beings,—is the one universal and sufficient principle and guide of morality.'[3] Yet even a utilitarian can have little complaint to make of a philosopher who lays it down that 'the *outward* object of virtue' is 'the greatest producible 20 sum of happiness of all men,' and that 'happiness in its proper sense is but the continuity and sum-total of the pleasure which is allotted or happens to a man.'[4]

But his greatest object was to bring into harmony Religion and

[1] 'Biographia Literaria,' ed. 1817, vol. i. p. 249.
[2] 'Literary Remains,' vol. iii. p. 145.
[3] 'The Friend,' vol. i. pp. 256 and 340.
[4] 'Aids to Reflection,' pp. 37 and 39.

Philosophy. He laboured incessantly to establish that 'the Christian faith—in which', says he, 'I include every article of belief and doctrine professed by the first reformers in common'—is not only divine truth, but also 'the perfection of Human Intelligence.'[1] All that Christianity has revealed, philosophy, according to him, can prove, though there is much which it could never have discovered; human reason, once strengthened by Christianity, can evolve all the Christian doctrines from its own sources.[2] Moreover, 'if infidelity is not to overspread England as well as France,'[3] the Scripture, and every passage of Scripture, must be submitted to this test; inasmuch as 'the compatibility of a document with the conclusions of self-evident reason, and with the laws of conscience, is a condition à priori of any evidence adequate to the proof of its having been revealed by God;' and this, he says, is no philosophical novelty, but a principle 'clearly laid down both by Moses and St. Paul.'[4] He thus goes quite as far as the Unitarians in making man's reason and moral feelings a test of revelation; but differs toto cælo from them in their rejection of its mysteries, which he regards as the highest philosophic truths, and says that 'the Christian to whom, after a long profession of Christianity, the mysteries remain as much mysteries as before, is in the same state as a schoolboy with regard to his arithmetic, to whom the facit at the end of the examples in his cyphering-book is the

[1] Preface to the 'Aids to Reflection.'
[2] 'Literary Remains,' vol. i. p. 388.
[3] Ib. vol. iii. p. 263.
[4] 'Literary Remains,' vol. iii. p. 293.

whole ground for his assuming that such and such figures amount
to so and so.'

These opinions are not likely to be popular in the religious
world, and Coleridge knew it: 'I quite calculate,'[1] said he once,
'on my being one day or other holden in worse repute by many
Christians than the 'Unitarians' and even 'Infidels.' It must be
undergone by every one who loves the truth for its own sake
beyond all other things.' For our part, we are not bound to defend
him; and we must admit that, in his attempt to arrive at theology
by way of philosophy, we see much straining, and most frequently,
as it appears to us, total failure. The question, however, is not
whether Coleridge's attempts are successful, but whether it is
desirable or not that such attempts should be made. Whatever
some religious people may think, philosophy will and must go on,
ever seeking to understand whatever can be made understandable;
and, whatever some philosophers may think, there is little prospect
at present that philosophy will take the place of religion, or that
any philosophy will be speedily received in this country, unless
supposed not only to be consistent with, but even to yield collat-
eral support to, Christianity. What is the use, then, of treating
with contempt the idea of a religious philosophy? Religious philos-
ophies are among the things to be looked for, and our main
hope ought to be that they may be such as fulfil the conditions
of a philosophy—the very foremost of which is, unrestricted
freedom of thought. There is no philosophy possible where fear of

[1] 'Table Talk,' 2nd ed. p. 91.

consequences is a stronger principle than love of truth; where
speculation is paralyzed, either by the belief that conclusions
honestly arrived at will be punished by a just and good Being
with eternal damnation, or by seeing in every text of Scripture
a foregone conclusion, with which the results of inquiry must, at 5
any expense of sophistry and self-deception, be made to quadrate.

From both these withering influences, that have so often made
the acutest intellects exhibit specimens of obliquity and imbecility
in their theological speculations which have made them the pity
of subsequent generations, Coleridge's mind was perfectly free. 10
Faith—the faith which is placed among religious duties—was, in
his view, a state of the will and of the affections, not of the
understanding. Heresy, in 'the literal sense and scriptural import
of the word,' is, according to him, 'wilful error, or belief origi-
nating in some perversion of the will;' he says, therefore, that 15
there may be orthodox heretics, since indifference to truth may as
well be shown on the right side of the question as on the wrong;
and denounces, in strong language, the contrary doctrine of the
'pseudo-Athanasius,' who 'interprets Catholic faith by belief,'[1] an
act of the understanding alone. The 'true Lutheran doctrine,' he 20
says, is, that 'neither will truth, as a mere conviction of the
understanding, save, nor error condemn. To love truth sincerely
is spiritually to have truth; and an error becomes a personal error,
not by its aberration from logic or history, but so far as the
causes of such error are in the heart, or may be traced back to 25

[1] 'Literary Remains,' vol. iv. p. 193.

some antecedent unchristian wish or habit.'[1] 'The unmistakable passions of a factionary and a schismatic, the ostentatious display, the ambitious and dishonest arts of a sect-founder, must be super-induced on the false doctrine before the heresy makes the man a heretic.'[2]

Against the other terror, so fatal to the unshackled exercise of reason on the greatest questions, the view which Coleridge took of the authority of the Scriptures was a preservative. He drew the strongest distinction between the inspiration which he owned in the various writers, and an express dictation by the Almighty of every word they wrote. 'The notion of the absolute truth and divinity of every syllable of the text of the books of the Old and New Testament as we have it,' he again and again asserts to be unsupported by the Scripture itself; to be one of those superstitions in which 'there is a heart of unbelief;'[3] to be, 'if possible, still more extravagant' than the Papal infallibility; and declares that the very same arguments are used for both doctrines.[4] God, he believes, informed the minds of the writers with the truths he meant to reveal, and left the rest to their human faculties. He pleaded most earnestly, says his nephew and editor, for this liberty of criticism with respect to the Scriptures, as 'the only middle path of safety and peace between a godless disregard of the

---

[1] 'Literary Remains,' vol. iii. p. 159.

[2] Ib. p. 245.

[3] 'Literary Remains,' vol. iii. p. 229; see also pp. 254, 323, and many other passages in the 3rd and 4th volumes.

[4] 'Literary Remains,' vol. ii. p. 385.

unique and transcendent character of the Bible, taken generally, and that scheme of interpretation, scarcely less adverse to the pure spirit of Christian wisdom, which wildly arrays our faith in opposition to our reason, and inculcates the sacrifice of the latter to the former; for he threw up his hands in dismay at the language 5 of some of our modern divinity on this point, as if a faith not founded on insight were aught else than a specious name for wilful positiveness; as if the Father of Lights could require, or would accept, from the only one of his creatures whom he had endowed with reason, the sacrifice of fools!...Of the aweless doctrine that 10 God might, if he had so pleased, have given to man a religion which to human intelligence should not be rational, and exacted his faith in it, Coleridge's whole middle and later life was one deep and solemn denial.'[1] He bewails 'bibliolatry' as the pervading error of modern Protestant divinity, and the great stumbling- 15 block of Christianity, and exclaims,[2] 'O might I live but to utter all my meditations on this most concerning point...in what sense the Bible may be called the word of God, and how and under what conditions the unity of the Spirit is translucent through the letter, which, read as the letter merely, is the word of this and 20 that pious, but fallible and imperfect, man.' It is known that he did live to write down these meditations; and speculations so important will one day, it is devoutly to be hoped, be given to

[1] Preface to the 3rd volume of the 'Literary Remains.'
[2] 'Literary Remains,' vol. iv. p. 6.

268

the world.[1]

Theological discussion is beyond our province, and it is not for us, in this place, to judge these sentiments of Coleridge; but it is clear enough that they are not the sentiments of a bigot, or of one who is to be dreaded by Liberals, lest he should illiberalize the minds of the rising generation of Tories and High-Churchmen. We think the danger is rather lest they should find him vastly too liberal. And yet, now when the most orthodox divines, both in the Church and out of it, find it necessary to explain away the obvious sense of the whole first chapter of Genesis, or failing to do that, consent to disbelieve it provisionally, on the speculation that there may hereafter be discovered a sense in which it can be believed, one would think the time gone by for expecting to learn from the Bible what it never could have been intended to communicate, and to find in all its statements a literal truth neither necessary nor conducive to what the volume itself declares to be the ends of revelation. Such at least was Coleridge's opinion: and whatever influence such an opinion may have over Conservatives, it cannot do other than make them less bigots, and better philosophers.

But we must close this long essay: long in itself, though short in its relation to its subject, and to the multitude of topics involved in it. We do not pretend to have given any sufficient account of Coleridge; but we hope we may have proved to some, not previously

[1] [This wish has, to a certain extent, been fulfilled by the publication of the series of letters on the Inspiration of the Scriptures, which bears the not very appropriate name of 'Confessions of an Inquiring Spirit.']

aware of it, that there is something both in him, and in the school
to which he belongs, not unworthy of their better knowledge.
We may have done something to show that a Tory philosopher
cannot be wholly a Tory, but must often be a better Liberal
than Liberals themselves; while he is the natural means of rescuing 5
from oblivion truths which Tories have forgotten, and which
the prevailing schools of Liberalism never knew.

And even if a Conservative philosophy were an absurdity, it is
well calculated to drive out a hundred absurdities worse than
itself. Let no one think that it is nothing, to accustom people to 10
give a reason for their opinion, be the opinion ever so untenable,
the reason ever so insufficient. A person accustomed to submit his
fundamental tenets to the test of reason, will be more open to the
dictates of reason on every other point. No from him shall we
have to apprehend the owl-like dread of light, the drudge-like 15
aversion to change, which were the characteristics of the old
unreasoning race of bigots. A man accustomed to contemplate the
fair side of Toryism (the side that every attempt at a philosophy
of it must bring to view), and to defend the existing system by
the display of its capabilities as an engine of public good,—such 20
a man, when he comes to administer the system, will be more
anxious than another person to realize those capabilities, to bring
the fact a little nearer to the specious theory. 'Lord, enlighten
thou our enemies,' should be the prayer of every true Reformer;
sharpen their wits, give acuteness to their perceptions, and conse- 25
cutiveness and clearness to their reasoning powers: we are in danger

from their folly, not from their wisdom; their weakness is what fills us with apprehension, not their strength.

For ourselves, we are not so blinded by our particular opinions as to be ignorant that in this and in every other country of Europe, the great mass of the owners of large property, and of all the classes intimately connected with the owners of large property, are, and must be expected to be, in the main, Conservative. To suppose that so mighty a body can be without immense influence in the commonwealth, or to lay plans for effecting great changes, either spiritual or temporal, in which they are left out of the question, would be the height of absurdity. Let those who desire such changes, ask themselves if they are content that these classes should be, and remain, to a man, banded against them; and what progress they expect to make, or by what means, unless a process of preparation shall be going on in the minds of these very classes; not by the impracticable method of converting them from Conservatives into Liberals, but by their being led to adopt one liberal opinion after another, as a part of Conservatism itself. The first step to this, is to inspire them with the desire to systematize and rationalize their own actual creed: and the feeblest attempt to do this has an intrinsic value; far more, then, one which has so much in it, both of moral goodness and true insight, as the philosophy of Coleridge.

NOTES

195   *****   **Mill** ミル (1806—1873) イギリス19世紀の哲学者, 社会科学者。ベンサムの門弟のジェイムズ・ミルの長男。学校教育を受けず父親からきびしい早期教育を受けた。ベンサムの著書を読み傾倒した。東インド会社に勤務しながら学問の研究と文筆活動を怠らなかった。しかし, 少年時代に感激して読んだベンサムの功利主義が, 情緒を無視して主知的理性のみを尊重するのに終始していたことに満足せず, 20歳にして深刻な精神的危機を経験した。その後, イギリス・ロマン主義のワーズワスの詩やコールリッジの思想に夢中になり思想上の変化をとげた。この様に, 彼は従来の功利主義思想に新たな要素をつけ加えたのであり, 「ベンサム論」(1838), 「コールリッジ論」(1840)は共に彼の思想転換を示す代表的論文である。民主主義に対する反省と社会主義への興味から, 経済学の総合的な著述を企てた。論理学の研究によって, 社会科学の方法論を深めて, 功利主義の従来の演繹的推論の重要性を再認識しながら, 帰納的推論の重要性をも認めて, 両者を総合した広い視野から経済学を組織化して社会科学の1分野に確立すべく努めた。さらに, 従来の自由主義が経済的自由のみを論じたのを批判して, 内奥の人間精神のあり方を自由論議の中で捉えようとして, 個性の重要性などを強調した。したがって, 彼は全体的に見れば, ベンサムや父親のミルの哲学を発展させながら修正を加えたと言える。

1   **Coleridge** コールリッジ (1772—1834) イギリスの詩人・哲学者・批評家・社会思想家。牧師の子としてデヴォンシャのオッタリ・セント・メアリに生まれた。クライスツ・ホスピタル校の同窓生ラムが『エリア随筆集』の中で, いかに早くから多彩な才能を発揮した早熟の天才であったかを述べている。詩人としてもイギリス詩史上で最も幻想的であったし, 批評家としても批評史上で画期的な理論を展開した。ワーズワス兄妹と親交を結んでから書かれた「老水夫の歌」,「クブラ・カーン」「クリスタベル」などは, 彼の代表的名作であり, 後の象徴主義やシュールレアリスムを予感させる。また, 1798—9年にドイツを訪れて以後, カント, シェリングなどのドイツ観念論哲学や文学を研究して, イギリスで最初の移入者として大きな貢献を果たした。健康を害して阿片常用者となったが, ロンドンでイギリス詩人論やシェイクス

ピアに関する公開講演を行なって活発な活動を続けた。特にドイツのシュレーゲルのものとともにシェイクスピア批評史上画期的な研究を残している。単なる連想力としての空想力と区別された有機的な想像力説は，さらに理性や倫理観をめぐる彼の宗教論や哲学論へと展開した。アメリカに「万民平等共同体」を建設しようとした初期の急進的態度も，フランス革命に幻滅して以来，しだいに保守的立場にたつようになった。彼の精神史ともいうべき文学論や哲学論を集めたものに『文学的自叙的』がある。

5 **Bentham** ベンサム (1748—1832) イギリスの法学者，哲学者。ベンタムとも読む。功利主義の主唱者で「最大多数の最大幸福」を道徳立法の原理として司法，行政の分野の改革に貢献，19世紀イギリスの革新運動の方向を決定づけた。弁護士修業の時代より実務よりも法律制度や法律思想の研究に興味をもっていた。オックスフォードではW.ブラックストンの講義を聞いたが，1776年に最初の著書『政府論断片』の中で，ブラックストンの『イギリス法の原理序論』に対して痛烈な批判を述べた。むしろ，彼はヒュームの著書に功利の原理に関する暗示を得て，法律理論には精神科学における原理に基づくものがなければならないと考えるに至った。経済学についても著書を残しており，アダム・スミスの後継者を自任していた。功利の原理に基づく功利主義思想を体系的に解説し，立法に対する適用を詳細に論じた。1808年にジェイムズ・ミルと知り合い，ミルは後に功利主義の宣伝者となった。

8 **Lord Bacon** ベイコン (1561—1626) イギリスの哲学者，政治家，随筆家。ルネッサンス時代の法律家でもあり，当時のスコラ的学問に不満を持ち，アリストテレスの哲学に反発した。残存していた中世のスコラ的思考やアリストテレス的演繹法を排撃して，新たな哲学体系の創始を念願として，科学的研究と実験に基づく経験的帰納法の価値を力説したので近代哲学の祖とされている。反面，エセックス伯爵の知遇を得て引き立てられたにもかかわらず，伯爵の謀反事件に際しては，その有罪を宣言する声明書を審問官として平然と起草した忘恩の徒であった。彼の『ベイコン随筆集』はイギリス・エッセイ文学の系譜の創始として有名である。

20-1 **not necessarily be an enemy** 既成の事物や価値体系に対して単に敵対するのではなく，むしろ伝統的な意見や社会的に容認された意見の真実性を自問し，自己の経験に従って本質的な真理を追究する偉大な探究者となること。

196 6 **appearances**=circumstances, indications.「情勢」

8 **to a succession of persons**「各時代の人々にとって」

9 **proposition**「命題」

16 **be accounted for**=be explained.

17 **short**=brief, concise.

19 **impostors**=deceivers. 「詐欺師達」

22 **authors**=originators. 「創始者達」

25 **doctrine**=tenet, theory. 「学説」

197 10 **Coleridge that**=Coleridge should continually miss that. that は the truth を意味する。

11 **at variance with** 「一致しないで」「矛盾して」

17 **eminence**=recognized superiority. 「卓越」

198 2-3 *quoe in eodem genere maxime distant* 「最も遠く離れていながら同一種類に所属する物」

5 **precept**=instruction. 「教訓」

7 **recall**=call back.

13 **quack**=impostor.

14 **rule-of-thumb** 「経験法」経験的にまず間違いのないやり方や考え方。

15 **school**=disciples, followers.

199 8 **by implication** 「それとなく」「暗に」「含蓄的に」

13 **accounted**=considered.

14 **inculcated**=instiled, implanted. 「教え込んだ」

20 **type**=model, example.

25 **unanimity** [jù:nənímiti] 「合意」

200 1 **instrumental**=helpful, serving as means.

7 **as yet**=up to now, so far. 「今までのところでは」

8 **promulgated**=disseminated 「広めた」「宣伝した」

12 **wrought**<work=form, shape, make.

18 **sectarian** 「派閥的な」「党派心の強い」通例は軽蔑的に用いられる形容詞。

18 **Liberals** 「(特に英国の) 自由党員」「自由主義者」

18 **transcendentalists** 「先験哲学者」「超絶論者」

19 **Hobbes** ホッブズ (1588—1679) イギリスの哲学者, 政治思想家。ガリレイやデカルトの影響を強く受けて, 数学的合理論の色彩を帯びた唯物論の立場で独自の体系を作った。また, ベイコンの秘書をしたこともあった。ベイコンと同じく学問の目的は実用にあると説き, 知識の基礎は感覚にあり, 感覚の原因は物質の運動であるという唯物論的感覚論を唱え, 無神論といわれる程の合理主義思想をもっていた。人間は自然界の運動に対して自己保存的に

反応する利己的存在であると考えられ，非物体を対象とする神学は彼の体系からきびしく排除された。主著に『リヴァイアサン』がある。初めて市民社会の理念を体系化した点で注目に価する。

19 **Locke** ロック (1632—1704) イギリスの哲学者。悟性の起源や限界を問題にした点で，認識論の祖であり，観念の起源は経験にあるとした点で経験論の祖である。彼の哲学はカントの批判的経験論に先鞭をつけたもので，ベイコンの認識論が学問の方法に対する考察に終ったのに対して，彼は認識そのものの起源と限界まできわめた。主著は『人間悟性論』で，真の認識論は彼にはじまったと言える。ジェイムズ・ミルは彼を「精神の分析的哲学の紛う方なき創始者」と呼んだ。

19 **pale**＝boundary, bounds. 「境界」「境内」

21 **vitiated**＝polluted, impaired. 「腐敗した」「害われた」

21 **taint**＝contamination 「害毒」「弊害」

23 **Kepler** ケプラー (1571—1630) ドイツの天文学者，物理学者。天体運行に関する法則は，ニュートンの研究の基礎となった。

23 **Ptolemy** [tɔ́limi] トレミー (127-151) 2世紀にギリシアで活躍した天文学者。エジプトのアレクサンドリアで天体観測にはげみ天動説を唱えた。

24 **Tycho** [taikɔ́] チコー (1546—1601) デンマークの天文学者。

25 **Priestley** プリーストリー (1733—1804) イギリスの化学者。酸素を発見した。革命的思想家でもあった。

25 **Lavoisier** [là:vwəzjéi] ラヴォワジェイ (1743—1794) フランスの化学者で近代化学の祖である。

26 **phlogiston** 《古化学》「燃素」酸素が発見されるまで可燃物の主成要素と考えられていた。

201 7 **powers are**＝powers are necessary

10 **liberality**＝broad-mindedness, generosity. 「寛大」

15 **besetting**＝constantly attacking 「絶えずつきまとう」

15 **embracing**＝accepting.

24 **forcibly**＝powerfully, convincingly.

202 7 **relaxation** 「衰え」「活力減退」

11 **insipidity**＝tastelessness, lack of flavour 「無味」「無風味」

21 **in lieu of**＝instead of.

23 **infer**＝conclude, deduce. 「推論する」

25 **Rousseau** ルソー (1712—1778) 18世紀フランスの思想家，文学者。私有と

不平等によって，人間は幸福な自然状態からみじめな社会状態に陥ってしまうと主張し，社会生活の中で失われていく人間の本来の姿の回復をめざした。『新エロイーズ』では既存の社会秩序に反抗して，「自然に帰れ」という思想が家族と性という物語の中で論じられている。政治学を論じた『社会契約論』はフランス革命の指導者たちの思想的基盤となった。彼は文明の進歩に徳の消失や習俗の腐敗の原因があり，自然的状態こそ人間の黄金時代であると考えて，当時のフランス社会を鋭く批判した。その政治思想は，王権神授説を否定し，社会は契約に基づいて成立するもので，国家の首長は人民の主人ではなく，彼等の委託者であるとする説であった。人民主権や一般意志の概念の主張は，近代民主主義政治理論として注目されている。また，『孤独な散歩者の夢想』などはフランス・ロマン主義文学の先駆となった。

26 **Robespierre** [róubzpjɛə] ロベスピェール (1758—1794) フランスの弁護士で革命指導者。ジャコバン党首領。刑死した。

203 7 **maxims**「(行動の) 根本方針」哲学や倫理学における格率，すなわち，最大の前提。

12 **weaning**＝distract, estrange.「引離す」

13 **tribunal** [traibjú:nl]＝court of justice「法廷」

18 **hereditary**「世襲の」

18 **body**「一団」「群」

26 **elements**＝principles「原理」「原則」

204 2 **established**「(教会の) 国立の」「国教の」

16 **oscillation** [ɔ̀siléiʃən]＝vibration.

205 6 **Germano-Coleridgian doctrine**「ドイツ的コールリッジ主義」

9 **ontological** (哲)「存在論的な」「本体論的な」It はドイツ的コールリッジ主義のことを指す。

9 **that**＝the philosophy of the eighteenth century.

14 **last noticed**「先きに言及した」「前に指摘した」

23 **The former**＝their highest philosophical generalization.「彼等の最高の哲学的一般法則」

206 5 **Aristotle** アリストテレス (384—322 B.C.) ギリシアの哲学者。プラトンに学び，アレキサンダー大王の師となった。リュケイオンに学園を創設し，その一門は「ペリパトス学派」と呼ばれる。プラトンの二元論に対して一元論を立て，イデアを普遍的本質とした。哲学的思索はあくまでも経験的現実に即して行わればならないと考えた。

276

10 *à priori* [éi praió:rai] 《論・哲》「先天的な」「先験的な」

14 **Kant** カント (1724-1804) ドイツの哲学者。啓蒙期の形而上学的哲学を越え
て認識批判の立場から先験論的哲学を組織した。『純粋理性批判』,『実践理性
批判』,『判断力批判』の三部作によって, その体系を明らかにし独自の批判
哲学を大成した。 国家の起源については, カントはルソーと同じように権利
の問題として捉え, 国家をいかに正当化すべきかを考察した。 カントの批判
主義的認識論においては, イギリスの経験論と大陸の合理論とがうまく生か
されて受け入れられている。 相反する価値観を限られた範囲内で妥当性を確
保させることが, 彼の二律背反の批判的解決であり, あるゆる問題を二律背
反の形で批判的に解決することで, その哲学思想を発展させた。その思想的
特徴は, 独断的形而上学の否定, 思考の自発性の強調, 直観形式の先天性と
主観性の主張, 不可知な物体の容認などであった。

15 **Reid** リード (1710—1796) スコットランド学派の代表的哲学者。「常識の原
理」を主張し, 実在論を説いた。

16 **dissents**=disagree 文頭の From に続く。

17 **properties**=characteristics, attributes.「特性」「固有性」

20 **Understanding**「悟性」理性と区別される知力。感覚に与えられたものに基
づいて, 対象を構成する概念作用の能力である。ヘーゲルでは悟性とは, あ
るものを固定化し, 他との区別に立ち止まり, 他への転化の必然の理解へと
進まない思考能力とされた。

20 **Reason**「理性」アプリオリな原理の総体。すでにライプニッツにあるが, カン
トの純粋理性はそれを明確にしたものであった。ギリシア哲学ではヌースが
ほぼ理性に相当する言葉である。広義ではアプリオリな認識能力の全体を意
味するが, 狭義では悟性と区別されてイデーにかかわるより高い思考能力を
意味する。

207 2 **inherent** [inhíərənt]「先天的に備わっている」

19 *bellum internecinum*「勦滅戦」「殲滅戦」internecinum=slaughter, de-
struction.

20 **imputation**=accusation.「非難」

21 **pernicious**=highly injurious.「有害な」

24 **lunatics**=insane persons「発狂者」

24 **unaffected**=unmoved.

208 2 **Bedlam**=mad-house「精神病院」

3 **hierarchies**<hierarchy [háiərɑ:ki]「聖職の階級組織」「全僧侶団」

6 **at home**＝well versed.「精通している」

14 **Hume** ヒューム (1711―1776) イギリスの哲学者，歴史家，評論家。バークリーのあとを受けて，ベイコン以来のイギリス経験主義の哲学を集大成した認識論を確立して，カントに多大の影響を与えた。

17 **Deity**＝the Supreme Being.「宇宙創造の神」「天帝」

209　4 **Hartley** ハートレイ(1705―1757)イギリスの心理学者。連想心理学の提唱者。感覚から出発する観念連合によって心的活動を分析して，さらにそれを脳髄や神経組織の振動に帰着させ，人間の精神組織の法則を体系的に説明しようとした。人間の複雑な知的活動を連想の法則によって単純な要素に分解し整理しようと努めた。ロマン主義の詩人ワーズワスや若き日のコールリッジにも大きな影響を与えた。

4-5 **They in their turn allege**「今度はこれに対してロックの学徒達が次の様に主張する」

11 **Behmen** ベーメ (1575―1624) ドイツの神秘主義者。聖書を愛読していた靴職工であった。神の啓示が貧しき無学のルーテルに降った如く，人間の思考は神と連結されているが故に，学者的学識がなくても真理を語ることは可能であると信じた。代表作の『黎明』は有名である。ドイツのヘーゲルやシェリングに多くの影響を与えた。

11 **Swedenborg** スウューデンボルグ (1688―1772) スウューデンの神秘思想家。自然科学の研究に卓越した業績を残したが，霊的経験に接して以来，霊界と人間界との交通可能を信じるようになった。死者の霊との交通によって得た天界や地獄界に関する知識を詳細に記述した。多くの信奉者が今尚存在している。

12 **disowned**＝disclaime, repudiate.

22 **reigning** [réiniŋ]＝prevalent「全勢の」

26 **rail at**＝scoff, scold.「ののしる」

26 **bereft**＜bereave＝deprive.

210　5 **representation**＝assertion.「主張」「断言」

6 **consequences**＝conclusion.「結論」

9 **deducible** [didjú:səbl]「(演繹的に) 推論できる」

15 **disposed**＝inclined

16 **Were we**＝If we were.

17 **imbecility**＝absurdity

20 **bias** [báiəs]「偏見を持たせる」「一方にかたよらせる」

25　**As to**＝About. 「〜に関しては」

26　**apart from**「〜は別として」「〜はさて置き」

26　**corollaries**＝inferences. 「推論」「容易に引き出せる結論」

211　3　**lists**「(一般に) 試合場」「競争場裡」

8　**unanswerable**＝conclusive. 「反ばくできない」「ぐうの音も出ない」

9-10　**reconcile which with the opposite theory**＝reconcile with the opposite theory which.

16　**radically**＝thoroughly.

23　**at issue with**＝at variance with「不一致で」

212　4　**but for**＝if it were not for. 「〜がなかったなら」

7　**parlance**＝manner of speaking, diction. 「語法」「話し方」

11　**Dugald Stewart** スチュアート (1753—1828)　スコットランドの哲学者。エディンバラ大学教授であった。リードの影響を受け，常識を直覚的原理としたスコットランド学派の代表者。

12　**subtleties**「難解さ」

15　**far from**「〜どころか」

20　**secretions** [sikrí:ʃən]《生理》「分泌 (作用)」「分泌液」

21　**that philosophy** ロックの哲学。

23　**passed off**「〜に成りすました」「ごまかしで通った」

24　**ideology**＝sensationalism. 「感覚論」

24　**Condillac** コンディヤック (1715—1780) フランス啓蒙期の感覚論的哲学者。イギリスよりロックの経験論を移入して新たな感覚論を構築した。ロックにおける感覚と反省の二元論を批判して，あらゆる精神活動を感覚の変形で説明しようとした。

25　**affected**＝assumed. 「装う」

213　9　**its title** ロックの著書の表題は『人間悟性論』であった。(An Essay concerning Human Understanding)

214　2　**run them down**＝disparage them 「そしる」「けなす」

2　**Brown** ブラウン (1778—1820) リードやスチュアートなどのスコットランド常識哲学に属する哲学者で，エディンバラ大学教授であった。正確には，常識学派とロックやヒュームの経験主義認識論との中間的存在であった。

5　**heirloom** [ɛ́əlu:m] 「法定相続動産」「先祖伝来の物」

7　**exploded**「(理論や風習など) 論破された」「打破された」

16　**imputed**＝ascribed, attributed. 「〜のせいにする」

22　**organs**＝agents, mediums.

23　**mine**＝copious source.「宝庫」

215　5　**compeers**＝comrades.

15-6　**far short of this**「これに遥かに及ばないところで」

19　**aberrations**「倒錯」「常規を逸すること」

24　**superfluous**＝wasteful, needless.

216　5　**charity**＝benevolence, lenience.

7-8　**So far were they from**＝They were so far from.

9　**Helvetius** [helví:ʃəs] エルヴェシユス (1715—1771) フランス啓蒙期の唯物論的哲学者。ロックの経験論やコンディヤックの感覚論を唯物論的に発展させた。

15　**those feelings** 道徳的感情のこと。次の them も同じ。

17　**collateral**＝secondary, subordinate.「付随的な」

20　**observances**＝customs.「慣習」

24　**millennium**＝golden age.「黄金時代」未来に予想された理想的時代で，正義と幸福が行きわたった社会を実現している。

217　3　**noxious**＝harmful, injurious.

8　**agglomerated**「集塊の」「塊になった」

9　**malefactor**＝criminal, evildoer.

14　**acquiescing**＝agreeing tacitly.

15　**the point**「論点」「主眼点」

16　**persevering**＝enduring「忍耐する」「辛抱する」

22　**imperatively**＝urgently.「緊急に」

218　4　**decree**「神の意志」「天命」

6　*arbitrium*「自由意志」

219　1　**accounted**＝considered.

4　**incessant**＝continual.

9　**prescribed**＝ordered, dictated.

10　**militate**＝hinder.

11　**tended**＝served, conduced.

16　**commonwealths**「国家」

17　**place**＝function.「職務」

21-2　**neutralized**＝made ineffectual.「無効にする」

220　2　**allegiance** [əlí:dʒəns]＝loyalty.「忠義」「忠誠」

5 **viz** [vidí:liset]＝namely.「すなわち」*videlicet* の略語。ラテン語。

6 **called in question**＝raised objections.「疑いをはさむ」

13 **prescription**「長年の慣行に基づいて公認された権利」

16 **liberties**＝privileges.「特権」「特典」

16 **ordinances**＝rites.「儀式」

20 **rudimentary**＝elementary.

221 4 **dissension**＝strife, quarrelling.「紛争」「あつれき」

7 **weather**＝survive, come through successfully.「しのぐ」「切り抜ける」

10 **fall out**＝quarrel.「争う」

13 **subversion**＝destruction, overthrow.「転覆」「破壊」

16 **salutary**＝beneficial.「有益な」

18 **animosities**＝enmities.「憎悪心」「敵意」

19 **virtually**＝in effect, in point of fact.「事実上」「実質的には」

22 **cohesion**「結合力」「団結力」

25 **antipathy**＝repugnance「反感」「けぎらい」

26 **preference**「ひいき」「優先」

222 10 **lot**＝destiny「運命」

13 **severing**＝breaking up, separating.「断つ」「切る」

17 **provinces**＝district, region.「地域」「州」

26 **M. de Beaumont** ボーモン (1798—1874) フランスの地質学者。政治にも関心をもっていた。

27 **discharge**＝pay out「(負債を) 弁済する」「支払う」

223 6 **Providence**＝benevolent provision of God「神慮」「神意」

9 **plea**＝pretext, apology.「申し立て」「言いわけ」

10 **improvidence**「先見の明のないこと」「不用意な行為」

11 **persevered**＝continued persistently「固執する」「たゆまずやり続ける」

12 **expatriation**＝banishment「国外追放」

14 *cui pacare subactos summa erat sapientia*「その被征服者を慰撫することを最上の智慧としていた」

18 **Senate-house**「国会議事堂」

19 **Strongbow** ストロングボー (―1176) アイルランド征服を企てた最初の国王であるヘンリー2世時代の勇士。王に先立ってアイルランド上陸したストロングボーは，アイルランド支配の端緒を意味する名前となった。

19 **Boyne** ボイン河畔の戦。フランスに逃れていたジェイムズ2世は，アイルランドに上陸して，アイルランド人とフランス人による軍隊によって，オランダ人とイングランド人よりなるウィリアム3世の軍隊とこの河畔で最後の決戦を行った。

21 **Rubens** [rúːbinz] ルーベンス（1577—1640）オランダの画家。極めて多才な人物で科学者で哲学者でもあった。また外国へ大使として派遣された程の実務家であった。

21 **Buonarotti** [bwɔ̀ːnarɔ́ːti]＝Michelangelo [màikəlǽndʒilou]（1475—1564）ブオナロティとはイタリアの彫刻家，画家，建築家，詩人のミケランジェロのことである。

22 **Rembrandt** レンブラント（1606—1669）オランダの画家。独特の色彩による画風で知られている。

22 **Caravaggio** カラヴァッジョ（1569—1609）イタリアの画家。当時の宗教画家の単調さに反対して写実的で生命感に充ちた風俗画を描いた。

23 **Spagnoletti** スパニョレット（1588—1656）イスパニアの画家ジュゼーペ・ド・リベラのこと。カラヴァッジョの弟子で極端な写実主義によって激しい戦慄すべき場面を描いた。

28 **Agrippa's subjugation of the Cantabrians**「アグリッパがカンタブリー族を征服し」アグリッパ（63-12 B.C.）ローマの将軍。オクタヴィアヌスの海軍がアントニウスとクレオパトラの連合軍を打破した時の海軍の統率者であった。カンタブリー族はピレネー山脈の西方，ビスカ湾の南岸地方の山地に住居していたイベリア系の種族である。

28-9 *omnibus Hispaniæ populis devictis et pacatis*「イスパニアの全民衆が打破られ隷属させられて」

30 **Goths**「ゴート族」ゲルマニア種族の一つで，3〜5世紀にローマ帝国に侵入し，イタリア・フランス・スペインに王国を建設した。

31 **Moorish**「ムーア人の」8世紀にスペインを侵略して，そこに定住した人種。

33 **Arabic derivatives**「アラビア語からの派生語」

34 **Peninsula**「イスパニア半島」

35 *Romana rustica*「田舎風のローマ語」

35 **provincial**＝local, territorial.「いなかの」「領土の」

35 **Lucan**＝Lucanus. ルカヌス（39—65）スペイン生れのローマの詩人。ネロの暗殺を計り，露見して殺された。

36 **Seneca** セネカ（4 B.C.—A.D. 65）ローマのストア派の哲学者，悲劇作家，

政治家。

38　**auspices**＝patronage「援助」「賛助」

224　2　**signal**＝remarkable, noteworthy.

11　**aggrieved**＝distressed.「しいたげられた」

16　**undermined**＝impaired.「徐々に衰えさせられた」「害われた」

18　**bulwarks** [búlwə:ks]＝protectors.「防護者」

225　2　**sapping**＝undermining.「徐々に破壊する」

10　**unsettling**＝disarranging, discomposing.「ぐらつかせる」

20　**constituted**＝established.「設立された」

226　10　**sagacity**＝shrewdness.「賢明」「機敏」

14　**premature**＝too early, untimely.

19　**impede** [impí:d]＝prevent, obstruct.

25　**effete**[efí:t]＝worn out, exhausted.「衰退した」「無力となった」

4　**cankered**＝corrupted.「毒された」

5　**necessary elements** 動詞 recognise の目的語となっている。

5-6　**vesture**《古・雅》＝covering.「おおい」「装い」

227　9　**kernel**＝core, nucleus.「核心」「心髄」

18　**anathematized**＝curse.「のろう」

19　**Constantine**＝Constantinus ローマ皇帝コンスタンチン I 世 (286—337) ローマを去ってビザンチウムに新首都コンスタンチノープルを建設した。キリスト教の信仰を公認した。ローマ皇帝の中でも最後の偉大な政治家であった。

19　**Luther** ルター (1483—1546) ドイツの宗教改革者。プロテスタント派の祖で聖書のドイツ語訳者である。

19　**Voltaire** ヴォルテール (1694—1778) フランスの作家，思想家。独自の機知と文体によってフランス文学史上でも最も有名な作家の一人である。自由思想の先覚者でもあり，フランス革命にも影響を及ぼした。必ずしも無神論ではなかったが，自然を神とし自然法則を崇拝した。近代の精神文化の建設に寄与するところが多かった。

21　**vindicator**＝defender.「擁護者」

228　6　**polity**＝body politic.「政治形態」

8　**Baconian**「ベイコン学派の」

9　**ulterior**[ʌltíəriə]＝prospective.「将来の」「後に来る」

9　**collateral**「(主要でない) 第二次的の」「間接の」

17-8　the *philosophes*「フランス革命前の哲学者」

18 **D'Alembert** ダランベール (1717—1783) フランスの数学者，哲学者。ディドロの「百科全書」に協力した。その「総序」の中で18世紀哲学者の見解を総合的に陳述して，当時の人々を大いに啓蒙した。懐疑論者で後の実証主義の先駆となった。

229　12 **Herder** ヘルダー (1744—1803) ドイツの文学者，哲学者。ヘルデルとも読む。ストラスブルクで若きゲーテと交友し大いに影響を与えた。反理性主義による人間性の根本概念で世界史を考察した歴史哲学によって，鋭くカントと対立した。

13 **Michelet** ミシュレー (1798—1874) フランスの歴史学者。

20 **agencies**=forces. 「(活動の) 発動力」「力」

22 **Cimmerian darkness** 「真暗やみ」Homer の詩の中で，世界の西の果てに霧と暗黒の中に住むと歌われているキンメル人に由来する。

26-7 **Blackwood's Magazine**=Blackwood's Edinburgh Magazine. 出版者ブラックウッドが1817年に創刊した月刊誌。Edinburgh Review「エディンバラ評論」に対抗し，トーリー党を支持した。

29 **heraldry** (詩)「仰々しさ」「物々しさ」

29 **disabuse**=relieve, undeceive. 「(誤解を) 正す」「〜の迷いを解く」

230　11 **problem of problems** 「最重要の問題」

15 **rose to**<rise to「応じる」「奮い立つ」

19 **Athens** [ǽθinz]「アテネ」古代ギリシアで Attica の首都。ギリシア文明の中心地。

19 **Sparta** [spáːtə]「スパルタ」古代ギリシアで Laconia の首都。強大な都市国家であった。

19 **Rome** 古代ローマ帝国の首府。

27 **Guizot** ギゾー (1787—1874) フランスの政治家，歴史学者。

231　1 **Germans** 「ゲルマン民族」

12-3 **throw into the shade** 「顔色なからしめた」「〜を負かす」

13 **effected**=accomplished, achieved.

16 **Goethian** [géitiən]「ゲーテ主義の」ゲーテはドイツの生んだ大詩人。近代的な人間中心主義を生気ある作品に盛って，ドイツの国民文学を高め，また，彼自身において普遍的な人間形成の可能性を実証して世界文化に大いに寄与した。観念的な内面性にだけ走らず，理想主義的であったが現実精神に富んでいた。

24 **posteriority** 「(時間的に) 後であること」

232	2	**edifice**＝structure.「(心的の) 構成物」
	5-6	**original sources**「原典」「原作」
	6	**place**＝stead.「代り」 supply the place of「〜に代る」「〜の代理をする」
	10	**contemporaneous**＝of the same period.「〜と同時代の」
	13	**deter**＝prevent.「妨げる」
	13	**audacious**＝bold, daring.「大胆な」「豪放な」
	23	**Reformation**「宗教改革」新教 (プロテスタント) を生んだ改革運動で, 16〜17世紀の全ヨーロッパに起った。
	23	**Commonwealth**＝republic.「共和国」
	24	**Popery**「ローマ・カトリック教」軽蔑的にカトリック教の教義や制度を指す。
	24	**Puritanism**「清教主義」エリザベス朝時代の英国でカトリック教の制度や儀式を極度に避けようとして国教内に起った新教徒の一派であり, チャールズ一世の時代に政治組織を結成した。
	24	**Jacobitism** [dʒǽkəbaitizəm]《英史》「(英国の) 退位したジェイムズ二世を支持した人々の主義」1688—1689年の革命後にスチュアート王家を支持した。
233	5	**smitten** <smite [smait]＝strike, afflict.「襲う」「悩ます」
	16	**make out a case for**「〜を弁護する」
	16	**ecclesiastical** [iklì:ziǽstikəl]＝churchly, clerical.
	18	**honest**＝legitimate.「正当な」
	19	**administration**＝execution.「執行」
234	4	**flung overboard**＝discarded, abandoned.「遺棄した」
	7	**semblance**＝outward appearance.「外観」
	9	**mitred** [máitəd]「司教冠をかぶった」
	10	**Hildebrand**＝Gregory VII (1020—1085) 法皇グレゴリー7世。イタリアの宗教家。法皇の統治的全権を主張し, 教会の風紀振興に努め, 法皇の権力を著しく強化した。
	10	**Becket** ベケット (1118—1170) イギリス・カンタベリーの大司教。著名な殉教者である。ヘンリー2世の教会対策に反抗して殺された。彼の墓に参詣するためにカンタベリー巡礼が数百年間にわたって行われた。
	11	**champion**＝defendant, advocate.「擁護者」
	11	**seigneur** [seinjɔ́:]＝feudal lord.「封建君主」
	13	**Latimer** ラティマー (1475—1555) 宗教改革期のイギリスの司教。異端者として焼き殺された。

14 **John Knox** ジョン・ノックス (1505—1572) スコットランドの宗教改革者。カルビンの影響を受けて，女王メアリー・スチュアートに教会の徹底的改革を要求した人物。

16 **principalities**「公国」prince の統治する王国。通常は小国であり emperor, king に隷属する。

17 **compassed**＝accomplished.「(目的を) 達する」

19 **which** 先行詞は the place である。

21 *quieta ne movere*「静かなるものを動かすことなかれ」

25 **sedative** [sédətiv]「鎮静剤」

235　1 **the establishment**＝the Established Church.「国教」

10 **arbitration**「仲裁」

16 **exigencies**＝urgencies, pressing demands.「急務」「急進」

236　5 *meum* and *tuum*「我がものと汝のものと」

7 **withheld**＜withhold＝refuse to grant.「与えない」「差し控える」

10 **temporals**「世俗の物事」「世事」

14 **heterodoxy**「非正教的信仰」「異説」

20 **dismissed**＝put aside＝thrown aside.

237　2 **Apostle** [əpɔ́sl]「使徒」キリストの十二弟子の一人。

10 **palpablest**「非常に見えすいた」

10 *bibliolatry*「聖書崇拝」「聖書狂信」

12 **Galileo** [gæliléiou] ガリレオ (1564—1642) イタリアの物理学者，天文学者。コペルニクスの地動説に実証的根拠を与えて，実験的方法を確立し近代力学の基礎を築いた。

13 **anathematized**＝cursed.「のろう」

14 **literal**「(文字通りに) 全くの」「正真正銘の」

18 **conceiving**＝expressing.「表現する」通例は受動態に用いる。

19 **transactions**＝affairs, pieces of business.

22 **bring〜home to**＝make vividly felt.「(真理などを) 人に痛切に感じさせる」「なるほどと思わせる」

24-5 *in nubibus*＝in the clouds＝vague.「漠然たる」

25 **seize hold cf**「捕える」

26 **stand in the way**「じゃまになる」「妨害になる」

238　1 **Scripture**＝the Bible.「聖書」

2 **tampered**＜tamper＝meddle, interfere.「いじり回す」「おせっかいする」

4 **sophistical**「詭弁の」「こじつける」

6 **playing fast and loose**「言行に定見がない」「気まぐれなふるまいをする」

8 **intention**《哲》=conception, notion.「概念」「観念」

10 **alacrity**=readiness.「敏速」「敏活」

10 *accommodating*=adjusting, adapting.「順応させる」

12-3 *instar omnium*「すべてに匹敵する」

16 **crotchets** [krɔ́tʃit]=whimsical fancy.「奇想」

21 **sentiments**=opinion.「意見」

21 **Paley** [péili] ペーレー (1743—1805) イギリスの神学者，哲学者。ベンサ ムと似た精神の持ち主で，人間の行為が神意に合致するかどうかは，一般的 幸福を増進させるかどうかによって認定されるという神学的功利説を主張し た。

23-4 **such as they were**「つまらないものだったが」「こんなものだったが」

239 4 **made a great point of**=made it a rule to do, lay stress on.「きまっ て〜する」「重視する」

4 **pretence**=simulation, make-believe.「虚偽」「見せかけ」

5 *simulacrum* [sìmjuléikrəm]=semblance.「幻影」「実体のない影」

11 **grovelling**=abject, servile.「卑しい」「浅ましい」

20 **hold**=think, consider.

240 2 **Constitution**「憲法」

8 **of which this is a sufficient account**「これが充分な説明であるならば」

9 **tithe** [taið]=fraction.

11 **we may depend upon it**「確かに」

24 **quarters**「方面」「(情報などの) 出所」

241 4 **Lord Eldon** エルドン卿 (1751—1838) 猛烈な保守主義者であった。

4 **Sir Robert Peel** ピール卿 (1788—1850) 保守党の中でも自由主義的な改善 を行った。

16 **the nationalty**=nationality=national property.

26 **integral**=essential.

242 14 **set apart**=reserve「取って置く」

20 *clerisy*「知識人」「インテリ階級」

23 **jurisprudence**「法律学」

25 **preceding**「前述のもの」

25-6 **liberal arts**「(大学の) 教養学科」

243	3	**precedence**「上位」「優位」
	10	***prima scientia***「最高の科学」
	18	**sacerdotal** [sæsədóutl]「僧の」「聖職の」
	20	**falsification**＝counterfeiting.「偽造」「変造」
244	2	***nisus formativus***「創造本能」 nisus [náisəs]＝effort.
	3	**latent**＝hidden, concealed.
	23	**proceeds**＝profits.「収入」「所得」
245	10	***à fortiori*** [éifɔ̀:tiɔ́:rai]＝all the more.「一層強く」「一層有力な理由をもって」

        15 **Sir Robert Inglis, or Sir Robert Peel, or Mr. Spooner** 保守党員の中でもピールなどは自由主義的な考え方であったが，教育問題では非国教徒を大学の特権から除外し，ロンドン大学に特許状を与えることにも反対した。

        18 **Appropriation Clause**「流用金条項」教会収入の余剰金を教会以外の世俗的目的のために流用すること。この問題と十分の一税改正の問題とは相関連して論争され，同一の法案にこの両者を含有させようとする試みが絶えず行われた。アイルランド問題をかかえるイギリスにとって，新教徒と旧教徒の利害がからみ非常に難しい問題となった。

        20 **Royal Society**「英国学士院」1645 年に創設され，1662 年にチャールズ二世によって認可された科学研究の学会。

      22-3 **French Institute**「フランス国立学会」

246	10	**the keystone of the arch**「(アーチの頂上にある) かなめ石」「くさび石」ここでは central principle と同意であり，「(学説や教義の) 根本原理」という意味である。
	21	**that** 関係代名詞で先行詞は the most unfit body である。

     247   2 **new Oxford theologians**「新オックスフォード神学者たち」1833-1841 年にかけてオックスフォード大学において，ジョン・キーブルやヘンリー・ニューマンらを中心に行われた宗教運動の指導者たち。英国教会内にカトリック教主義を復興させようとした。教会の権威を強調し個人的判断の自由を制限する傾向の濃厚なものであった。

	11	**pastorate** [pá:stərit]「牧師の職務 (身分)」
	14	**apostasy**「背教」告白した信仰を捨てて宗門にそむくこと。
	16	**Dissenters**＝Nonconformist.「非国教」「国教反対者」

        17 **that movement of improvement** 広教会派 (Broad Church Party) の人々による改革運動。代表者のフレデリック・モリスはロンドン大学，ケン

288

ブリッジ大学教授であった。厳格なオックスフォードの一派に対して，教義の自由な解釈を容認した。

20 **sect-ridden**「宗派的な支配に悩まされた」-ridden＝dominated, harassed.

20-1 *pari passu* [péərai pǽsju:]＝with equal pace, side by side.「同一歩調で」「歩調正しく」

24 **vindicated**＝defended.

25 **Adam Smith** アダム・スミス (1723—1790) イギリスの経済学者。グラスゴー大学の教授。ヒュームとも交友があり，1764年フランスを訪れてヴォルテールにも会った。また，ジョンソン博士の「クラブ」の一員でもあった。『国富論』によって，資本主義の経済原則を確立し，経済学説に革命的変化をもたらした。

248 1 **endowed**「基本財産を与えられた」「永久的財源を寄付された」

11 **Dr. Chalmers** チャルマーズ博士 (1780—1847) スコットランドの宗教家。教会の自治のために政府当局と戦い，自由教会を建設した。

16 **Delolme** ド・ロールム (1740—1806) スイスの法律家。亡命してイギリスに来た。主著『イギリス憲法論』は多年にわたって高名を博した。

16 **Blackstone** ブラックストン (1723—1780) イギリスの法律学者。長く英国法の最大の権威者であった。

21 **Alfred** アルフレッド大王 (849—901) 古代英国 West Saxon 王。デーン人の侵略を防ぎ教育を奨励してラテンの作品を英訳した。英国散文文学の父といわれている。

249 5-6 **scheme of means**＝system of agent.「機関組織」

12 **tried**＜try＝investigate judicially.「審理する」「吟味する」

13 **representative system**「代議制」

14 **excrescences**「無用の長物」「邪魔物」

15 **distemperature**＝distempered condition.「病的状態」

250 20 **mercantile** [mə́:kəntail]＝merchant.「商人」

21 **professional**「知的職業者」「技術専門家」

251 4 **interest**＝profit, influence.「利益」「勢力」

7 **Peerage** [píəridʒ]「貴族階級」「貴族社会」上院に列する貴族たち。

13 **preponderance**＝predominance.「優勢」「優越」

18 **cupidity**＝greed.「強欲」「どん欲」

19 **keep in check**「抑制する」「〜を食い止める」

22 **supply**＝make up for.「(不足や損害を)補充する」「埋め合わせる」

252　1　**Lord John Russell** ジョン・ラッセル (1792—1878) 英国の政治家。バートランド・ラッセルの祖父。ホイッグ党に属し選挙法改正に尽力した。しかし，急進派から見れば保守的であり，保守党のピール派の方がまだベンサム主義に近かったと言える。

　　1　**stickles**「(つまらない事を) しつこく論じる」

　　4　**organic**=fundamental.「本質的な」「根本的な」

　　5　**Reform Bill**「選挙法改正法案」

　　8　**machine**「機関」ここでは議会制度を指す。

　11　**materially**=considerably, substantially.「大いに」「実質的に」

　12　**composition**=construction, formation.「構成」「構造」

　16　**dominant**=ruling, governing.「支配的な」

　18　**emoluments** [imɔ́ljumənt]=profits, dues.「利得」「収得」

　21　**Poor Law Amendment**「貧民救助法修正案」

21-2　**Penny Postage Acts**「1 ペニー郵便税法」19 世紀初頭のイギリスにおいて，手紙も小包も全島にわたって 1 ペニーで配達されていた頃の郵便制度。

254　2　**overrating**=overestimating.「買いかぶる」

　11　**provision**「設備」「用意」

　17　**govering body**「統治体」

255　8-9　**Principles of Civil Law**「民法原理」

　20　**arrant driveller**「全くの白痴」「大ばか」

　22　**knowledge**=learning.「学問」

256　2-3　**make a Tory's hair stand on end**「(恐怖で) トーリー党員の身の毛をよだたせる」「慄然たらしめる」

　　4　**Cyclops** [sáiklɔps]《ギリシア神話》「一つ目の巨人」

　　5　**measures**=procedures, steps「処置」「手段」

　　6　**truckling**=cringing.「(こびて) ぺこぺこする」「屈従する」

　10　**disparaging**「非難する」「そしる」

12-3　**Whitgift and Bancroft, and Bonner and Gardiner** フィットギフト (1530—1604) とバンクロフト (1544—1610) は国教派の有名な二大頭目であり，ボナー (1500—1569) とガーディナー (1483—1555) は旧教徒の著名な二大頭目である。ボナーとガーディナーはメアリー女王と協力してイギリス史上に類例のない程の残虐な宗教的迫害を行った。フィットギフトは熱烈なカルビン主義者で規律の厳正を重視し，バンクロフトは非国教派と論争するよりも厳格な取締を唯一の良策と考えた。しかし，反対派を抑圧するために

国王に対し非常な阿諛追従に陥った。

16 **panegyrical**「賛辞の」「称賛の」

20 **present barbarism** イギリスの地方制度が不統一を極めた もの であること を指す。

28 **Mr. Gillman** コールリッジが晩年の20年近くの間，ハイゲイトで世話を受けた医師でコールリッジの伝記を書いている。

257　3 **at issue with**「〜と意見が合わない」「不和である」

　　3 *let alone* doctrine「放任主義」

　　9 *interdict*＝forbid, prohibit.「（命令によって）禁じる」

　14 **chain up**＝restrain, enslave.「拘束する」「束縛する」

　18 **association**「共同団体」「協会」

258 11-2 **to that effect**「その趣旨の」

　12 **afloat**＝in general circulation.「（風説などが）流布して」「広まって」

　18 **indigence**＝great poverty, destitution.「貧困」

　21 **yet to come**「まだ将来の」「まだ未来の」

　22 *trust*《法》「信託物件」「信託財産」

259　17 **maintained**＝asserted, affirmed.「主張した」

　17-8 **sophisms**「詭弁」「こじつけ」「誤謬」

　19 **tenable**「守ることができる」「主張することができる」

　21 *a jus utendi et abutendi*「使用し濫用する権利」

　23 **title**＝claim, right.「（正当の）権利」

260　2 **estate**＝landed property.「（特に大きな）地所」「所有地」

　10 **pass**＝state of affairs, crisis.「有様」「羽目」

　12 **resumption**「（与えたものの）取戻し」「（失ったものの）回収」

　24 **tenure**＝right of holding.「（不動産の）保有権」

261　1 **moral**「（物質的・肉体的でない）精神的な」

　　4 **to the full extent of its power**「力の限り」「精一杯」

　　5 **providing**＝stipulate.「（規定で）前もって定めておく」「（但し書で）規定する」

　15 **sanction**＝approval.「認可」「承認」

　25-6 *J'ai trouvé que la...ce qu'elles nient.*「私の発見したところによると，大抵の宗派は，彼等の提出するものにおいては可成りの部分が正当であるが，彼等の否定するものにおいてはあまり正当ではない。」

262　4 **the eclectic school in France**「フランスの折衷学派」

11-2 **the doctrine of general consequences**「一般的結果の学説」

13 **eschewing**＝avoiding.「避ける」

15 **will**「意志の力でさせる」「決意する」

18-9 **lays it down**＝asserts, maintains.「主張する」

263 15 **Moses** [móuziz] モーゼ (1571—1451 B.C.) ヘブライの立法者・予言者。イスラエル人を導いてエジプトを去り，シナイ山でエホバから十戒を授かり，律法を制定してイスラエルに祭政一致制の基を開いた。

15-6 **St. Paul**「パウロ」キリストの使徒で新約聖書中の書簡の著者。

16 **Unitarians** [jù:nitéəriən]「ユニテリアン派」新教の一派であり，三位一体 (Trinity) 説を排して唯一の神格を主張し，キリストを神としない人々の団体である。

18 *toto cœlo* [tóutou sí:lou]＝entirely, by an enormous amount.「極度に」「全く」ここでは雲泥の差があるという意味。

265 6 **sophistry**＝sophism.「詭弁」

6 **quadrate**＝make conform.「一致させる」

8 **obliquity**＝moral delinquency.「不正」「不徳」

8 **imbecility**＝absurdity.「愚かさ」「低能」

13 **Heresy**「(正統派の信条に反する) 異説」「(キリスト教が排斥する) 異教」

16 **orthodox heretics**「正説を奉じている異教徒」

17 **right side**「正しい意見を持っている側」

19 **pseudo-Athanasius** [æ̀θənéiʃəs]「偽アタナシウス」アタナシウス (295—373) 初代キリスト教教父。アレキサンドリア教会司教。アリウス教派を排撃してキリストの神人両性の一致を主張した。三位一体とキリストの神人両性という教会の正統的信仰を確立した著名な人物なので，彼の名に帰せられた偽アタナシウス説も多くある。

20 **Lutheran** [lú:θərən]「ルーテル派の」ドイツ・米国などに多い新教の一派。

24 **aberration**「常規を逸すること」「脱線」

266 2 **schismatic** [sizmǽtik]「教会分立を企てる」「教会分離論の」

3-4 **superinduced**「付け加えた」「さらに加える」

6 **unshackled**＝unrestrained.「束縛を受けない」

8 **preservative**「防腐的の」「予防剤的な」

20 **pleaded**「弁護した」「抗弁した」

267 14 **bewails**＝wails over.「～を嘆き悲しむ」

14 **bibliolatry**「聖書崇拝」「聖書狂信」

15-6 **stumbling-block**「障害物」

268 　2 **province**＝branch.「(学問などの) 領域」「分野」

　　　3 **sentiments**＝opinion, view.「意見」「所感」

　　　5 **illiberalize**「偏狭にする」「狭量にする」

　　　6 **High-Churchmen**「高教会派の人々」教会の権威や支配，及び儀式を重んじる英国教会中の一派である。最も保守的で国家との結びつきを重視した。

　　10 **Genesis**「創世記」旧約聖書の第一書。

　　11 **provisionally**＝temporarily.「仮に」「一時的に」

269 　11 **untenable**＝not to be defended.「守ることができない」「支持し得ない」

　　23 **specious**＝plausible.「もっともらしい」「見かけのよい」

270 　9 **lay plans**「計画を立てる」lay＝prepare, devise.

　　10 **temporal**＝secular, worldly.「世俗の」「現世の」

　　21 **intrinsic**＝essential, inherent.「本質的な」

(編集後記)

最初予定していなかったミルの「コールリッジ論」の全文と注釈を APPENDIX として付け加えた事は，研究書としての本書の趣旨に合わないかもしれない。また，この様な仕事はほとんど業績とは考えられていないのであるから，不必要な蛇足として本書の価値を減ずることになるのかもしれない。しかし，性急で裁断的な論文を独創性と称して歓迎する昨今の風潮には閉口するのである。あらゆる研究の基盤は，労多くして評価されることの少ない地道な作業と考察の積み重ねに求められねばならないのである。それが豊かな土壌を作り出すことになる。APPENDIX は文字通り読者に対する本書の御負である。本書も含めてミルの論文も，多数の一般読者を期待しにくいので，せめて研究者が手近かに原文を読めるようにと最大限の配慮をしたつもりである。従来，コールリッジ研究は詩人，批評家だけを問題にする傾向が強かったので，社会思想家，哲学者，宗教家としての彼の全貌を扱ったミルの優れた論文を読む人は案外少ないと思うからである。出版事情の悪い今日では，堅い内容の専門書や晦渋な研究書などはすぐに絶版になる有様である。浅学非才の本書ではあるが，真のコールリッジ像の片鱗でも読者に伝えることが出来れば幸甚としなければならない。尚，注の作成に際しては特に塩尻公明氏の訳業に教示され，参考になったことをお断りしておく。その他の主要参考文献は下記の通りである。

世界文学辞典 (研究社　昭和29年)

岩波小辞典 哲学 (岩波書店　昭和33年)

新潮 世界文学小辞典（新潮社　昭和41年）
世界文芸辞典 西洋篇（東京堂出版　昭和44年）
哲学事典（平凡社　昭和46年）
世界大百科事典（平凡社　昭和53年）
ギリシア・ラテン引用語辞典（岩波書店　昭和54年）
新英和大辞典（研究社　昭和55年）

　本書を完成するに至るまでには前田一郎教授をはじめとする熊本商科大学・熊本短期大学の英語科の諸先生方から暖かい御声援をいただいたことに対し厚く御礼を申し上げる。また，本書を出版するにあたっては，細心の注意を払ったつもりであるが，各章の論文の地名や人名の表示方法や書式を正確に統一させるまでには至らず，その他不備な点や思い違いがあるのではないかと危惧の念にたえない。読者の方々の御叱正を待つばかりである。